主編：陳大為、鍾怡雯

華文小說百年選

臺灣卷

貳

編輯體例

一、時間距度：以一九一八年為起點，到二〇一七年結束。

二、地理範圍：以臺灣、香港、馬華、中國大陸等四個創作質量較理想，而且學術研究成果已具規模的華文文學區域為編選範圍。歐美、新加坡等東南亞九國的華文文學，不在選文範圍內。

三、選文類別：以新詩、散文、短篇小說為主，在特殊情況下，節錄長篇小說當中足以反映全書敘事風格，而且情節相對獨立的章節。

四、編選形式：以單篇作品為單位，透過編年史的方式，讓不同時代作品依序登場，藉此建構一地文壇的百年文學發展脈絡。百年當中，總會有幾個時期的整體創作質量，或直接受到政治局勢左右，或受二戰的戰火波及，而導致嚴重的崩壞；但也總會有那麼幾個時代人才輩出，而且出版業興盛，每個「十年」（decade）的選文結果因此不盡相同，不過至少會有一兩篇重要的作品負責呈現那個「十年」的文學風貌，或文學浪潮。在此一理念下建構起來的百年文學地景，應該是相對完善的。

五、選稿門檻：所有入選作家必須正式出版過至少一部個人作品集，唯有發表於一九五〇年以前的部分單篇作品得以破例。

六、選稿基礎：主要選文來源，包括文學大系、年度選集、世代精選、個人文集、個人精選、期刊雜誌、文學副刊、數位文學平臺。至於作家及作品的得獎紀錄、譯本數量、銷售情況、點閱與按讚次數，皆不在評估之例。

七、作家國籍：華人作家在過去百年因國家形勢或個人因素，常有南遊北返，或遷徙他鄉的行述，部分作家甚至產生國籍上的變化。在分卷上，本書同時考慮「原國籍」、「新國籍」、「異地定居」、「長期旅居」等因素（不含異地出版），彈性處理，故某些作家的作品會分別出現在兩個地區的卷次。

目次

總序

華文文學・百年・選

《華文文學百年選》是一套回顧華文文學百年發展的大書，書名由三個關鍵詞組成，涵蓋了全書的編選理念。

先說華文文學。在中港臺三地以外的華人社會，華文是一顆文化的種籽，從華文小學到華文中學，從華語到華文課本，「華」字的存在跟空氣一樣自然，一般百姓不會特別去思量它的命名有何不妥。華語文不但區隔了在地的異族語文，其實也區隔了文化中國這個母體，它暗示了一種「海外」獨有的、在地化的「非純正中文」或「非純正漢語」，日子久了，發酵成像土特產一樣的腔調。

在一九八〇年代進入中國學術視域的「華文文學研究」，不包括中國大陸的境內文學，因為那是「中國文學研究」，臺港澳文學後來跟海外華文文學融為一體，統稱為華文文學。當時臺灣學界不重視這個領域，命名權自然被中國學界整碗端去，先後成立了研究中心、超大型國際會議、專業學術期刊，甚至主動撰寫各國文學史，由此架設起一個龐大的研究平臺，「世界華文文學」遂成囊中之物。華文文學自此獲得更多的交流與關注，學科視野變得更為開闊，我們對東南亞華文文學的研究，確實獲利於此平臺，中國學界的貢獻不容抹煞。不過，「海外」華文文學詮釋權旁落的問題十分嚴重，除了馬華文學有能力在一九九〇年代奪回詮釋權，其他地區至今都沒有足夠強大的本土研究團隊跟中國學界抗衡，發不出自己的聲音。世界華文文學研究平臺，是跨國的學術論壇，也是話語權的戰場。

近十餘年來，有些學者覺得華文文學是中共中心論的政治符號，必須另起爐灶，重新界定了「華語語系文學」，它的命名過程很粗糙且漏洞百出，卻成為當前最流行的學術名詞。它建基於學理和心理上的「雙重反共」，在本質上並沒有改變任何東西，沒有哪個國家或地區的華文文學創作和研究從此改頭換面。

再度把鏡頭轉向廿一世紀的中國大陸，情況又不同了。原本屬於海外華人專利的「華語」，被中國民間商業團體改了體質，撐大了容量，成了現代漢語全球化的通行證，華語吞噬了漢語的概念版圖，一個懷抱天下的「華語世界」在中國傳媒界裡誕生。其中最好的例子是「華語電影傳媒大獎」（十七屆）、「華語音樂傳媒大獎」（十七屆），和「華語文學傳媒大獎」（十五屆），全都是包含中國在內的影音文學大獎；如果再算上那些五花八門的全球華語詩歌大獎，即可發現華語在非官方的日常使用領域中，正逐步取代漢語或普遍話，尤其在能見度較高的國際性藝文舞臺。

我們以華文文學作為書名，兼取上述華文和華語的慣用意涵，把中國大陸涵蓋在內（一如我們主辦的「亞太華文文學國際學術研討會」），強調它的全球化視野。這種視野同樣體現在馬來西亞「花蹤世界華文文學獎」（九屆），卻在臺灣逐步消失。鎖國多年的結果，曾為全球華文文學中心的臺灣離世界越來越遠。

這套書的最大編選目的，不是形塑經典，而是把濃縮淬取後的華文文學世界，以編年史的形式帶進臺灣書市，學生和大眾讀者可以用最小的篇幅去了解華文文學的百年地景——展讀中國小說家如何歷經五四運動、京海之爭、十年文革、文化尋根，和原鄉寫作浪潮的衝擊，如何在新世紀開創武俠、科幻、玄幻小說的大局；或者細讀香港文人從殖民到後殖民，從人文地誌到本土意識的敘述；以及歷代馬華作家筆下的南洋移民、娘惹文化、國族政治、雨林傳奇。當然還有自己的百年臺灣文學脈動。

現代百年，真的是很長的時間。

這百年的起點，有幾種說法。在我們的認知裡，現代白話文的源頭來自白話漢譯《聖經》及晚清傳教士的衍生寫作，當時有些讚美詩的中文／中譯，已經是相當成熟的「歐化白話」，胡適不過借用現成的歐化白話來進行新詩習作，從這角度來看，《嘗試集》比較像是一筆重要的文學史料或遺產。真正對中國現代文學寫作具有影響力並產生經典意義的，是一九一八年魯迅發表的〈狂人日記〉，此文正式揭開中國現代文學乃至全球現代漢語寫作的序幕，是歷久不衰的真經典。故本書以一九一八年為起點，止於二〇一七年終，整整一百年。

百年文學，分量遠比想像中的大。

我們在過去二十年的個人研究生涯中，花了一半的心力研究中國當代小說、散文和詩歌，另一半心力則投入臺灣、香港、馬華新詩及散文，有關新加坡、泰國、越南、菲律賓的研究成果不及一成，北美和歐洲則止於閱讀。上述研究成果，以及我們過去編選的二十幾冊新詩、散文、小說選，都是這套大書的基石，編起來才不致於太吃力。經過一番閱讀與評估，我們認為只有中、臺、港、馬四地的文獻資料是相對完整的，文學史的發展軌跡十分清晰，在質量上足以獨自成卷，而且我們長期追蹤它們的發展，不時選取新近出版的佳作來當教材，比較有把握。歐美的資料太過零散，東南亞其餘九國都面臨老化、斷層、衰退的窘境，即使有很熱心的中國學者為之撰史，甚至編選出文學大系，但質量並不理想。我們最終決定只編選中、臺、港、馬四地，所以不冠以世界或全球之名，只稱華文文學。

最後談到選文。

每個讀者都有自己的好惡，每個學者都有自己的一部（沒有寫出來的）文學史，大家總是對別人編的選集產生異議。文學本來就是主觀的。為了平衡主編自身的個人口味與好惡，我們初步擬好隱藏其後的文學史發展架構，再從各種文學大系、年度選集、世代精選、選出部分被各地區的主流論述認可的經典之作；接著，從個人文集與精選、期刊雜誌、文學副刊、數位文學平臺，挖掘出能夠跟前者並肩的佳作。我們既選了擁有大量研究成果的重量級作家，和中流砥柱的實力派，同時也選了被主流評論忽略的大眾文學作家與文壇新銳。在同水平作品當中，我們會根據教學經驗挑選一些適合課堂討論，或個人研讀與分析的作品。至於作家的得獎紀錄、譯本數量、銷售情況、點閱與按讚次數、意識形態、族群政治等因素，皆不在評估之例。

編這麼一套工程浩大的選集，確實很累。回想埋首書堆的日子，其實是快樂的——重溫了一路陪伴我們成長的老經典，發現了令人讚歎的新文章。我們希望能夠把多年來在教學和研究方面累積的成果，轉化成一套大書，它即是回顧華文文學百年發展的超級選本，也是現代文學史和創作課程的理想教材，更是讓一般讀者得以認識華文文學世界的一流讀物。

陳大為、鍾怡雯

二〇一八年一月八日　中壢

時間刻度裡的故事

「二十世紀臺灣文學史」是我非常重視的課，隔年輪開，課很重，也不好教。此課的開端是論戰，用論文來講述各派文人的學理纏鬥與相互踐踏，其實挺枯燥，得花上極大的心力才能講得生動一些，但也有限。

每開一次課，新舊文學的戰火就從五四往臺灣本島漫延一次，點燃這片燎原之火的是張我軍，他大力主張沿用五四樣式的白話中文，並且用一部《亂都之戀》（一九二五）來實踐了他的理論。這本詩集揭露了一個現象：白話中文創作在日據臺灣的教育條件和社會氛圍底下，有相當大的實踐難度。在一九二〇年代登場的臺灣現代中文小說，除了面對白話中文的語言考驗，還得肩負民族思想啟蒙的先鋒大任。不管是抵抗殖民政權、鼓吹民族自決、提倡新文化，都是富有改革意識的寫作，讀這時期的小說，彷彿讀到大時代的縮影，以及開疆闢土的語言。賴和發表於一九二六年的處女作〈鬪鬧熱〉和〈一桿「稱仔」〉，正是這時期的代表作。

有了這樣的小說，文學史才能有血有肉的活了起來。

我總覺得，要讓學生了解日據臺灣的時代氛圍，記住它的人文精神，不能透過高硬度的學術論述，那些學理運作和分析會逐年淡忘，唯有小說，唯有細讀〈鬪鬧熱〉和〈一桿「稱仔」〉，日據臺灣的反殖民印象方能在腦海裡留存久遠，而且是非常生動的，充滿文學史論述所缺乏的生活細節，還有那個時代說話的方式和聲音。這種記憶是活的，可以隨時再提取出來，成為演講或討論的內容。當時我就想：這門課需要一部隱含文學史發展軌跡的臺灣百年小說選，其中有部分小說可以跟文學史論述並肩而行。

成書之際，我們選擇〈鬪鬧熱〉作為全書的開卷之作，主要是它比較內斂，並沒有直接暴露出反殖民的意圖，而是經過一層又一層的鋪設，讓讀者自行思索箇中的題旨，讀起來比較有味道，儘管賴和的白話中文還不是那麼的成熟，但在當時仍是頂尖的。在沉重的大歷史之外，一定要有個人的小故事，翁鬧在一九三七年發表的〈天亮前的愛情故事〉（日文版原題〈夜明前戀物語〉），即是一篇惡魔主義的頹廢寫作，透過意識流手法帶領飽受震撼的日據讀者深入其內心情慾世界，是多麼大膽的小說。當時的小說家免不了會從日本文學汲取迷人的文學養分，以日文創作，再由後人譯成中文。這也是日據小說的一項特質。我們選的第三篇日據小說是吳濁流〈先生媽〉，發表於一九四四年，不慍不火的敘述恰如其分的批判了當時的皇民化政策，甚至把文學史課堂必定討論的元素，全寫進小說裡去了，簡直是活教材。即便從單純的小說閱讀心態來看，也很動人。

日據小說的數量沒有很多，我們收錄三篇，每個十年（decade）一篇，借此管窺一九二〇至一九四〇年代的臺灣。

國民黨政府在一九五〇年代開始壓制日據時期的歷史記憶，從國民的文化生活到教育思想，當然也包括文學，特別是左翼色彩較重的小說家，賴和、吳濁流、巫永福、楊守愚、楊逵等人都受到壓制，本土小說創作面臨了嚴重的斷層危機。在低氣壓的環境裡，曾經旅居北平的臺籍小說家鍾理和，在一九五九年發表了〈蒼蠅〉，以幽微的感官表述處理了愛情意識，其語言表現較之前輩更上層樓，但它跟當時主流反共文學無關。反共小說寫得較出色的大多是長篇，好的短篇難尋。同年，曾經定居北平二十七年的臺籍作家林海音發表了〈驢打滾兒〉，翌年結集出版《城南舊事》。故事寫的是民國時期的北平，但跟反共扯不上關係。

我特別喜歡《城南舊事》，喜歡書裡的每一篇小說，反反覆覆的讀。也許是自傳體小說的緣故，林海音講述的北平童年舊事，聲音極富滲透力，看似平平無奇的人物舉止言談，卻營造出無隔閡的閱讀效應，輕易虜獲讀者的心。更厲害的是：她重新命名了北平時期的城南，到了廿一世紀還統治著它，不管近年有多少新撰的城南主題書籍面世，都籠罩在她充滿魅力的文字底下。且說這篇〈驢打滾兒〉，根本沒用上前衛的西方小說技巧，亦無微言大義，字字句句信手拈來，故事說得自然又踏實。故事的最後，讀到小英子目送宋媽坐著驢車遠去，那幅雪中趕驢的畫面真的很難忘卻，它輾碎了反共文藝的樊籬，告訴我們在那個刀光劍影的時代有更值得一讀的經典小說。

一九六〇年代以後，隨著各種社會思潮的興替、西方文學理論的輸入，臺灣小說的技巧與風格越來越多元，我們可以在近六十年來臺灣文學史的不同時間點，幫這些——北國原鄉、臺灣鄉土、現代主義、後設實驗、女同情慾、歷史傷痕、眷村歲月、西夏傳說、南洋故事、荒野怪譚、前衛武俠、政治科幻、虛擬都市、新興鄉土——小說找到所屬的位置。它們身上分別帶著某個時代和世代的胎記，小說本身就是不同時間裡的故事，很容易辨識。

我不準備再每個十年講述一段，朱西甯、王尚義、白先勇、黃春明、李永平、蘇偉貞、張貴興、王湘琦、朱天文、賀景濱、朱天心、郭箏、陳雪、陳淑瑤、郝譽翔、張耀升、駱以軍、吳敏顯、楊富閔、黃錦樹、王定國、蔡素芬、阮慶岳，這些頂尖小說家都是大家非常熟悉的，但作為一部百年小說選，除了編年史架構之外，必有不同之處，最後還是要提一提。

臺灣是華文短篇科幻小說的重鎮，我們選了兩篇科幻小說，一是張系國發表於一九八〇年的〈銅像城〉，華文科幻的必讀經典；一是相隔三十年後張經宏的〈出不來的遊戲〉，新世紀的接脈力作；從銅像的政治寓意到走不出來的電玩人生，可窺見軟科幻在選題上的世代變化。我們也選了二〇一四年的短篇武俠〈晚年〉，逐年老化的大俠肉體，殘酷地顛覆了武俠小說的老套路，沈默是新世紀華文武俠的頂級高手，寫了多部震撼力十足的系列長篇。最終必須提到的是司馬中原，正是家喻戶曉的司馬中原，我們不選他大氣磅礡的英雄傳奇，另挑了一篇跟殭屍有關的〈火葬〉，發表於一九七〇年，此文從敘事語言、人物對白，到既合理又匪夷所思的情節變化，無不充盈著一代說書大師的神采。這是很本色的小說，把一個故事講好，是非常重要的。同理，一部百年小說選除了要具備文學史和時代思潮的背景定位，還得編得精采，好讀，耐讀。我們深信這三十二篇貫穿百年時光的臺灣小說，將帶來無窮的閱讀樂趣，也讓整個華文世界的讀者看到臺灣的小說魅力。

陳大為

二〇一八年一月八日　中壢

柴師父

1988

朱天文

很久很久以前，當時只有三十來歲的柴明儀曾經想過，年老的時候定居在四季如春的昆明是不錯的。如果他不是等待那個年齡可以做他孫子的女孩，像料峭春寒裡等待一樹顫抖泣開的杏花，他不會知道已經四十年過去。是的，四十年過去了，他枯細然而柔勁修白極其敏銳的手指觸摸到女孩涼軟的胸乳時，肚底抽起一絲淩厲顫動。

女孩可能不來了罷，她住在必須橫越過臺北盆地沙漠的彼端，芝山岩雨農路，換兩趟聯營公車，兩趟都是迴腸九轉蹣跚綿長的車程。每天過午以後洗街車像一隻恐龍從門前沙沙經過，前座腹底噴出半天高的飛瀑，嗞嗞澆熄蒸煙騰砂。盆地大沙漠，可不是，一刻就雨過無痕，施工中的陸橋虎虎生灰，立時掩天鋪地又起了沙子。到處都在動工程，似乎柴明儀搬到哪裡，哪裡就開始蓋房子，挖馬路，築地下道，埋水管，架天橋。超過他半生還多一點的年月日在這塊沙漠裡竟度過了，是的，等待女孩像等待一塊綠洲。

柴師父，電話中女孩跟他約定時間總喊他柴師父，敲門進來每每抱歉說師父在睡午覺啊。清泉流淌的聲音呢，深深涓涓從他悍然乾閉的記憶之田、感覺之田流出。年久以來的視而不見，聽而未聞，他才忽然發現他每日黃昏用白色塑膠扁壺裝水到陽臺上澆花草，那盆一年爛開到頭的海棠，紅是紅得這樣蠻，永遠不休息的紅，叫人吃一驚。啊，吃驚都是一件多麼好的事情。

柴明儀服膺兒子們的孝心打盆地東北搬來西南後，來他這裡求治病的人眼看像地瓜藤牽拉蔓延多去。坤卦曰、東北喪朋，西南得朋，同類而行，終獲喜慶。他不得不佩服古人的智慧，他們早在三千年前已預言了他今天的光景。每週有一個星期六下午他到遙遠的三重市，有一個星期二的晚上到啤酒屋叢生的安和路，罩件米白功夫衫，記得的話提一根桃木杖用來斥嚇惡犬。星期一庭院深深連續劇過後，景興小學的章老師來，四十腰五十肩，章老師肩膀硬得像兩塊烏心木，給他運勁一捏痛得齜歪慘叫，淚落披紛。星期四中午小陳來，年紀還輕有一個啤酒肚子，那塊肝已報廢像塊鏽鐵。五十分鐘治療過程，小陳躺上大甲藺木床即刻呼呼打起鼾，醒來仍趕回台塑上班，在堂前塑膠玻璃奉獻箱投進一個紅包。奉獻箱湧出油厚的甜香，現在的紅包紙都摻香料，熱烈撲上他臉非常刺激。

是的，這是一個荒蠻刺激的地方。柴明儀的各路朋友許多都回去又回來了，老彭一人決定留下跟侄子家們住在老家。兒子已替他向旅行社要了一張紅十字會申請單登記探親，香港的信徒們盼他過海去授法。臺北居大不易，但他現下在高傳真電視機前看豬哥亮餐廳秀也聽得懂會呵呵笑了。兒子來樓上拷帶子，昨天午夜場才上的限制級院線片，今天就拿到盜錄帶轉錄。螢光幕上兩條裸蟲演出妖精打架，阿婉跟阿麗各據茶几一角做算術，寫ㄅㄆㄇㄈ，他很不悅地叫兒子消掉畫面，阿麗望他一眼好像古代稀有動物遺骸出土，仍低下頭繼續寫作業。孫兒們看了太多土曜劇場，好說日本人還准露兩點，國產品小場面。

兒子倆比他們本省籍的娘更像本省人，都娶了本省籍的媳婦，連孫女兒一夥常常把他忘記，講著他們親愛的語言。當年柴明儀從鑠金烈陽照耀下的高雄港登陸，瘴熱塵煙裡一把遮去半邊天空的野花紅樹，後來他知道那是鳳凰木，給他一個震撼極的下馬威。植物都霸氣怒生，連扶桑圍籬做成了人家也是不馴，碗公大的花冶紅的，桃色雜血絲的，亮黃的，七戳八叉撻邋伸出，橫目相視。即使到了今天他去安和路替鍾小姐家人看治，啤酒屋霓虹招牌投影下的熱帶莽林中，奇花姸草異色，形如他第一次看到孔碩無比的香蕉，和頭顱似的滾滿了猙獰狼牙釘的鳳梨，樣樣欺他生，擺出誇張的臉色。

等待女孩像等待知悅的鄉音。兒子們孝順，用三夾板權且隔開客廳，前半給他設佛堂，一長列玻璃鐵櫃的經卷，又占用了部分本已十分狹小的客廳，他耿耿在心。佛堂兩盞長明燈像大湖草莓發著亮，高掛兩聯師尊傳世的真言，師尊畫像居中，酷似舊俄大文豪杜斯妥也夫斯基。

柴明儀搬來這裡兩個月時，兒子把隔壁一棟兩層買下修建，招牌重新換過，用噴漆寫的字母ＭＴＶ有如霹靂舞者癲狂起舞。裝潢好他去看過，簡陋的水泥樓梯改裝成隧道，入口處借日光看出鋪了令人色盲的水紅色布氈。走上樓梯暗不見登程，爬了幾階才摸索站起，兩壁原來釘有一溜螢光漆塗鴉的金屬鏡，曖昧吐光。坑道橙橙紫紫，凹折凸伸通往一間間窟窿，僅夠置放矮几，雙人沙發，和一架二十六吋螢光幕。

生意做大了，許多阿兵哥常常來。附近有一所軍營依傍山坡而築，營區背後漸已低於路平面丈許深，面對五支公車線經過的通衢大道。經常見士兵赤膊端鋁盆出來盥沐洗衣，軍綠汗衫紛雜晾在曠地繩上，從氣窗可見睡上鋪的兵們貓起身子活動，隆冬運氣好還能看到長池臺邊在殺狗。兵們咧嘴笑著，仰望女人走過高崖伸展臺，一覽無遺，最近似乎才終於撥出一筆經費，蓋了這堵殺風景的灰牆遮蔽。遠方山稜被剃了頭，袒現黃土高原，高地一〇七豎起魁峨的環筒大樓，站牌改叫什麼訓練中心，倒更像一座核武太空城。

附近專科學校學生也愛來，電影票差不多的錢饒一杯果汁可樂，熱門帶子還得排隊等房間。他看報紙才知道除了ＭＴＶ還做別的事情，新規定房間門不許鎖，門上必須鑿一窗孔，尺寸以可看見沙發為準。律法的歸律法，營生的歸營生。客廳狹窄，墨鋼角架隔成八層到空中，一層一臺錄影機，頂層安置祖先牌位。日日他站在凳子上面捻香，勤拂拭，媳婦也會爬上椅子換新鮮水果。半夜他總要醒來兩次，穿越客廳對角線去廁所，一家人在看牛肉秀，他喝斥孫子們，明天要上學這麼晚還不睡！阿婉說早就放暑假啦。冷氣機隆隆在抽轉著，他的斗室從來連電扇也不需要，正在前進的世界將他遠遠拋在後面。

等待女孩像等待青春復活。祖先們高居屋中一角，神人同在，凱撒的不歸凱撒，上帝的不歸上帝。他位登仙籍，心在清涼淨土，何如穿在女孩腳上雪白的愛迪達休閒鞋令他心湖騷動起來。他看著女孩打開鉛筆盒，多麼巧致可口的鉛筆盒啊，寶藍馬賽克塗著糖霜的透明澀感，七個彩虹小人兒錯落穿戴七種顏色歡樂的奔躍。女孩拿出筆在他桌上的冊簿登記了名字，一筆一畫不苟且像阿麗剛學寫字，針筆出來童兒體的美工字，橫橫豎豎宛如一疊火柴棒。

女孩舊曆年間隨父母去北海道看雪認識楊太太的。楊太太是他行過儀式所收的徒弟，法喜以為女，六十幾歲女人看來不到五十。偶爾他去楊太太家吃飯，漆白的家具勾勒著淡金花邊，幽涼飄浮楊太太走動時的脂粉香，楊太太女兒小貞跟法國女老師在蛋白色貝殼燈下念法文。小貞的新客戶法國人，從前靠一架電話做亞麻進口，跑兩條街借朋友公司的電傳機傳真，後來楊太太資助買一臺傳真機跟佛堂擺在一個房間兼做了辦公室，就更不願意跑出門了。小貞晳白的皮膚對一切中央空調系統，和盆地空氣裡過多的含塵量敏感。

楊太太在觀光雪國途中，善心為前仆後繼傷風倒下的旅友們排驅髒氣，灌注能源，名聲傳播，回國後求治的電話應接不暇。那天他心血來潮去楊太太家吃飯，遇見女孩陪姊姊帶著咳嗽不止的侄兒來看楊太太。有緣，有緣，楊太太喜得直嚷，師父親自出馬。

楊太太給每人沖了一杯阿華田。女孩姊姊說，現在的小孩子難帶極了，動不動就感冒氣喘，西藥越用越重嚇死人，換了中醫有的好了，有的也沒用，家長們互相交流任何新得來的祕方，改變床櫃的位置，吊風鈴，安鏡子，門楣懸紅絲繩，一半相信一半猜疑的。

小男孩拆合著精密支解的塑膠聖戰士，哄了放下玩具很乖坐板凳上接受療治。叫女孩小阿姨，說像在盪鞦韆呢，很多煙從身上跑出去。

女孩驚奇的告訴姊姊，卻不見煙，許多東西大人眼睛是看不見的。那是寒氣，楊太太含笑說。

女孩每天早晨醒來打噴嚏，白鯨噴泉，房屋搖撼，對溫差和灰塵敏感，或突如其來不知敏感源的一場掏肝扒肺的噴嚏。七百度近視配戴隱形眼鏡，居然瞞過了他，內雙眼皮抹一點點吊梢，看人的時候很直截坦白。女孩卻說她的噴嚏是眼睛對骯髒空氣敏感，未來臺北市的空氣只會更壞，不會變好，所以這種空氣汙染併發症是無藥可救的。

但女孩仍是來了他這裡，地方實在太小了。兒子上來轉拷帶子，螢光幕上慘澹澹荒窟野地，一群人披毛戴角爭霸戰，二十一世紀的太空星際並不比山頂洞人時代進步，畫面一跳閃出暴力色情，真是非常對不起人家。為客人把門窗關上打開冷氣，不會兒祖先臺上剛點的香已迷成大霧，女孩連連打起噴嚏來，便又關掉冷氣，還是古老的大同電扇好。他總不明白，以前一人住的那裡多大，佛堂清敞，也比這裡靠近市區一些，可就是門庭稀落，獨善其身。何如此地，神魔同昌共榮，人人任意而行。

夢中他聞見泡麵的熱香，醒來炎陽滾灰曬著他，不息止的車陣尖聲駛過捲起轟轟落塵。陽臺圍罩鐵柵欄安放多種盆栽，三、五天要幫植物洗一次澡恢復本來面目。經常他在長沙發盹一晌，夏天鋪上木珠子編成的涼墊，合成皮沙發汗悶悶淌出化學元素酸味。醒坐片刻，立秋了，怪不得還未睡飽太陽已潑曬進來，影子跨過鋁門檻斜斜倚向佛堂前。孫兒倆在吃生力麵，看日本少年隊歌舞，怕吵他電視沒開聲音，這樣也能看。漫漫暑假，一家子完全顛倒著晝夜過，自己竟也中飯沒吃睡醒了一覺，心生無限悲涼。

他坐光鮮的店裡泡茶喝。看見架上凸出不整齊的錄影帶便走過去撫平，發現到上集在那頭下集在這頭，也會把它們團圓做一處。兒子讓他在店中間牆頂釘一副大大的佛字，複印半世紀前師尊墨寶，師尊平生不立文字，這是唯一。挨佛字懸一橫幅隸書，會寫字的善男錄一段經言奉贈給他，裱工極為得意。東邊牆頂掛蔣經國像，西邊李登輝，多年來他一直是忠誠黨員，起死回生挽救過一位大老的糖尿病是他莫大功德。昨天幫一名痼瘡婦人趕病，驅出來見一隻拳頭大的孽畜，鬧了許多年，他並不打殺，好言將它化解了放生離去。女孩來時在播放豬哥亮訪問費玉清，三兩顧客守電視機前傻笑，來修理樓牆滲水的水電工，看得一時半會也走不開了。他對女孩說費玉清頂會學人唱歌，學劉文正最像，滿好。

女孩做飾物設計，告訴他頂好市場那邊有一家店給她一個專櫃賣她的作品，很開心。女孩犯蕁麻疹，笑嘻嘻說這是富貴命，銀首飾都不能戴，馬上發紅腫癢，只有純金不怕。那是第六趟療治完上洗手間出來，臉上突然暈起斑駁紅印很快湮開，紅得辣醉，浸入眼底也紅了，才知是蕁麻疹。洗臉的時候常常忘記，下手稍重就報應不爽變成這副嚇人的樣子，歷史太久遠了，成為身體一部分，認命自然。柴明儀起了戰心，意欲跟陳年老疾鬥法。

男人精華在丹田，女人在乳。他看過一位女會計，做學生的惡補時代背書包把肩膀壓壞，每週單日晚上來醫，看了三個月總也不好，令他十分沮喪，忽一刻臨機觸動請讓醫乳，癟癟像餃子皮，看了幾次漸漸發起來，元氣充滿，歪斜的兩肩也平了。他心裡琢磨，研究發展，犯頭暈的鄧太太一日忙不迭的告訴他，洗澡時發現妊娠紋全不見啦，老師不但醫病還美容呢。熱烈請求皈依習法，一海票閨中密友巴巴隨鄧太太來看，鬧著要入教。一陣興頭旋風颸颸便散，倒是鄧太太有事沒事就來看，屢屢提起拜師學醫的話頗叫他煩惱。年老了，時常想到延續衣缽，這趟去香港也許有人。兩年前徒弟冒冒失失給不認識人拉去治病，想必重病家屬四處亂投醫吃了壞東西，卻說是徒弟給的一帖符藥下去就死了，爛纏官司至今未了。

等待女孩像等待有緣師徒。第七趟看完他說給女孩一些神水，回家可加開水喝，到廚房找一隻空的可口可樂瓶子，水龍頭底下刷刷沖洗時，女孩客氣走來接過去做。爐上一壺水倒進鋼杯裡，至佛堂前往水裡畫了符咒回來灌入瓶中，女孩亦接了去做。水太燙，寶特瓶燙彎了腰癟進一塊歪歪靠著牆站，騰出裝臘腸的塑膠提袋，套起來了才走。

第八趟他請女孩解開背後的胸扣，女孩沒有穿因為蕁麻疹對扣鉤也敏感。飛寬的礦黑棉罩衫，一邊永遠掉落肩頭，裸露皙清鎖骨，和裡面一件祖母綠無袖襯恤的兩條肩帶。他手伸進衣裡摸觸到女孩涼軟的胸乳，猛然想起三十七年春天剛剛開始他往北來到多雨的基隆市，乍見高地上伸出石牆盛開的一樹白花在煤煙冷雨裡繽紛自落。八重櫻，後來他才知那是從前日本人開的藝伎館，光復後改成市府招待所。

第九趟他且幫女孩看眼睛，立志要減輕女孩的七百度近視。女孩小學六年級檢查出近視兩百五十度和一點點散光，隔兩星期去那玉眼科驗光，回來再吃藥打針，如此一年。鋼琴彈到給愛麗絲，最流利悅耳的，彈來彈去這一條怎麼也不肯再彈上去了。他端詳女孩臉，白了，發光呢，在女孩額頭上親一下。

水霧裡都是煤煙的港城，春天日式房屋旁開出淺紅山櫻，漉漉不會飄揚，落在煤苔滑黑的石上地上，怵目驚心。他從島上南部來到這裡找一個叫張榮升的人，幾年前他們在上海認識，張榮升連考了四次話劇團沒上，他才去第一次倒考上，張榮升去了基隆開雜貨店。話劇團解散他來投靠表叔，沒找到，島上只知道一人叫張榮升。一家一家雜貨鋪去問，等船回去了罷，卻在現在高架橋從空中跨過去的巨樑底下那條街，找到張榮升的店鋪，兩人抱在一起。他搬來閣樓分一塊地鋪睡，白天去碼頭蹲站。店是跟別人合夥的，張榮升不會嫌棄，別人可跟他非親非故，黃蒼蒼亮著艙燈的深圳輪和四川輪總是晚上十點到岸。慢慢他看出苗頭，搬運行李的工人地盤他不敢搶，撿那些價錢沒談成的倉皇船客，漏網之魚攬到旁邊，熱絡把行李扛上肩搬到火車站前面，隨您給，三萬四萬七萬的都有。行李工人都戴一頂紅簷鴨舌帽，他弄一頂灰灰的戴得很低遮著臉，遇見熟人怕不好意思。旅人勞頓，陌生的國土，忽聽見他帶著鄉音的國語像是遇見救命恩人，這樣他也可以賺錢買點什麼的割兩斤豬肉帶回店裡了。知道他會寫字，有人找去飯館記賬，結識了許多人頭。管櫃臺的是老闆小老婆，擋財路視他為眼中釘，於是朋友拉他合夥開食堂就去了，叫一分利包子鋪。開在海港大樓對面一排木造房子其中之一，屋背後運煤火車川流不息。

女孩跟他說謝謝師父，師父再見，登登登跑下樓梯。蝙飛黑衫罩到膝蓋，棉白窄褲管貼貼裹到小腿肚，空腳穿一雙僧黑球鞋，掉落的肩頭露出米袋白T恤，他吃驚想著褻衣原來是可以穿到外面來的。女孩肩掛一個足以把她自己給裝進袋裡的超大布袋子，其實裡面只有一些碎紙張，錢包，寶藍鉛筆盒罷。半程搭聯營公車，半程換計程車，穿越盆地大沙漠實在遼遠，就這樣走掉了很久很久沒有再來過。

山巒似潑墨，巒頂坐落要塞司令部，終年虛無縹緲。山上下來的軍官發給他一張線民證，派他就近監視一家咖啡館，有本小簿子記錄常去喝咖啡的人。船員們下船到一分利吃麵，把水貨寄放他這裡誰誰來拿，往後跟這些來取物的海關稽查員和軍官熟識了，索性要他把貨直接銷了拿現錢，分他兩成。煙酒玻璃絲襪化妝品，藏在木製送麵箱裡，騎腳踏車提著去送飯菜運回住處。自己也跟船員買貨，錢賺起來真可觀，換成一粒粒金元寶埋在克寧奶粉罐子裡。做大的，他把滿滿一罐子去投資了一批藥材，漁船回來被緝私隊盯住全部沉入了海底。他每天像看見深藍海底一堆甸甸元寶幽怨吐露金光，離開了這個居住兩年終朝濕雨的港口。

他照登記簿上的號碼打了一通電話到女孩家，女孩母親說去比利時大姊家了，下個月回來。秋天快要過去老黃太陽已照上佛堂，金色劫灰滾滾浮起又滾滾沉下。不久之後柴明儀也許能夠到四季如春的昆明定居，他可憐的鄉愁啊，是雨中的八重櫻，和那些老是長在公廁四周戳出堅挺花蕊的野紅扶桑。

女孩來呢不來？兒子他們娘黑白放大照片挨掛門側，低低陪侍在祖先們的下壁，死的，活的，神鬼，擁擠占據著同樣的空間與時間。洗街車迤邐而來，腥風先起，肅殺塵埃而去。

作者簡介

——朱天文，一九五六年生，十六歲發表第一篇小說，曾辦《三三集刊》，並任三三書坊發行人。長期與侯孝賢合作編寫電影劇本，三度獲得金馬獎最佳改編劇本獎及最佳原著劇本獎。文學創作不輟，為臺灣當代重要小說家。曾獲《聯合報》小說獎第三名、《中國時報》時報文學獎甄選短篇小說優等獎，一九九四年更以《荒人手記》獲時報文學百萬小說獎首獎。著有《淡江記》、《小畢的故事》、《炎夏之都》、《世紀末的華麗》、《荒人手記》、《巫言》等。

1990 —— 速度的故事

賀景濱

我們還是忘掉李伯夢吧！畢竟，人為什麼追求速度，至今仍是個謎。我們的文明，當初怎麼會走上追求速度這條路？在這個問題沒弄清楚前，我們在速度下的選擇，有很多是無法解釋清楚的。

一、愛因斯坦的迷惑

宇宙是不是上帝創造的，這道是非題曾花了無數人的心血。許多回答不是的人，因此失去了生命；許多回答是的人，也因此失去了生命。

愛因斯坦可不會掉進這個陷阱。他把是非題轉化成選擇題，而且把燙手山芋丟還給上帝。

他的題目是這樣的：上帝創造宇宙時，到底有沒有其他選擇呢？

憑直覺，這道選擇題的討論次序，應該排在那道是非題後面。你必須先弄清楚，是不是上帝創造了這個宇宙，再來問祂創造時還有沒有其他選擇，不是嗎？

錯了，因為如果知道在創造前，已沒有其他選擇，再來爭論是誰創造的還不遲。

不過愛因斯坦沒有膽量繼續追問下去，因為接下來更有趣、也更可怕的是：如果上帝有其他的選擇呢？

二、命定的選擇

那天晚上，當我坐在桌前，想到李伯夢在高速公路上奔馳的情況時，不禁想起了愛因斯坦晚年的迷惑。

平心而論，李伯夢這一生，在三十歲之前，原本有許多選擇餘地。

問題是，累積眾多的選擇後，竟然造成他目前毫無選擇的生活。

怎麼說呢？

我想我該選擇電腦線路的原理，來形容他目前的困境。

所有的電腦都安排了好幾處關卡。當電流來到關卡前，都擁有選擇通過或不通過關卡的權利。通關後，你會被導引到下一個關卡去，重新面對選擇的權利和義務。

然而，就算你選擇不通過，遊戲並不因此就草草結束，你仍然會被導引到另一個關卡，去面對是或不是的問題。

不同選擇的電流，很可能在線路中段某處通過相同的關卡，再分頭奔赴他方。這時，我們會說選擇最短路線到達的是聰明的電流，然後嘲笑那些繞了個大圈子還是來到此處的浪子電流。

但是當事件處理到某一段落，當終端機亮出來某一階段的答案後，除了照既定的答案走下去外，你很可能就別無選擇了，換句話說，累積愈多的選擇，剩下來的選擇將愈來愈少。

過了三十歲的李伯夢，如今幾乎已沒有什麼好選擇了。

就像他在上高速公路前，有好幾個路口可以讓他掉頭而去。但是一旦上了高速公路，除了加速減速外，還有什麼選擇可言呢？

三、雙刀論

熟習雙刀論法的邏輯學家，一定可以從愛因斯坦的疑問裡，輕易地推出如下的命題。

如果上帝創造宇宙時，沒有其他選擇，那麼上帝顯然是無能的。（這個論點無異把自己送上了斷頭臺，因為這樣顯然牴觸了上帝全知全能的前提。）

如果有其他選擇呢？

那麼那些沒被創造出來的選擇，不是比這個世界更好，就是更壞。

如果有更好的世界可以選擇，上帝為什麼還要創造這樣的世界呢？除非祂心腸不太好。

如果有更壞的世界可以選擇，上帝依然堅持創造這樣的世界，又可證明祂沒有那麼壞心。

如此一來，上帝在既非好心，又非壞心的情況下，創造了這個世界，又是什麼道理？

只有兩種情況，可以解釋祂創造時的心情。

一、上帝是糊塗的、無心的。（這顯然又違背了上帝全知的前提。）

二、上帝是愛開玩笑的。

四、上帝在高速公路上開的玩笑

雖然除了加速減速外，李伯夢沒有其他選擇可言，但是他卻從加速中，創造了一個心靈和肉體分離的世界。

因為他發現，時速超過二百公里後，心靈和身體就逐漸分開來了。如果你是常開快車的思想家或亂想家，大概就能明白我在講什麼。通常，時速在一百公里左右時，你只是個在公路法規邊緣遊走的人。到了一百四十公里，血管和骨骼會開始收縮。這時候，你已越過了法律，準備向另一個世界飛馳。

一百六十公里，血脈開始賁張，身體逐漸僵直。

一百八十，眼球放慢了轉動的速度，眼光放射到前方某處不確定的所在，風聲和引擎聲扭打成一團。

接下來，如果你還堅持在這種速度下思考的話，就會感覺到心靈逐漸逸出，在身體附近徘徊觀望，沉思或指指點點。

不用說，碰到減速時，在一旁遊蕩的心靈，又會違反牛頓運動定律，逐漸滲入體內來。由於在這種分分合合的過程中，要耗去相當的能量，因此在下了高速公路後，我們馬上會感到疲倦掩面襲來。

但是讓心靈一邊指指點點，有時候實在令人覺得不成體統。

這顯然又是上帝對我們的身體，在無可選擇的狀況下，開的另一個玩笑。

五、好危險的玩笑

我曾經在一次將發生而未發生的高速車禍中，失去我的心靈長達好幾天之久。

大約三個月前，我又在高速公路玩自以為是的追逐把戲時，突然前車亮起了故障燈和煞車燈。當時，距離短得我毫無選擇，只有急踩煞車把方向盤往右打一途。

任何人都知道，高速時急轉方向盤是非常危險的事。果然，不可避免的失控現象發生了。車子先是向右偏滑，我發覺滑移量超過控制，正要撞向護欄時，在第二度無可選擇的狀況下，只好又向左急轉方向盤並踩煞車。然後，在一陣輪胎尖叫和滾滾煙塵中，我發覺車子是停住了，只是車頭已轉了一百八十度，尷尬地注視著遠方來車的燈光。

一場原本應該已發生的車禍，好歹因為無可避免的失控而消失了。我把車子開離現場，沒太在意這次物理現象的形上意義。也沒注意到當時車窗並沒關上。

接下來幾天，我根本不知道我在幹什麼。情況嚴重的時候，我甚至只能眼睜睜望著天空，而不知道下一刻我的手和腳會做出什麼事來。

這時我才了解，我把我的心靈遺棄在高速公路上了。由於當時窗子沒關，加上車子左甩右滑，我的心靈一定是在那時被甩出了窗外。於是我把車子開回現場。果然，他在那裡，正憂鬱得四處晃蕩，不知該怎麼回到身體才好。

我假裝沒看到，擺出一點也不在意的樣子，讓車子慢慢滑過，讓他慢慢回到體內來。

這是我第一次發覺到，上帝在高速時開的玩笑，可能因失控而產生的危險。

六、心靈和身體的對話

但是李伯夢卻常沉迷於這種玩笑而不可自拔。

通常，心靈剛離開身體時，會保持一陣子沉默，試著適應新的存在位置。

這時候，李伯夢的心靈，便會好奇地打量著駕駛座上的身體。他常常懷疑：這就是我寄居了三十幾年的處所嗎？是什麼原因，使我非得選擇如此一具不堪負荷的身體呢？難道在這之前，我就沒有其他的選擇嗎？

怎麼會有這麼嫌惡自己身體的心靈呢？我們必須知道，這跟心靈觀看的位置和角度有關。當我們攬鏡自照時，經常會有一股自憐自愛的情緒油然而生，甚至強烈到沛然莫禦的程度。原因只在於，當時心靈仍存在於體內。但是等到心靈離開了身體，你看到的身體，跟從鏡中看到的倒像就截然不同了。鏡像給予我們一副令人愛戀不捨的軀體，為的是留住蠢蠢欲動的心靈。而真相，想不令人感到突梯荒謬就很難了。

這麼多年來，李伯夢的心靈隨著他東奔西跑，看著他從一個女人身上流浪到另一個女人身上，不免累積了幾許不滿，甚或怨恨。其中他最氣的是，他的身體常常說走就走，老是打斷他的思考，一點也不徵詢他的同意。有時候，他正想清靜一下，身體卻又無來由焦躁起來，最後弄得大家都不知如何是好。

他真想弄清楚他的身體究竟是怎麼回事。有一次，他曾企圖接管身體所有的工作。最後卻弄得血壓上升、骨腸痙攣，不得不趕緊歇手。他沒料到，身體在無意識的狀況下，竟然能從事那麼複雜的工作。想用心靈接管身體，就像一臺不自量力的個人電腦，想指揮亞利安火箭的發射流程一樣，注定得接受失敗的命運。

由他去吧！李伯夢的心靈不得不接受這樣的結論。但是他到底要去哪裡呢？看他優哉游哉、無所事事的樣子，你根本就看不出，他要把車子開到什麼程度才甘休。

李伯夢的身體從不回答這類問題。當心靈逼問得緊時，他就回過頭，跟他扮個鬼臉，然後繼續加油、超車。

心靈常被身體這種無動於衷的態度激怒。有一次，他們為此大吵了一架之後，李伯夢的心靈甚至企圖離開身體，想一走了之算了。但是，沒用，只要他一這麼想，李伯夢的身體就會把車子駛離高速公路，讓心靈慢慢回到體內來。

七、身體與心靈的遊戲

李伯夢時時蠢動的心靈就此放棄了嗎？

當然不。不過，至少他也學會了與身體的相處之道。

偶爾，他會在李伯夢的身體疲憊不堪時，說些昨天剛聽來的笑話，讓身體再度咯咯笑個不停。

或者，他也會製造些幻象，滿足李伯夢飢渴的眼睛。他曾經讓他在高速公路上看過萬里長城、看過列隊前進的螞蟻（有時還會變換隊形）；也曾讓他在雨中看過點點漁火，讓他在極速時，看到自己正開著車迎面疾駛過來。

身體當然不會平白接受心靈的報酬。當心靈疲憊的時候，他也會扭開車上的音響，讓心靈沉醉在四處流竄的音符裡，當心靈悲傷的時候，他讓他聆聽鮑羅定的弦樂四重奏；當心靈哭泣的時候，他讓他聽聽阿爾比諾尼的弦樂與管風琴慢板。如果這樣還不能緩和心靈的痛苦，他就只好自己唱幾首殘缺不全的歌，直到心靈求饒為止。

後來，他們竟然發展出一套各行其是的排斥遊戲。

遊戲的規則很簡單，惟一的禁忌是任何一方絕對不能答應另一方的要求。只要答應，就算輸了。接下來，輸的一方就要依約任另一方予取予求，直到另一回合的遊戲開始。也就是說，無論何時，當身體衝動的時候，心靈必須在一旁力持冷靜，同樣的，當心靈跳躍的時候，身體也要擺出毫不在乎的姿勢。

這有什麼難呢？你認為？

你錯了。因為這顯然是把選擇題再度還原成是非題的遊戲。我們知道，任何選擇，說穿了，其實都是是與非的變形。但是，當你把容易辨別的答案一一剔除後，最後剩下來的答案往往也是最難抉擇的是非題。這類最難抉擇的是與非，在我們生活中，經常以如下的問句出現：「這樣對嗎？」「那樣不可以嗎？」「怎麼會這樣呢？」「非得如此嗎？」「沒有其他了嗎？」「難道就不能避免嗎？」等等。

對李伯夢的心靈和身體而言，這種排斥遊戲，幾乎已成為既艱苦又不可避免的拉力賽。

然而，為什麼李伯夢會沉迷於排斥遊戲，甚至樂此不疲呢？我曾經被這個問題困擾了好久。後來才發現，原來這是一場求輸不求贏的遊戲。因為只要任何一方輸了，那麼依照遊戲規則，李伯夢的身心才有可能獲得暫時的和諧。

八、上帝在床上開的另一個玩笑

要不是唐娜，李伯夢很可能就此耽溺於心靈和身體的排斥遊戲中而不可自拔。

唐娜是誰？

我沒時間在此花筆費墨，描述唐娜的身高、長相、職業、教育背景、生活起居或人事交往。如今這些寫實主義的糖衣，已經成為電視連續劇的鴉片了。我也不想描述李伯夢和唐娜初見面的戲劇情節，因為更重要的是，他倆剛認識那天晚上就上床了。

起初，他們像所有的情侶一樣，凶猛且熾熱地纏夾在一起。在李伯夢還沒有進入唐娜的身體前，他們並不知道，等在前面的是怎樣詭異的世界。他先是輕柔地吻她撫她，繼而竭盡所能地擁她抱她；她則回報以更狠更纏的熱吻和撕咬，等到他們覺得互相都要融在一起的時候，李伯夢別無選擇，只有進入她體內一途。

就像車子換檔加速前進一樣，他們的動作愈來愈快。接下來，有如加速器中兩個不可避免碰撞的粒子，就發生了他們也不敢相信的事，當李伯夢的速度快得有如蜂鳥撲動翅膀，當唐娜的叫喊急促得有如利刃劃破夜空時，他們的心靈卻慢慢地逸出了身體，茫然不知所措地在一旁觀看著身體狂亂的動作。

九、連黑格爾也不曉得該怎麼辦

辯證法是一種隨時隨地都可以玩的遊戲，因為這種遊戲和速度無關。你只要找到兩個相對立的因子，根據黑格爾的看法，就可以讓他們無止境地繁衍變化下去。

別以為辯證法只是心智活動的一種形式，李伯夢之所以沉迷於身體和心靈的排斥遊戲，其實是陷落於另一種辯證形式而不自覺罷了。廣義的排斥遊戲，是我們日常生活變化的根源；正因為我們視為習以為常的生活，才忘了它是多麼龐大的辯證體系。

也有人堅持辯證法不能只有兩個相反的因子，至少應該要有三個，而且僅限於從三個開始玩起。這話也沒錯，你必須保證從「正」「反」兩個因子能誕生出「合」的因子，才能讓遊戲繼續下去，不是嗎？

但是碰到像李伯夢和唐娜的情形，恐怕連黑格爾也要傻眼了。因為這次出現的不是兩個因子，也不是三個因子，而是一下子蹦出了四個因子！

這是上帝在開辯證法的玩笑嗎？

我不曉得要怎樣從四個因子開始辯證遊戲。當兩個人的身體在激烈纏鬥的時候，卻因為速度過快，而讓雙方的心靈都逸出了體外，接下來該怎麼辦？

請問身體還能繼續下去嗎？

如果能，那麼飄蕩在一旁的心靈，還能夠無動於衷觀看兩具喘息呻吟的身體，而不覺得可笑嗎？

這個迷惑，跟我們對愛情的迷惑，根源是一樣的。

十、可能出現的辯證組合

想依賴辯證法尋求愛情解答，注定要失敗的原因，在於我們忘了，辯證法雖然是變化的根源，但本質上卻是一種跟速度無關的遊戲。而速度，正是辯證法的殺手。

不幸的是，我們脫離不了辯證，也脫離不了速度。

如此一來，要解決速度帶給辯證法的難題，勢必得從排列組合的角度，先釐清李伯夢和唐娜可能產生的辯證關係。

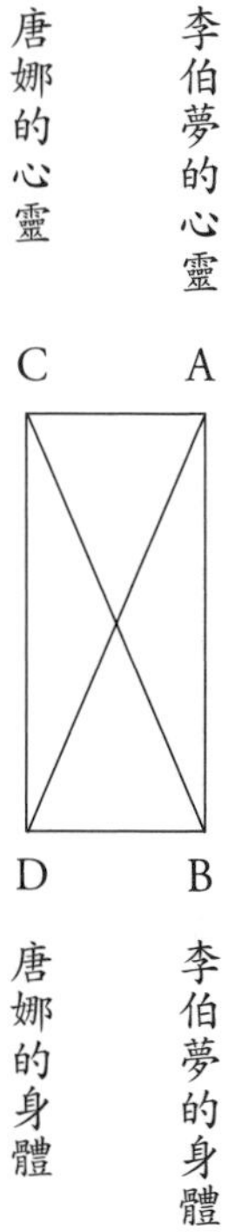

在這個表中，我們可以看出李伯夢與唐娜之間，將會出現如下的辯證組合。

一、任何兩點與其他兩點的正反關係：如AB－CD，AC－BD，AD－BC。

二、任何三點結合，形成與另一點的正反關係，如ABC－D，ABD－C，BCD－A，CAD－B。

三、四點全部結合起來，形成與世界的正反關係。

結論：當兩人相遇時，尤其是「當哈利碰上莎莉」時，他們的關係，並不只是點對點的碰撞而已。上述八點結合，將如一張無盡延伸的辯證網，把他們籠罩起來，也使他們無所逃於天地間；因為其中任何一種組合產生的合論，都可以在黑格爾的法則下，衍發出下一步的辯證關係。我們對愛情會產生疑慮、擔憂、恐懼、疑惑或歡喜、狂悅的心情，不正是在這張複雜難解的辯證網下，最自然的反應嗎？

疑問：除了荷爾蒙，什麼是宰制這種辯證組合的根本力量呢？

十一、辯證網裂開了

沒有人能回答這個疑問，正如沒有人知道，上帝為什麼要依祂的形象，創造出充滿這麼多矛盾的生命？

我們可能知道的是，當創造一開始發動後，似乎就沒有回頭的餘地了。我不想在此穿上宇宙大爆炸的理論外衣，藉此宣揚「粒子宿命論」。但是如今李伯夢和唐娜還有什麼選擇可言呢？他們能攜手逃出那張辯證網嗎？

那天晚上，當李伯夢再度驅車上高速公路飛馳時，唐娜一直注視著車窗上的雨絲，不吭半聲。

用餐時，他們都喝了一點酒。在昏黃的燈光下，唐娜興高采烈地談她這幾個月準備要做的事，李伯夢則靜靜地聆聽，靜靜地享用他的美食。她還年輕，還有好多事要做呢！他想。而這，不也是他珍惜她的理由之一嗎？

可是來到餐廳外頭，細雨卻帶來了傷感的氣氛。一下子好像都不對勁了。微弱的車燈穿不透黑漆漆的夜色，他們只能望著擋風玻璃上隨風飛揚擴散的雨水，浸濕在彼此的沉默和呼吸裡。

速度愈來愈快，當李伯夢扭開音樂時，首先掙脫憂鬱的是唐娜的身體。她的手指隨著輕柔的節奏，緩緩地，一顆一顆解開身上的鈕扣，然後蜷縮在駕駛座旁，臉頰上的泛紅一直往頸項下侵略過去。李伯夢歎了口氣，轉頭含笑看了她一回，示意她把衣服褪去。

她真的做了。她的身體在座位上蠕動扭轉，沒多久，一個完整、清晰而赤裸的身軀，便呈現在眼前。

李伯夢被眼前的景象震懾住了，他不是沒有看過唐娜的身體，但是在車上，在一個高速運動的半封閉世界裡，那又是另一回事。某種興奮又緊張的氣氛，開始在車室內蔓延開來。唐娜天真地笑了。笑得好純好潔，卻又帶著挑釁的眼光，望著身旁既呆又癡的夥伴。

李伯夢不甘示弱，隨即挪出右手，伸展出去，探索那具熟悉得不能再熟悉的身體。音響正播放著 Miles Davis 小喇叭懶洋洋的哀傷旋律。唐娜索性閉上眼睛，恣情肆意地享受李伯夢溫柔的挑逗。

他們正在路上飛馳，但是燈光和速度卻保證沒人看得到他們的實驗，除了後方他倆受驚的心靈。唐娜的心靈，不曉得她的身體還會冒出什麼驚人的舉動來。李伯夢的心靈，也不知道身體能維持這種速度多久。他們還沒有從原先的感傷中掙脫出來，只能無助地看著眼前隔著咫尺互相逗弄的肌膚。誰也不知道，這種情況還要持續多久？此刻他們惟一能做的心智活動，就是惴惴不安地注視等在前頭的命運。

忽然前方出現了一團陰影。也許是一條流竄的野狗，也許是幻覺，反正不會有人知道真相了。李伯夢的本能驅使他大力扭轉方向盤，但是等他想修正時，已經來不及了。

高速運動的不穩定，以及伴隨而來選擇稀少的危險，使得車子直往外衝撞翻滾過去。

車子終究還是停下來了。

當鮮血濺上擋風玻璃時，雨刷仍拚命刷走窗外不再飛揚的雨絲。雨，更大了。

十二、很畸形的重逢

如何解釋在滂沱大雨中，從翻覆的車子裡抬出一具赤裸裸的女體呢？如果連李伯夢也不曉得該怎麼說，那就別提鑑識科那些化驗儀器了。住院期間，李伯夢什麼也不能想，什麼也不敢問；直到他們告訴他，已經把唐娜火化掉了，他才放聲哭了一場。

但是在他內心深處，還有一絲希望不曾幻滅。因為他還沒弄清楚，事情發生時，唐娜的心靈到底在哪裡呢？如果因為事出突然，在身體猝死之際，心靈卻來不及回到身體內陪葬，會產生什麼結果呢？

所以他出院後的第一件事，不是到她的墓地，而是到他的車上。

不論陽光再怎麼閃耀，車身是不可能恢復原先的光澤了。他來回撫摸車把好一陣子，最後終於下定決心，猛力拉開車門。

果然，她還在那裡。

真的，她的心靈就蜷縮在後座上，絲毫不理會斜射進來的陽光，兀自在那兒打盹。

他緩緩坐進去，輕輕喚醒她，問她這樣睡不熱嗎？

「怎麼會熱呢？」她瞇著眼，認清是他後，馬上撲進他懷裡，隨即又闔上眼，嘴角無法抑制流出了微笑，笑得好純好潔。

「你終於回來了。」她說，彷彿他去旅行了好久。

李伯夢沒再說什麼，立即把車開上高速公路。

十三、柏拉圖也很頭痛

上帝可能沒想到會發生這種事。上帝沒想到的，人大概也不會想到。人沒想到的，李伯夢和唐娜就不會想到。（這則推論的前提看來又違反了上帝全知全能的先驗法則。不過，算了；我們前面不是也證明過，上帝「可能」是「糊塗的、愛開玩笑的」嗎？）

柏拉圖倒是考慮過兩個心靈是否可能戀愛，而且僅止於心靈相戀的問題。可惜回答這個問題的人，通常喜歡就自己有沒有此類經驗來發表高論。而考慮到另一個相對的命題，即兩個肉體是否能僅止於相戀肉體的「反柏拉圖式」命題，情況就更不樂觀了，要是人類只能以心靈來思考身體的話。

如今更糟糕的情況出現了。自從失去身體後，唐娜的心靈，與李伯夢的身體和心靈間，雖然鑽出了那張8的N次方構成的辯證網；但是他們三者，將會產生什麼樣的三角關係呢？如果柏拉圖沒有這種經驗，他要如果回答這個活生生的畸形問題？

首先，與自己的身體割捨後，唐娜的心靈可能愛上李伯夢的身體嗎？如果能，她會不會進一步「依附」，以李伯夢的身體當自己的身體呢？

其次，唐娜的心靈，會像從前那樣對待李伯夢的心靈嗎？她會更珍惜有身體陪伴的李伯夢的心靈呢？抑或埋怨李伯夢的心靈老是與身體纏夾不清？

最後，這也是柏拉圖最頭痛的問題：李伯夢的身體可能愛、而且只愛唐娜的心靈嗎？他會忘掉那具曾令他迷惑，但是已火化掉的軀體嗎？「身體與心靈」之間，可能產生像「心靈與心靈」間、或「身體與身體」間的那種愛情嗎？

不，請先忘掉以上那麼多種可能。

再看下去，你就知道我真正擔心的是什麼？

十四、如果是光速就好了

高速公路成了他們惟一的幽會場所。

從此，每到午夜，李伯夢就要驅車吞食每一吋高速道路，不只因為那時才能享受飛奔時逃離的快感，更因為只有這樣，他才能暫時與唐娜的心靈廝磨在一起。

於是他車開得愈快，與這個世界的距離就愈來愈遠。

直到有一天，當李伯夢再度上車時，唐娜不由得驚呼失聲：「你變了！」

這句話是什麼意思？

每個人都看得出李伯夢變了，雖然誰也說不出個道理來。但是，怎麼會連唐娜都認為他變了呢？

難道旁人眼中的變化，不正是唐娜眼中理所當然的「不變」嗎？

看來我又得借用一點相對論的餘沫，才能釐清他們之間到底發生了什麼事。

現在大家都知道了，光速是宇宙中最快的運動。假如一個人能以光速旅行，那麼在旅行期間，他的身長會縮短，卻不會變老。

但是既然不可能有比光速更快的運動，退一步來說，是否有可能愈接近光速，就會老得愈慢呢？

以地球上目前能製造出的運動物體，憑我們的肉眼，大概還觀察不出這麼細微的變化。但是唐娜的心靈卻發現，李伯夢的心靈成長的速度，已經緩慢下來了。

自從成為這部車子的囚徒以來，她還不曾如此震驚過。她，一個失去身體的心靈，可以不必考慮心靈成長的問題。但是李伯夢不行，她不能因為自己的迷惑，把李伯夢牽扯進這一場永無終止的速度遊戲中。假如他們的聚合只能在高速時，而高速換來的是李伯夢心靈的停滯，那麼她的心靈勢將承擔不起這麼重的罪名。

是的，經過這些日子來的奔馳，她早該看得出來，李伯夢的眼神正逐漸呆滯，李伯夢的心靈正陷於枯竭的危機中。她當然不能讓她心愛的身體和心靈，在這樣的遊戲中繼續枯竭下去。

於是，她只有以下三種選擇：

一、讓他們三者都以光速前進；要是能更快一點，她甚至可以追回她在某一時段失落的身體，可惜沒人能幫他們達成這個願望。

二、她可以考慮在下一次減速時，歸附到李伯夢的身體內。但是這麼一來，可能會取代李伯夢的心靈的位置，反而讓他的心靈成為無所歸依的遊魂。也就是說，情況並沒有改變，只是大家換個位置而已。

三、最後，她只有離開他一途。

她知道她不能再羈絆他下去了。

十五、再沒什麼好說了

他們選擇了一個清爽的日子。

（這可能是他們相處的日子裡，最後的一個選擇了。）

李伯夢走出車外，點上香菸，深深吸了一口。離去的路線已選擇好了。眼前是一條筆直的加速道路，再往前，現在看不到的地方。有兩個彎角在等他。在那裡，他將利用高速過彎時產生的離心力，讓唐娜的心靈飛出窗外，假如一切順利的話。

香菸的氤氳冉冉上升，天氣真是清爽的可以。天清氣爽使得所有的景物都慵慵懶懶的。身旁的竹林，即使有點風動，也像在打瞌睡。現在還有什麼好說的呢？經過了這麼多天的爭辯，李伯夢最後不得不答應唐娜的要求。她說得沒錯，他們早該分開了，在出車禍那一天。至今他們還能在一起，仰賴的是意外中的意外。他們沒料到的是，最後的結局，仍得依賴一次意外來解決。

再沒什麼好說了。李伯夢把香菸踩熄，上車，深深望了唐娜一眼。再沒什麼好說了，他點點頭，向唐娜示意，一切都準備好了。再沒什麼好說了。唐娜凝神了一會；最終還是忍不住，撲向他懷裡。再沒什麼好說了。良久，良久，他們就這樣沉浸在靜默的海裡。真的，再沒什麼好說了。

他發動引擎，把轉速慢慢拉近紅線區。第一次，他的心跳不再隨著引擎的轉速加快。當他緩緩鬆開離合器時，為了此行而加寬兩公分的輪胎，已開始滋滋叫起來。他一放開手煞，車子隨即離弦飛了出去。

沒多久，車速就超過了兩百公里。這可能是他一生中，把車子的性能發揮得最凶最猛最淋漓盡致的一次。當李伯夢的心靈不由自主地脫離身體時，不經意流露出一絲詭譎的笑意來。他既憐惜又滿意地看著正專心開車的身體。到目前為止，還沒有人看穿他的詭計啊！車子切入第一個彎角前，他的身體只略點了一下煞車，隨即加油把車尾甩入迎面而來的第二個彎道；就在這一刻，李伯夢的心靈突然緊緊抱住唐娜的心靈。等李伯夢的身體發覺時，已經來不及了。車子準確無比地甩進第二個彎角，唐娜和李伯夢的心靈也雙雙拋出了車外。

李伯夢的身體已沒有其他選擇了，車子繼續前進，此刻他只聽到他倆離去時高亢嘹亮的笑聲，因為都卜勒效應的關係，漸行漸遠，也漸遠漸沉。

沒多久，車子就衝下了谷底。

十六、那已不重要了

人的心靈究竟會坦白到什麼程度呢？

事後，我一直在想這個問題。我們這一生，遲早都會面臨改變一生的抉擇時刻。當那個時刻到來時，到底有哪些因素在影響我們的決定呢？

李伯夢在最後一刻，居然選擇跟唐娜的心靈一起離開這個世界。在另一個世界裡，他倆可能恢復原始的辯證關係嗎？可能會，可能不會。不過，那已不重要了。

重要的可能是那一刻，因意志的選擇作用，而帶來的快樂和榮耀，不是世上任何身體所能給予的。

我們還是忘掉李伯夢吧！畢竟，人為什麼會追求速度，至今仍是個謎。我們的文明，當初怎麼會走上追求速度這條路？在這個問題沒弄清楚前，我們在速度下的選擇，有很多是無法解釋清楚的。

不過還好，假如你的智商很幸運地跳過九十那道低欄，你一定可以看得出來，我講的不是靈肉分離的故事，也不是選擇或辯證的故事，而是一個非常單純的，關於愛情和速度的故事。

而真正單純的故事，是不可能給人任何教訓或啟示的。

作者簡介

——賀景濱，他知道作為一個徹底的懷疑論者，不僅很虛無，而且無法存活。於是他試著抓住演化論，像在大海裡抓住浮木，企圖從中找到存在的基石。現在，他試著依信息理論質問：「我們這個世界真的存在嗎？」那個既冰冷又激情、既絕望又充滿希望、既矛盾又包容的信息理論。著有《速度的故事》、《去年在阿魯吧》。一九九〇年，以〈速度的故事〉獲時報文學獎小說首獎。二〇〇五年，以〈去年在阿魯吧〉獲林榮三文學獎小說參獎。

我懇請你，讀這篇小說之前，做一些準備動作——不，不是沖上一杯滾燙的茉莉香片並小心別燙到嘴，那是張愛玲〈第一爐香〉要求讀者的——，至於我的，抱歉可能要麻煩些，我懇請你放上一曲〈Stand by me〉，對，就是史蒂芬・金的同名原著拍成的電影，我要的就是電影裡的那一首主題曲，坊間應該不難找到的，總之，不聽是你的損失哦。

那麼，合作的讀者，我們開始吧。

即使沒看過原著沒看過電影的你，應該也會立時被那個歌詞敘事者小男生的口吻吸引住吧，一個無聊悠長的下午，他跟屁蟲的尾隨幾個大男生去遠處探險，因為據說那裡有一具不明死因的男屍，他覺得又驚險又不大相信又拜託真到目擊的那一刻不要嚇得尿褲才好，於是他鼓足勇氣反覆立誓似的提醒自己：我不怕，我不怕，我一點也不怕，只要你在我這一國，我他媽的一顆眼淚也不會掉！

……歌聲漸行漸遠，畫面上漸趨清楚的是一個，我不知道該如何形容她，青春期的大女孩，或小女人，第一次的月經來潮並沒有嚇倒她，她正屏著氣——全沒留意客廳裡傳來的蜂王黑砂糖香皂的電視廣告音樂——專心的把手探在裙下用力拉扯束在裙裡的襯衫，直至確定鏡中的自己胸脯又如小學時候一般平坦，她放心的衝出家門，仍沒看一眼電視畫面上的英倫口香糖廣告，十六歲的甄妮穿著超短迷你裙，邊舞邊唱著「我的愛，我的愛，英倫心心口香糖」。

她跑到村口，冬天有陽光的禮拜六午後，河口沙洲鳥群似的群聚著十幾二十名從兵役期年紀到國小一年級不等的男孩子，村口兩尊不明用途的大石柱之間，凌空橫扯出一條紅布幅，上書「本村全體支持×號候選人×××」，襯著藍色的天空迎風獵獵作響，好像每隔幾年總要張掛那麼幾天，她要到差不多二十年後，離她擁有公民投票權十幾年以後，才百感交集回想起那情景，並初次投下與那紅布條不同政黨的一票。

她盤桓在他們周圍，像一隻外來的陌生的鳥，試圖想加入他們，多想念與他們一起廝混扭打時的體溫汗臭，乃至中飯吃得太飽所發自肺腑打的嗝兒味，江西人的阿丁的嗝味其實比四川人的培培要辛辣得多，浙江人的汪家小孩總是臭哄哄的糟白魚、蒸臭豆腐味，廣東人的雅雅和她哥哥們總是粥的酸酵味，很奇怪他們都絕口不說「稀飯」而說粥，愛吃「廣柑」就是柳丁。更不要說張家莫家小孩山東人的臭蒜臭大蔥和各種臭蘸醬的味道，孫家的北平媽媽會做各種麵食點心，他們家小孩在外遊蕩總人手一種吃食，那個麵香真引人發狂……

可是半年多來不知哪裡不對了，這些朝夕相處了十多年的夥伴，真的是朝夕相處，像弟弟，就常在她家玩得忘了回家，就跟她們家小孩一起排排睡。毛毛還是她目睹著出生的，那時她跟好多大人小孩擠在毛毛家臥室門口看毛媽慘叫，那次毛毛哥哥得意得什麼樣子，恣意的嚴密挑選與他一國的才准進去觀賞。還有大她一歲的阿三，她與他默默甜蜜的戀愛了快十年。還有大頭，沒有一次不與她大吵或大打出手收場的，不分敵友對她的態度全變得說不上來的好奇怪。

她百思不得其解，自認做得無懈可擊，好比她確信經血是有氣味的，她便無時無刻不謹慎選擇站在下風處，以防氣味四散；好比她發現再無法阻止胸脯的日益隆起，痛哭之餘日日展開與它的搏鬥，偷過母親的絲巾把它緊緊捆綁住，或衣服裡多穿一件小學時的羊毛衫把它束得平平的，有一回廝打時被誰當胸撞了一記，當場迸出眼淚差點沒痛暈過去；她甚至偷父親的菸，跟他們一起抽，學他們邊抽邊藏菸的方法，以為因此取得了與他們共同犯罪的身分，她甚至不願意好好讀書，說不上來的以為功課破的或許較利於他們的重新接納她。

當然，要到差不多十年之後，在她大學畢了業，工作了，考慮接受男友的婚約時，才能持平的看待當年那些男孩，不，或該說男人，怎麼可能當她的面談論、揣測她胸脯的尺寸，交換著因為不知道而無限膨脹神祕引人的性知識，業務機密似的口傳誰家當兵回來的老大在機場那邊的外省掛混，下次誰惹了麻煩或跟哪個村子結了樑子可以找他出面擺平；還有唯一在市區裡念私立中學的大國說車過中山北路看到潘家二姊跟一個美國大兵黏著走路，騷得！隨即每個人把積壓老久的髒話、獸性大發的存貨出清，深喉嚨一樣的口上得到了快感；也有同樣姊姊光明正大結交了美軍男友並快論婚嫁的馬哥，用媽媽的百雀齡面霜抹成「岸上風雲」中馬龍白蘭度的髮型，教幾個年紀大些的男孩一種剛自未來姊夫處學來的新式舞步，可那舞步屢屢被村口唐家開得好大聲的「田邊俱樂部」電視節目中觀眾所唱的難聽歌聲所擾亂；還有沿著廣場邊緣踱步，一手捲著數學代數課本一手不時在空中演算的丁家老二，每做完一題便又開始跟他們ＭＩＴ個不完，丁老二的物理老師總愛像回教徒膜拜聖地麥加似的熱烈講述有關ＭＩＴ的種種神話，聽熟了丁老二的二手傳播的她，要到七十年代初期，才知道ＭＩＴ的當代意思，不是她熟如家珍的麻省理工學院，而是Made in Taiwan。

因此，不會有人像她一樣，為童年的逝去哀痛好幾年，乃至女校念書時，幾個要好的同學夜宿某死黨家，同床交換祕密的描摹各自未來白馬王子的圖像時，輪到她，她一反其他人的對學歷、血型、身高、星座、經濟狀況的嚴密規定，她說：「只要是眷村男孩就好。」

黑暗中，眼睛放著異光，夜行動物搜尋獵物似的。

那一年，她搬離眷村，遷入都市邊緣尋常有一點點外省、很多本省人、有各種職業的新興社區，河入大海似的頓時失卻了與原水族間各種形式的辨識與聯繫，仍然滯悶封閉的年代，她跟很多剛學吉他的學生一樣，從最基礎簡單的歌曲彈唱起，如 Where have all the flowers gone，並不知道那是不過五、六年前外頭世界狂飆一場的反戰名歌，她只覺那句句歌詞十分切她心意，真的，所有的男孩們都哪裡去了，所有的眷村男孩都哪裡去了？

她甚至認識了一大堆本省男孩子，深深迷惑於他們的篤定，大異於她曾經的兄弟姊妹們，她所熟悉的兄弟姊妹們，基於各種奇怪難言的原因，沒有一人沒有過想離開這個地方的念頭，書念得好的，家裡也願意借債支持的就出國深造，念不出的就用跑船的方式離開；大女孩子念不來書的，拜越戰之賜，好多嫁了美軍得以出國。很多年以後，當她不耐煩老被等同於外來政權指責的「從未把這個島視為久居之地」時，曾認真回想並思索，的確為什麼他們沒有把這塊土地視為此生落腳處，起碼在那些年間——

她自認為尋找出的答案再簡單不過，原因無他，清明節的時候，他們並無墳可上。

他們居住的村口，有連綿數個山坡的大墳場，從青年節的連續春假假日開始，他們常在山林冶遊，邊玩邊偷窺人家掃墓，那些本省人奇怪的供品或祭拜的儀式、或悲傷肅穆的神情，很令他們暗自納罕。

那時候，山坡的梯田已經開始春耕，他們小心的避免踩到田裡，可是那田埂是個難走的，一踩一灘水，其實那時候到處都是水，連信手折下的野草野花也是莖葉滴著水，連空氣也是，潮濛濛的，頭髮一下就濕成條條貼在頰上。平常非必要敬而遠之的墳墓，忽然潮水退去似的露出來，他們仗著掃墓的人氣一一去造訪，比賽搶先念著墓碑上奇怪拗口的刻字，故意表示膽大的就去搜取墳前的香支鮮花……

可是這一日總過得荒荒草草，天晚了回家等吃的，父母也變得好奇怪，有的在後院燒紙錢，但因為不確知家鄉親人的生死下落，只得語焉不詳的寫著是燒給×氏祖宗的，因此那表情也極度複雜，不敢悲傷，只滿布著因益趨遠去而更加清楚的回憶。

原來，沒有親人死去的土地，是無法叫做家鄉的。

原來，那時讓她大為不解的空氣中無時不在浮動的焦躁、不安，並非出於青春期無法壓抑的騷動的氾濫，而僅僅只是連他們自己都不能解釋的無法落地生根的危機迫促之感吧。

他們的父母，在有電視之前而又缺乏娛樂的夜間家庭相聚時刻，他們總習於把逃離史以及故鄉生活的種種，編作故事以饗兒女。出於一種複雜的心情，以及經過十數年反覆說明的膨脹，每個父家母家都曾經是大地主或大財主（毛毛家祖上有的牧場甚至有五、六個臺灣那麼大），都曾經擁有十來個老媽子一排勤務兵以及半打司機，逃難時沿路不得不丟棄的黃金條塊與日俱增，加起來遠遠超過俞鴻鈞為國民黨搬來臺灣的……

曾經有過如此的經歷、眼界，怎麼甘願、怎麼可以就落腳在這小島上終老？

不知在多少歲之前，他們全都如此深信不疑著，而不知在多少年之後，例如她，漸與幾個住在山後的本省農家同學相熟，應她們的邀約去作功課，很吃驚她們日常生活水平與自己村子的差距：不愛點燈、採光甚差連白日也幽暗的堂屋、與豬圈隔牆的毛坑、有自來水卻不用都得到井邊打水。她們在曬穀場上以條凳為桌作功課，她暗自吃驚原來平日和她搶前三名的同學每天是這樣作功課、準備考試的。

作完功課，她們去屋後不大卻也有十來株柚子樹的果林玩辦家家，她看到同學的母親完全農婦打扮、口上發著哩哩聲在餵雞鴨，看著同學父親黃昏時在曬場上曬什麼奇怪藥草，她覺得惆悵難言。

後來每年她同學庄裡一年一度的大拜拜都會邀她去，她漸漸習慣那些豐盛卻奇怪的菜餚，也一起跟著農家小孩擠看野臺戲，聽不懂戲詞但隨他們該笑的時候一起笑。從不解到彷彿明白他們為何總是如此的篤定怡然。

村裡的孩子，或早或遲跟她一樣都面臨、感覺到這個，約好了似的因此一致不再吹噓炫耀未曾見過的家鄉話題，只偶爾有不更事的小鬼誇耀他阿爺屋後的小山比阿里山要高好幾倍時，他們都變得很安靜，好合作的假裝沒聽見，也從來沒有一個人會跳出來揭穿。

便趕緊各自求生吧。

男孩子們通常都比較早得面臨這個問題，小學六年級，在國民義務教育還沒有延長成九年之前，他們好吃驚班上一些本省的同學竟然可以選擇不考試不升學（儘管他們暗自頗為羨慕），而回家幫家裡耕田，或做木工、水電工等學徒。而他們，眼前除了繼續升學，竟沒有他路可走，少數幾個好比陳家大哥寶哥，有一年一家電影公司在山上相思林拍武俠片時，他從圍觀看熱鬧的到自願以一個便當的代價拍一個挨男主角踢翻的鏡頭，到幫他們扛道具上卡車，到工作隊離開時他連換洗衣褲都沒帶的跟著走了。

這個不知為什麼顯得很駭人的例子傳誦村裡十數載，簡直以為他就這樣死了，要到差不多二十年後，他們之中有看影劇版習慣的人，便會在影劇版最不起眼的一個小角落發現他才四十出頭就肝癌英年早逝身後蕭條只遺一個幼稚園兒子的消息，才知道原來他這些年跟他們一樣一直存活著，一直在某電視臺做戲劇節目的武術指導。

「噢，原來你在這裡……」她邊翻報紙邊謂嘆著。

彼時報紙的其他重要版面上，全是幾名外省第二代官宦子弟在爭奪權力的熱鬧新聞，她當然都仔細閱讀，卻未為所動，也不理會同樣在閱報的丈夫正因此大罵她所身屬的外省人（她竟然違背少女時代給自己的規定，嫁給了一個本省男人）。

其實這些年間，她曾經想起過寶哥，僅僅一次，在新婚那夜。

那時丈夫正把鬧完洞房的同事朋友給送出門，她沒力氣再撐起風度聽他們的笑謔，便獨自先返回臥室，不點燈，怕面對那陌生之感，也有些害怕即將要發生的事。這固然與她尚是處子之身有關，但大概是這幽黯陌生的新居臥室的緣故，她忽然遺失掉長期以來做個現代都會女性、性知識只會過分充足的身分，立時回到了另一間同樣昏暗的陌生臥室，寶哥家的臥室，她大概是小學二三年級，正和寶哥的妹妹、貝貝一干自組的黃梅調劇團在翻找毛巾被單扮古裝，她正在地上找髮夾時，隨手拾起一本沒有封皮的舊書，她好奇的湊在五燭光的燈泡下翻閱，那是一本用粗俗挑逗的筆調寫的性知識書，對她而言聞所未聞，因此看得十分專注，看到教導男子如何挑動處女，以及把處女膜弄破時要如何止血，好像曾聽到貝貝的警告：「那個是我哥的，他不准人家看喲。」

她看到教人由嘴唇、乳房、以及坐姿判斷處女與否時，她忽然才感覺到四周非常安靜，她抬頭，看到房門處有個高大的身影，也才發覺貝貝她們什麼時候全跑光了，但她立刻感覺出那個穿著父親軍汗衫的身影是寶哥，她棄了書，小聲的喊了一聲寶哥，寶哥也不答話，慢慢，又好像很快的走近她，呼吸聲好大，走到近燈處，她被他那雙像貓一樣發出燐光的眼睛嚇傻了。

然後其實什麼事也沒發生，她靈巧迅速的跑出那間臥室，跑出寶哥家，跑到日光下，那段記憶，便像底片見了光，一片空白，那些第一次對性事的固陋、村俗的印象，便牢牢給關在那間臥室，甚至日後在光天化日下看到寶哥也無啥殊異之感，因此竟然真的再沒想起過他，直到新婚夜。那時她想，寶哥作夢也不會想到吧，竟然有個女孩在一生中重要的那一刻時光裡曾想到他，儘管是那樣一種奇怪的方式。

其實不只寶哥，還有很多很多的男人，令很多很多的女孩在她們的初夜想到他們。他們大多叫做老張、或老劉、或老王（總之端看他們姓什麼而定）。

通常一個村子只有這樣一名老×，因為他單身，又且遠過了婚齡大概再沒有成家的可能，又往往僅是士官退伍，無一技之長，便全村合力供養他似的允許他在村口的村自治會辦公室後頭搭一間小違建，貼補他一點錢，自治會的電話由他接，一些開會通知由他挨家挨戶送，路燈壞了也由他修，他村的半大男生結夥來本村挑釁時，他會適時出來干預，冬天在村外圍一堆小孩看他烤一隻流浪來的小黑狗，夏天在發出濃烈毒香的夾竹桃樹下剝蛇皮煮蛇湯的，就是老×。

他們通常大字不識一個，甚至不識自己名字和手臂上刺青的「殺朱拔毛」「反共抗俄」，但他們是村裡諸多小孩的啟蒙師，他有講不完的剿匪戰役、三國、水滸、或鄉野鬼怪故事，儘管他們的鄉音異常嚴重，可是小孩們不知怎麼都聽得懂；儘管他們的住屋像個拾荒人家，可是小孩簡直覺得那是個寶窟，有很多用桐油擦得發亮的子彈頭（你若願意在停電的夜晚跑過可怕的公墓山邊、替他到大街上買一瓶酒回來的話，他大概會送你一顆），有不明名目的勳章，有各種處裡過的蟲屍蛇皮，有用配給來的黃豆炒成的零嘴兒，還一定有撲克牌、殘缺不全的象棋或圍棋，而且他會教你下，替你算命。

然而，總要不了太久（端看那名老×的性慾和自制力而定），常出沒其間的小孩們就會起一種微妙的變化，當孩子們裡必然會有的那個比較貪嘴、或嬌滴滴愛撒嬌、或膽怯不敢違拗大人的……，我們叫她小玲吧，當小玲也來老×的破巢時，其他小孩便如同動物依本能的遠離一隻受傷病痛的同伴似的遠遠離開小玲，離開小屋……

大多數小孩並不知道空氣中的不安和危險是什麼，只有那幾個膽大些的小男生，終於有一天，會躲在窗外好奇偷窺，他們通常會看到老×與小玲做奇怪的事，不是他褪去衣褲，就是把小玲也褪去衣褲，這些老×通常因為自已的性能力以及謹慎怕事的緣故，不致把小玲弄流血或弄到晚上洗澡時會被母親發現的地步，但通常小男生們不及看到這裡就已經全部跑掉了，基於一種好像闖了禍的心情，他們都不告訴其他同伴，甚至也不警告自己的姊姊妹妹，而且他們仍然出沒老×的小屋，有時聽故事或下棋的空檔，會剎那間失神，盯著老×的褲襠並回憶他的大雞巴，沒有任何評價的只覺得哇操他真是一頭大獸王！

至於小玲，早晚有一天，會在與女伴交換祕密時講出老×對她做的事，她得到的反應通常有兩種，一是對方立時也眼淚汪汪、抓緊她的手，不管以後她們還有沒有再去老×處，但童年時光裡她們大概會是一對最要好的朋友。不過比較多的反應是，對方漸聽漸露出陌生警戒的目光，悄悄退去，遠離，不一定會洩漏出去這個祕密，但同伴們都動物一樣的迅速感受到這個訊息，一點不想探究的也離小玲遠遠的，任她自生自滅。

但是好奇怪的這些訊息永遠只能橫的傳開，都不會讓小她們幾歲的弟弟妹妹們知道，因此每一屆都無可避免的或多或少有幾名小玲。當念中學的老小玲發現妹妹及其同伴有些神祕難言的形跡時，比較大膽的老小玲就會喝斥妹妹：「叫你們不要去老×家玩！」「妳小心讓媽知道了好看！」

罵完不禁奇怪為什麼自己從來沒想過告訴媽媽。每一個小玲差不多都如此，以致那些老×們都得以安然活到二十、三十年後，當這些小玲們陸陸續續結婚，或與心愛男友的第一次，都會想起那個遙遠年代遙遠村子遙遠小屋的老×，比較傳統保守的小玲們擔心自己的處女膜可還完好，健康開朗些的小玲們則流下衷心快樂的淚水，深深感激撫在自己身上的、不再是一雙遲疑卻又貪婪的蒼老的手，而是如此的年輕有力、清潔、有決心……

這些自然是老×們想都想不到的，因為在那一刻的同時，老×們正全心全意發愁手膀上的那些刺青可要如何去掉、以利於他們的返鄉探親。有大膽些的人便率先去整形外科處割掉那片刺青的皮膚，所以，假若你在八七——八八年間，在街上看過年近七十，單手膀上裹著白紗布繃帶的外省老男人，沒錯，他就是老×，……連你都無法想像吧，他們正是多少女孩在初夜會想起的男人，當然，至此我們已不用去追究她們是基於何種心情了。

看到這裡，你一定會問，那媽媽呢？媽媽們哪兒去了？都在幹什麼？不然怎麼會如此的疏於照顧保護子女？

媽媽們大概跟彼時普遍貧窮的其他媽媽們一樣忙於生計，成天絞盡腦汁在想如何以微薄的薪水餵飽一大家子。若是大陸來的媽媽，會在差不多來臺灣的第十年，變賣盡最後一樣金飾後，在那一年的農曆新年一橫心，把箱底旗袍或襖子拿出來改給眾小孩當新衣，勿需丈夫們解說該年九月的雷震事件，或是進一步的洩漏軍機，她們比什麼人都早的已與朝中主政者一樣自知回不去了。

媽媽們通常除了去菜場買菜是不出門的，收音機時代就在家聽「九三俱樂部」和「小說選播」，電視時代就看「群星會」和「溫暖人間」，要到誰怕誰的時代才較多人以麻將為戲，不再理會眷補證上印的可怕罰則（例如第一次抓到斷糧×個月，第二次抓到……），通常法太嚴則不行，若有誰家明目張膽傳出麻將聲，幾天後，該鄰官階最大的那位太太就會登門不經意的閒聊懇談一番，當然，若打麻將的那家就是該鄰或該村官階最高的，也就是住家坪數最大、最先拆掉竹籬笆改蓋紅磚圍牆、最先有電視的那家，此事大約就不了了之了。

但往往媽媽們的類型都因軍種而異。

空軍村的媽媽們最洋派、懂得化妝，傳說都會跳舞，都會說些英文。陸軍村的媽媽最保守老實，不知跟待遇最差是否有關。海軍村的打牌風最盛，也最多精神病媽媽，可能是丈夫們長年不在家的關係。憲兵村的媽媽幾乎全是本省籍，而且都很年輕甚至還沒小孩，去他們村子玩的小孩會因聽不懂閩南語、而莫名所以的認生不再去。

最奇怪的大概是情報村，情報村的爸爸們也是長年不在家，有些甚至村民們一輩子也沒見過。他們好多是廣東人，大人小孩日常生活總言必稱戴先生長戴先生短，彷佛戴笠仍健在且仍是他們的大家長。

情報村的媽媽們有的早以寡婦的心情過活，健婦把門戶的撐持一家老小，我們可依其小孩的年紀差距推斷出丈夫每次出勤的時日長短。另有些神經衰弱掉的媽媽們則任一窩小孩放野牛羊似的滿地亂跑，自生自滅。做小孩的都很怕學期開始時必須填的家庭調查表，有一個長年考第一名的女孩甚至快要受不了的伏桌痛哭起來，深怕別人發現她的與眾不同，因為父親工作要掩護身分的關係，一家都跟母親的姓，她覺得很難堪，乃至曾有一名小玲以老×的事與她交換最高機密時，她都違背約定的堅不吐實。

至於那些為數不少、嫁了本省男子、而又在生活中屢感不順遂——例如丈夫們怎麼不如記憶中的外省男孩肯做、必須分擔家事，因此斷定他們一定受日據時代大男人主義遺風影響所致：例如每逢選舉，她都必須無可奈何代替國民黨與丈夫爭辯到險些演成家庭糾紛——因而會偶覺寂寞的想念昔日那些眷村男孩都哪兒去了的女孩兒們，我在深感理解同情之餘，還是不得不提醒妳們，不要忘了妳曾經多麼想離開那個小村子，那塊土地，無論以哪一種方式。

記不記得妳在成長到足以想到未來的那個年紀，儘管妳還正和村中的某個男孩戀愛，那些個乘涼或看「晶晶」連戲劇、父母因此無暇顧及的夏日夜晚，滿山的情侶（之前或之後，你會在田納西．威廉電影裡發現到幾乎一模一樣的情景，保守、炎熱、父權、壓抑的南方小鎮裡那些在夜間冶遊、無法說明自己的心靈和身體在飢渴什麼的大男孩大女孩），你們在喧天的蟬聲裡一面發高燒似的熱烈探索彼此年輕的身體，一面在心裡暗暗告別，自然大多的告別是因為沒考上學校的男孩就要去服役或念軍校了，但更多時候，是女孩們片面好忍心的決定。

記不記得？妳，錯過時機尚未走成的女孩——六十年代，嫁黑人嫁ＧＩ去美國的；七十年代，出國念書或去當歌星影星，因為發現唯有此業是收穫耕耘可以不大成比例，宜於經濟起飛年代一無本錢而想一夜致富的人從事——，妳漸漸很不耐煩老在村口克難球場群聚終日的那些等待兵役期、抽菸打屁、除了打球無所事事的幼時玩伴（儘管他們曾經是妳太想一道溷跡終老的夥伴），並非因為妳行經那兒時，總會飄出幾句發自其中一名剛屆青春期的男生洩慾式的髒話，影射妳的身材尺寸或器官、或大喊一聲：「×××的蜜斯！」也並非有些男孩變得粗壯似野獸、並且也發出野獸一樣很讓妳覺得陌生不安的目光和嗓音……

妳只隱隱覺得，那些幼時常與你一道在荒山裡探險開路冶遊的夥伴，不再足以繼續做妳意欲探險外面世界的夥伴，妳甚至不願意承認妳快看不起他們、覺得他們對未來簡直有點不知死活。

於是，妳會在離家念大學或開始就業時，很自然的被那些比起妳的眷村愛人顯得土土的、保守沉默的本省男孩所吸引，儘管他們之中也多有家境比的眷村生活還要窘困，或比眷村男孩的動輒放眼中國、放眼世界的四海之志要顯得胸無大志得多，但他們的安穩怡然以及諸多出乎妳意料的對事情的看法，都使得妳窒悶的生活得以開了一扇窗，透了口氣。儘管多年後妳細細回想，當初所感到的窒息鬱悶也許並非全然因為眷村生活的緣故。

離開眷村而又想念眷村的女孩兒們，我深深同情妳們在人群中乍聞一聲外省腔的「他媽的（音踏、馬的）」一時所頓生的鄉愁，也不會嘲笑有人甚至想登尋人啟事尋找幼年的夥伴或甚至組個眷村黨，因為妳不甘願承認只擁有那些老出現在社會版上、僅憑點滴資料但照眼就能認出的兄弟們（如×台生，山東人，籍設高雄左營、或岡山、或嘉義市、或楊梅埔心、或中和南勢角、或六張犁、南機場……那些個從南到北、自西徂東、有名的大眷村集結之地）。也不願意搭計程車時，聽到司機問：「妳要去ㄌㄚˇ裡？」以及一遇塞車就痛罵國民黨和民進黨的，妳望著他後腦勺的幾莖白髮，當下可斷定他是那批氣宇軒昂意氣洋洋、專修班出來還志願留營以盡忠報國，而後中年退伍不知如何轉業的×家×哥……，除此之外，眷村的兄弟們，你們到底都哪裡去了？

所以妳當然無法承受閱報的本省籍丈夫在痛罵如李慶華、宋楚瑜這些權貴之後奪權鬥爭的同時，所順帶對妳發的怨懟之氣，妳細細回想那些年間你們的生活，簡直沒有任何一點足以被稱做既得利益階級，只除了在推行國語禁制臺語最烈的時代，你們因不可能觸犯這項禁忌而未曾遭到任何處罰、羞辱、歧視（這些在多年後妳丈夫講起來還會動怒的事），儘管要不了幾年後，你們很快就陸續得為這項政策償債，你的那些大部分謀生不成功的兄弟們，在無法進入公家機關或不讀軍校之餘，總之必須去私人企業或小公司謀職時，他們有很多因為不能聽、講臺語而遭到老闆的拒絕。

大概非眷村，或六十年代後出生的本省外省人都無法理解，很多眷村小孩（尤其他們居住的若是個有菜市場、有小商店、飲食店及學校等的大眷區）。在他們二十歲出外讀大學或當兵之前，是沒有「臺灣人」經驗的，只除了少數母親是本省人，因此寒暑假有外婆家可回的，以及班上有本省小孩且妳與他們成為朋友的，至於為數眾多的大陸籍媽媽們，十數年間的唯一臺灣人經驗就是菜市場裡那幾名賣菜的「老百姓」，因此她們印象中的臺灣人大致可分為兩種：會做生意的，和不會做生意的。

正如妳無法接受被稱做是既得利益階級一樣，妳也無法接受只因為妳父親是外省人，妳就等同於國民黨這樣的血統論，與其說妳們是喝國民黨稀薄奶水長大的（如妳丈夫常用來嘲笑妳的話），妳更覺得其實妳和這個黨的關係彷彿一對早該離婚的怨偶，妳往往恨起它來遠勝過妳丈夫對它的，因為其中還多了被辜負、被背棄之感，儘管終其一生妳並未入黨，但妳一聽到別人毫無負擔、淋漓痛快的抨擊它時，妳總克制不了的認真挑出對方言詞間的一些破綻為它辯護，而同時打心底好羨慕他們可以如此沒有包袱的罵個過癮。

然而其實妳並非沒有過這種機會，記不記得有幾次妳單獨攜小孩回娘家的時候，妳不也是如此在晚飯桌上邊看電視新聞邊如此大罵國民黨嗎？只因為從政治光譜上來看，此時沒有人（妳丈夫）站在妳的左邊，所以妳可以難得快樂的扮個無顧忌的反對者，只因為妳很放心這種時候妳的右邊總會有人（妳老爸）出來，為這個愛恨交加、早該分手的黨辯護。

妳大概不會知道，在那個深深的、老人們煩躁嘆息睡不著的午夜，父親們不禁老實承認其實也好羨慕妳們，他多想哪一天也能夠跟妳一樣，大聲痛罵媽啦個 B 國民黨莫名奇妙把他們騙到這個島上一騙四十年，得以返鄉探親的那一刻，才發現在僅存的親族眼中，原來自己是臺胞、是臺灣人，而回到活了四十年的島上，又動輒被指為「你們外省人」，因此有為小孩說故事習慣的人，遲早會在伊索寓言故事裡發現，自己正如那隻徘徊於鳥類獸類之前，無可歸屬的蝙蝠。

總而言之，你們這個族群正日益稀少中，妳必須承認，並做調適。

然而其實只要妳靜下心來，憑藉動物的本能，並不困難就可在汪洋人海裡覓得昔年失散、或遭妳遺棄的那些兄弟們的蹤跡：那個幹下一億元綁票案的主謀，妳在還來不及細看破案經過以及他的身分簡介時，只見他向記者們琅琅上口的詩句：「慷慨歌燕市，從容作楚囚，引刀成一快，不負少年頭。」妳不是脫口而出：「啊，原來你在這裡！」

初中那年，妳們不是曾經被一個新來的國文老師所迷惑，只因為那位五十來歲、一口湖北腔的單身男老師總喜歡講課本以外的東西，他就曾經含著眼淚，以平劇花臉的腔調誦完少年汪精衛這首刺攝政王失敗的「獄中口占」，妳不是還邊認真的把全詩抄在課本空白處，邊疑惑妳所學過民國史裡的大漢奸賣國賊、怎麼也有這種看似像個人的時候，那個國文老師大概正因為老是觸犯此類禁忌之故，學期結束就又他調。

多年後，妳猜他絕對不知道自己當年曾開啟多少熱血少年的心志，又或讓他們以為找到了使他們動機看似神聖正義的理由。

所以，原來當初那些盤據在村口、妳覺得他們只敢跟自己人或別眷村好勇鬥狠、卻沒膽出去闖蕩世界的×哥×弟們，就在他們中間，就在妳要棄絕他們的同時，有人正在磨刀霍霍，結群結黨，暗暗在全島幹下無頭搶案數十起並殺人如麻，破案時，妳不須細看報上的說明他們這個強盜集團是新竹光復路某某眷村的子弟，妳僅憑他戴著手銬腳鐐的相貌就可呼出他的小名；乃至十數年後遠赴美國深信自己是為國鋤奸的×哥，妳絲毫不吃驚他僅僅不過想印證那句奉行半生的：「引刀成一快，不負少年頭！」

當然村口的那些兄弟們不盡都是如此之輩，一名溷跡其中、跟其他很多人一樣去跑船的沈家老大，二十年後，妳不難在報上的訪問他中，清楚嗅出他的眷村味兒，當大約舉國都不相信他要把那塊唐榮舊址變更為商業用地並非只為了賺取暴利，而是想蓋一幢他做海員在其他美麗的國家看到的美麗建築時，大概只有妳相信他所說的是真話，並驚嘆且同情這名身價百億的成功證券商，為何還可憐兮兮如妳們十數年前、對國家如此抽象卻又無法自拔的款款深情。

類似此的還有哪個、有沒有？好像是第五鄰第一家，在家門口開個早餐攤，常幫媽媽洗洗弄弄找錢的王家煊哥，三十年後，妳每見他以財政部長的身分在報章、電視等媒體大力推銷他的政策時，妳以女性的直覺並不懷疑他的操守、用心、專業有何問題。只是他那股言談間瀰漫不去「以國家興亡為己任」的濃濃眷村味兒，讓你覺得因為太熟悉了而反倒心煩意亂，但畢竟也每足以讓你百感交集的喟嘆「噢，原來你在這裡，眷村的兄弟」。

所以，那些兄弟們，好的、壞的（從法律觀點看）、成功的、失敗的（從經濟事功看）、存在的、不存在的、有記憶的、遺忘症的、記憶扭曲的……，請容我不分時代、不分畛域的把四九——七五（蔣介石消逝、神話信念崩潰的那一年）凝凍成剎那，也請權把我們的眼睛變做攝影機，我已經替你鋪好了一條軌道，在一個城鎮邊緣尋常的國民黨中下級軍官的眷村後巷，請你緩緩隨軌道而行——音樂？隨你喜好，不過我自己配的是一首老國語流行歌〈今宵多珍重〉，上過成功嶺的男生都該會記得吧，每天晚上入睡前營區放的：南風吻臉輕輕，飄過來花香濃；南風吻臉輕輕，星已稀月迷濛……

我們開始吧——

不要吃驚，第一家在後院認真練舉重的的確是，對，李立群……，除了喘氣聲，他並沒發出任何噪音，因此也沒吵到隔壁在燈下念書的高希均和對門的陳長文、金惟純、趙少康……

我們悄聲而過，這幾家比較有趣得多，那名穿著阿哥哥裝在練英文歌的是歐陽菲菲，十六歲但身材已很好的她，對自己仍不滿意，希望個兒頭能跟隔壁的白嘉莉一樣。當然你不會吃驚看到第四家的白嘉麗正披裹著床單當禮服，手持一支仿麥克風物在反覆演練：「各位長官、各位來賓，今天我要為各位介紹的是……」

別看呆了！你。第五家湊在小燈泡下偷看小說的那個小女孩也很可愛，她好像是張曉風、或愛亞、或韓韓、或袁瓊瓊、或馮青、獲蘇偉貞、或蔣曉雲、或朱天文（依年齡序），總之她太小了，我分不出。

當然不是只有女孩子才愛看閒書，我們跳過一家，你會發現也有個小兄弟在看書，什麼？你連蔡詩萍和苦苓都分不出!?都錯了，是張大春，所以我們頂好快步通過，免得遭他用山東粗話噌，是啊！他打從小就是這個樣兒……

隔壁剛作完功課、正專心玩辦家家的一對小男生小女生，看不出來吧，是蔡琴和李傳偉。當然也有可能是趙傳和伊能靜。

第九家，一名小玲默默在洗澡。

第十家，漆黑無人，因為在念小學的正第、正杰兄弟倆陪母親去索討父親託人遺下的安家費，他們就是我們提起過的情報村的，打從他們一家遷居至此，村民們就從沒有看過他們的父親，直至差不多三十年後……

第十一家……

（我倆臨別依依，要再見在夢中。）

……

啊！

想我眷村的兄弟們。

作者簡介

——朱天心，祖籍山東臨朐，一九五八年生於高雄鳳山，臺灣大學歷史系畢業。早有夙慧，就讀北一女時期寫就的《擊壤歌》，曾風靡一整代青年學子。自《我記得……》後風格一變，開發新題材，《想我眷村的兄弟們》、《古都》、《漫遊者》皆已成為臺灣文學史上的代表性重要著作，相關的討論文章無數。除了專事寫作，並長年關注政治性公共事務，近年擔任街貓志工，著有《獵人們》、《三十三年夢》等書。

刀刃斬下，犯人攔腰斷作兩截，鮮血噴灑在縣城十字路口。犯人的上半身痛苦的蠕動著，突地雙手一撐，居然直立起來。

圍著看熱鬧的縣城居民發出一陣驚叫，頓時走得一個都不剩。監斬官和劊子手也皺皺眉，逕自回衙門去了。

犯人孤零零的「站」在那兒，好像正從土裡鑽出來一般。

日正當中，小孩子蹲在路口，細細端詳著犯人。

犯人抬起失神的眼睛，朝他咧嘴笑了笑。

「你不會死嗎？」小孩子問。

「當然會。」犯人的喉管裡似乎充滿了唾沫。「不曉得還能捱多久。」

「我的爹娘都嚇壞了，他們說從沒見過這樣的事。」小孩子指了指路口周圍的住戶。「他們都躲在窗戶後面看。那一家的王二爹跟人打賭，說你活不過一個時辰，但也有人說你身子骨硬，可以熬到傍晚……」

「最好別拖那麼久。」犯人苦笑一聲。「你叫什麼名字？」

「土蟲兒。」小孩子回答。

「我叫伏一波。」

「我知道，大家都知道。伏一波，明火執仗，強盜殺人，腰斬棄市，曝屍三日……你很痛嗎？」

「當然痛。」

「我想也是。你應該早點死掉，壞人都應該早點死掉。」

「但願如此。但我還有事要做。」

夏邑縣的捕頭葉秦來到十字路口的時候，伏一波正用雙手掐著腰肢，彷彿想把那巨大的傷口擠攏似的。

「伏一波，你被人害了，你曉不曉得？」

「不太清楚，只猜著了點兒。」

「你把收藏贓物的地點告訴我，有朝一日我會幫你主持公道。」

伏一波用憂傷無神的眼睛看著他。「葉捕頭，我沒念過書，也沒見過多少世面，現在我要死了，我只想再為自己做一件事，你明白麼？」

「我明白，隨你的便吧。」

葉秦走後不久，一個員外模樣的人來到他身旁。「賊囚囊，你為什要殺我兒子？」

伏一波抬起頭。「你是『源記錢莊』的錢北斗錢老闆？」

「沒錯。」錢北斗舉起腳想踢過去，卻又馬上收了回來。「死賊囚囊，我兒子跟你有什麼仇恨？」

「沒有。」伏一波說。「我沒殺你兒子。」

「反正不是你就是你的同夥。」

「我們都沒殺你兒子，我們只是打劫……」

「賊囚囊，你去死吧！」

「等一下，錢老闆，那天錢莊被搶走了多少兩黃金？」

錢北斗愣了愣。「三千兩。你自己搶的還會不知道嗎？」

「我知道了，錢老闆。」

「小伏，還撐不撐得下去？」

伏一波的同夥諢名喚做「鐵肚皮」的傢伙，裝做沒事人兒一樣路過，低聲這麼問道。

「你看我這樣子還能撐多久？」

「小伏，你真有種，聽說各種刑具全用上了，你就是沒招出半個兄弟。大夥兒一輩子感激你。」

「麻煩你帶句話給老大，我很後悔，從前我是大夥兒當中最不聽話的……」

「小伏，別說了，其實老大還是對你最好，兄弟夥兒都看得出來，那晚老大不是只帶著你進金庫嗎？咱們三個只有在外頭把風的份兒。老大今天特地叫我告訴你，他會照顧你娘，你放心好了。」

「我很後悔，從前不聽老大的話。你一定要告訴他。」

「我會告訴他。」鐵肚皮轉動著眼珠。「小伏，那晚你跟老大在金庫裡到底拿了多少兩金子？」

「我腦袋已經開始迷糊了，我想想看，那晚我們翻進錢莊，打昏了幾個夥計，然後你們在外頭把風……順便問你一聲，你們把錢北斗的兒子錢大海殺了嗎？」

「沒人殺他，把他打昏了而已。這事兒蹊蹺得緊，一定有人偷偷跟在我們後面殺了他，然後嫁禍給我們……」

「這先不提，那晚我跟老大走進金庫之後，把所有的金條子分成五袋，每一袋好像都裝了六十條，每一條是十兩，所以應該是……」

「三千兩。」鐵肚皮的聲音冷了下來。

「不錯，三千兩。錢北斗報官，不也說他被劫走了三千兩嗎？」

「我曉得了。」鐵肚皮點點頭。「每個人的袋子裡都裝了六百兩。」

「怎麼，已經半個多月了，你的那一袋直到現在還沒打開看嗎？」

「那晚得手後，大家摸黑趕路，誰還有空去看袋子裡有多少條子？按照慣例，一回到老巢，老大就把袋子都收走了——只除了你那一袋。」

「半路上我先回家去了，但我也照老大的吩咐，把袋子藏在瓦窯那兒。」

鐵肚皮一呆。「但老大去找過，說是找不著。」

「不可能！」伏一波叫了起來。

「小伏，你放心，這沒關係，你那一份總會找到的。」鐵肚皮冷笑一聲。「明明是三千兩，老大卻偏說只有二千兩，這數目遲早也會對上的。你放心，我走了。」

土蟲兒帶了一瓦罐子水，想給伏一波喝。

「我的身體不曉得還能不能進水。」伏一波微弱的說著，忽然笑了起來。「等下萬一要撒尿，從那兒撒出去呢？」

「血好像已經不流了。」土蟲兒望著伏一波橫斷的腰肢。

「泥巴能止血，所以剛才我拚著老命也要直立起來。」伏一波說。「但我曉得血已快流光了，現在我冷得要命。」

土蟲兒舉頭望了望末時的太陽，依舊毒辣非常，伏一波青白的臉色和顫抖的語聲，令他不禁打了個哆嗦。「他們為什麼不讓你一下子就死呢？為什麼把你殺了，還要丟在這裡給人家看？」

「大概是想嚇唬老百姓，讓人看了以後不敢做壞事。」

「皇帝真聰明。」

「對呀，所有的皇帝都很聰明。把你嚇倒了吧？你長大後不敢做壞事了吧？」

「我不會做壞事。」土蟲兒看了伏一波一眼，頓住了，半晌才說：「但我還沒長大。」

伏一波又笑了笑。「我小時候經常看見城門上掛著人頭，一掛就好幾個月，到後來都風得乾乾的，好像文旦一樣。我那時真被嚇壞了，城門上一有人頭，我就不敢從下面經過，我還記得那時心裡一直都在想，長大了一定不能幹壞事。」

「我會記得你。」土蟲兒說。「我長大了不知道會怎麼樣。」

「最好聰明一點，跟皇帝一樣聰明。」

「我走了。」土蟲兒站起來。「那個王二爹已經輸了。」

「心軟的人總是比較倒楣。」伏一波說。

「住在縣城十字路口的人好像都很倒楣。」

葉秦再度走訪伏一波，竟帶來一包草藥，餵入瀕死之人的嘴巴。「大概會有點用。」

「葉捕頭，你為什麼要這樣照顧我？」

「人要體察天意。小伏，你嚇我一跳，也讓我想起很多事。」

「葉捕頭，我一直想問你，你是怎麼逮到我的？你怎麼曉得搶案是我幹的？」

「你們這夥人手腳俐落，沒留下任何線索，還真叫人頭痛。但當晚褚師爺就把我叫了去，說有人密告，你伏一波涉嫌重大……」

「師爺叫你去？」

「不錯，師爺叫我去。說來好笑，線民通常都是向我告密……」

「抱歉，葉捕頭，很多事情我不太懂，師爺究竟是幹什麼的？」

「師爺是縣老爺的幕友，換句話說，是縣老爺請來的幫手，既非本地的書吏與差役，也非朝廷的命官。師爺全都通曉律例，主要替縣老爺處理刑名和錢穀之事。譬如說，這名人犯該用那條條例來治罪，縣老爺科舉出身，只會念四書五經，那懂得繁雜的律例，這時就由師爺來出主意，往往一字能叫人死，一字能叫人生。再嘛，就是錢穀了，我有個遠房堂叔在安陽縣當師爺，全安陽的錢莊掌櫃都跟他有交情，因為錢莊是貨財流動周轉的地方，而縣庫總有周轉不過來的時候，錢莊掌櫃就能幫上一些忙。反過來說，萬一錢莊掌櫃背著老闆挪用公款，師爺能不幫忙嗎？」

「萬一錢莊掌櫃挪用公款。」伏一波說。「這倒好。」

「好得很。怎麼能讓錢莊老闆查出一筆爛帳，你說對不對？我倒要問問你，打劫是誰的主意？」

「一向都是老大的主意。」

「據我所知你們這夥人從來沒劫過錢莊，這回為何選定『源記』？」

「我不曉得。」

「話再說回頭，我反正只管抓人，得到密報後便連夜趕到你家，以後的事你自己都曉得啦，雖沒搜著贓物，但搜到凶器一把……」

「錢大海是被我的刀殺的嗎？」

「當然不是，凶刀就插在死者的胸口上，是一柄解手尖刀，強盜打劫根本不會用這種刀。」

「那憑什麼判我的罪呢，把我刑得死去活來，我也沒招供半個字……」

「縣老爺是個糊塗官，脾氣又大，師爺再在旁邊一攛掇，那不砍你才有鬼，連贓物都不追了。」葉秦搖著頭說。「把你砍了，這案子怎麼結呢？贓物要上哪兒去找呢？」

「也許有人想把它糊裡糊塗的結掉。」伏一波的眼睛亮了起來。

「人大概都要到臨死之前，腦袋才會清醒一點。」

「在今天以前，我還從來沒用過腦袋。」

「那麼你可以再多想想，縣老爺的火氣為什麼這麼大？如果這件案子只有強盜，沒有殺人……」

「他或許會捺下性子來追查贓物下落與同夥共犯。」

「也不會援用『就地正法』的條例，更別提『腰斬』這多少年沒人用過的刑律了。」

「有人故意設計激怒縣老爺。我真倒楣。」

「你現在還來得及把你的同夥供出來。」

「那沒有用。」伏一波沉思著說。

「你老大『剪頭鬼』把你當成替死鬼，用你來頂罪，這已是再明顯不過的了……」

「我曉得。」伏一波說。「但害我的不只他一個，對不對？」

「你的腦袋愈來愈靈光了。」

「可惜我只剩下了半個人。」

伏一波低著頭，默默忍受苦痛，日已偏西，時間似乎比影子還長，忽然一條長長的人影壓在他頭上。

伏一波舉起眼，頓時露出惶急的神色。「老大，你怎麼敢跑來這裡？風聲還緊，小心點……」

剪頭鬼淒淒的望著伏一波的半截身子，好像就快哭出來。「兄弟，你我兄弟這麼久，你今天落到這種地步，我實在很難過。但你放心，我一定要抓出告密者，幫你報仇。」

「謝了，老大。」

「真慘哪，兄弟，你是我最喜歡的兄弟……」

「老大，鐵肚皮剛剛來過。」

「我曉得，他問了你些什麼？」

「也許我不該說……」

「唉呀，沒關係啦，咱們五個一向同生共死。」

「他有點不太信任你，老大。」

「他剛剛到我那兒去，臉色很不好看。他說，你告訴他，那晚咱們一共得手了三千兩黃金。」

「沒有，我告訴他，我們只得手了二千兩。」

「是嘛，那晚咱倆在錢莊庫房裡，數目很清楚，二百根金條子，每袋裝四十條……」

「沒錯，老大。」

「那麼，鐵肚皮為何一口咬定三千兩？」

「我說二千兩，但他說錢北斗報官的數目是三千兩。」

「錢北斗不……他那掌櫃……」剪頭鬼咳了一聲。「有些事情很複雜，我不能跟他們說得太清楚，其實我也沒搞清楚……」

「你應該把事情弄清楚也說清楚。總之，鐵肚皮大概認為你獨吞了一千兩，你最好帶他來跟我對質。」

「不用了，鐵肚皮那傢伙……」剪頭鬼又咳一聲。「小伏，我會幫你照顧你娘，除了你那一份之外，我還要多給你娘一些。」

「謝了，老大。」

「你那一份已經交給你娘了嗎？」

「鐵肚皮剛剛才在問，說去瓦窯那兒找不到我那一份，這就奇怪了，我照你的話把東西藏在那兒的……」

「唉，那晚本就不該讓你半路先回去的，但你每次都不聽我的話……」剪頭鬼想了想。「你可有告訴別人藏東西的地點？」

伏一波壓低聲音。「我被捕之後的第二天晚上，褚師爺來牢裡看我……」

「褚師爺去看你？」

「對。褚師爺說他有辦法替我脫罪。師爺專掌刑名與錢穀，對不對，我當然相信他。他也說了一些『源記錢莊』劉掌櫃的事……」

「這些也說了？」

「稍微提了點兒，但我聽不太懂。我一直相信他可以幫我脫罪，所以我一直抵死不招，沒想到……」

「他問了你藏東西的地方？」

「對，我告訴他了。」

「我曉得了。我最不喜歡被人耍。」剪頭鬼說。「小伏，你真夠義氣，沒有攀扯出半個兄弟，你真是我的好兄弟。我會幫你照顧你娘。」

「伏叔叔，大家都說你是替死鬼，什麼是替死鬼？」太陽快落下去了，土蟲兒手裡捏著個窩窩頭，邊啃邊問。

「有很多事情我從來沒有仔細想過，但現在，好像就這麼一下，全想通了——任何地方，只要一發生刑案，就必須有人出頭頂罪，你懂不懂？」

「我不懂。」

「這麼說吧，如果一大幫人犯了罪，通常都會在其中挑個倒楣鬼出去頂罪……」

「萬一沒人頂呢？」

「所有的捕快都跟所有的盜匪有交情，誰幹了什麼案子，一清二楚。盜匪若不交人，捕快自然會逼他們交人。」

「萬一還是不交呢？」

「那就慘了，捕快全都要倒楣，縣老爺也要倒楣，犯案的盜匪也要倒楣，因為朝廷一怪罪下來，『地方不靖，盜匪叢生』，派隊官兵來一剿，全縣的老百姓都倒楣，盜匪也是本地人，不但他自己要倒楣，他的家人全要跟著倒楣。」

「官兵那麼凶嗎？」

「官兵都是外地人，他們管你什麼東西？四個字——雞犬不留。」

「萬一出頭頂罪的人，受不了拶指夾棍打板子，把同夥的人全都招出來呢？」

「頂罪的人若是糊裡糊塗，並不曉得自己被同夥出賣，通常為了死守江湖道義，就算夾死他，他也不會牽扯出半個同黨；若是他不糊塗，他也不敢招，因為他還有親人，你懂不懂？」

「這個世界太壞了，伏叔。」

「是啊，太壞了。」伏一波說。「天晚了，快回去睡覺吧，小孩子不要當夜貓子。

有空常到青草坡上的那兩棵大樹下去玩兒，說不定會找著四百兩黃金。」

「如果真找到了，交給誰呢？」

「給我娘一些，你自己留一些。」

「你娘沒來看過你嗎？」

「沒有。她早對我灰透了心。」

「她現在應該來看看你，你現在變得……很不一樣。我回去了，伏叔。」土蟲兒站起來，走了幾步，忽又停下。「忘記告訴你一件事，豬師爺不知怎地，剛剛被人殺了，脖子上一刀，腦袋跟身體分了家。」

伏一波笑了笑。「他被砍得太上面一點了，是不是？」

月亮升上頭頂，伏一波的臉色也變得跟月亮一樣白。

鐵肚皮穿過夜色，走到伏一波身邊。「小伏，我們要走啦，永遠離開這個地方。你安心瞑目吧，你的仇，我們已經幫你報了。」

伏一波的頭垂向地面，久久不答言。

「剪頭鬼已被咱們三個殺了，你聽見沒有？」

「聽見了。」

「那個王八兔崽子，明明到手三千兩，卻偏說只有二千兩。我們逮到他的時候，他說是他剛剛殺了一個騙我們的人，說你的那一份也是被那人拿走了，但那人是誰，他又不肯講，我們一氣之下就……」

「你們在哪兒逮到他的？」

「在『源記錢莊』的圍牆外頭。他正鬼鬼祟祟的好像想往裡爬……」

「唉，你們早殺了他一步。」即使在臨刑之時，伏一波的臉皮也沒像現在一樣皺。

「什麼意思？」

「唉，沒有啦。」

「我們雖殺了剪頭鬼，但還是沒找到那一千兩和你的那一份。反正沒關係，我們走了，再也不回來了。」

「一路順風，鐵肚皮。」

「小伏，兄弟夥兒都對不起你。」

「別提了。」

「咱們三個每人拿了五十兩金子給你娘，你放心吧。」

「謝謝你，鐵肚皮。」

葉秦再來的時候，天邊正好透出一線曙光，而伏一波只剩下了一口氣。

「小伏，你放鬆點兒，死得比較快。」

「我曉得。」伏一波氣若游絲的說。「該做的都做得差不多了，只可惜還有一樁未了。」

葉秦笑了起來。「我就是要告訴你，『源記錢莊』的劉掌櫃剛剛被人殺啦。殺死他的凶器，跟殺死錢大海的凶器，好像是同一把，真是天理昭彰，報應不爽嘛。」

伏一波已將熄滅的眼睛裡又閃出了一抹火光。「殺死錢大海的凶器不是被捕廳拿了去當證物嗎？」

「本來在我那兒。」葉秦聳聳肩膀。「但後來不知怎麼搞的，不見了。」

「不見了？」伏一波一副想笑的樣子。

「是啊，不見了。」葉秦一本正經的說。「就跟『源記錢莊』的爛帳一樣，一筆勾消。我幹捕快的，最高興看到所有的恩怨情仇一筆勾消。」

「冤只冤了錢大海。」

「凶手總算給他償了命。你也不冤，小伏，老天特別厚待你。」

「大家都沒想到我能活這麼長，這事兒本來不會揭穿的。」

「人算不如天算。人要體察天意，這我很懂。」

「多謝你，葉捕頭，我很高興，我可以安安心心的死啦。」伏一波說，頭垂得低低的。「最後一個問題，褚師爺和我老大是怎麼搭上線的？」

久久無人回答。伏一波抬頭看時，葉秦早已走遠了。

天一亮，土蟲兒就跑出家門，昨天輸了錢的王二爹正站在家門口，望著十字路中央。

「他死了，好像是在黎明時候斷的氣。」王二爹說。「他的氣真長，簡直不可思議。」

「這是個奇怪的世界呢，老爹。」

「腰斬實在太殘忍了，讓人不死不活的拖這麼久，大半天咧，這大半天有多難過呀！」

「不會吧。他做了很多事呢。」土蟲兒說。

作者簡介

——郭箏，本名陶德三，一九五五年生。正式學歷只到初中為止，曾做工十二年，現專事寫作。八、九〇年代活躍於文壇，曾獲洪醒夫小說獎。以筆名應天魚出版過武俠小說《少林英雄傳》；後以筆名郭箏出版武俠小說《鬼啊！師父》、《龍虎山水寨》，短篇小說集《好個翹課天》、《上帝的骰子》，以及長篇小說《如煙消逝的高祖皇帝》等。另曾多次獲新聞局優良電影劇本獎、廣播電視金鐘獎最佳改編劇本獎等各種獎項。二〇〇二年，以電影《挖洞人》與同劇導演何平合得法國杜維爾亞洲國際影展最佳編劇獎。

尋找天使遺失的翅膀

陳雪

當我第一眼看見阿蘇的時候，就確定，她和我是同一類的。我們都是遺失了翅膀的天使，眼睛仰望著只有飛翔才能到達的高度，赤足走在炙熱堅硬的土地上，卻失去了人類該有的方向。

●

黑暗的房間裡，街燈從窗玻璃灑進些許光亮，阿蘇赤裸的身體微微發光，她將手臂搭在我肩上，低頭看著我，比我高出一個頭的地方有雙發亮的眼睛，燃燒著兩股跳躍不定的火光……

「草草，我對你有著無可救藥的慾望，你的身體裡到底隱藏著什麼樣的祕密？我想知道你，品嘗你，進入你……」

阿蘇低沉暗啞的聲音緩緩傳進我的耳朵，我不自禁地暈眩起來……她開始一顆顆解開我的鈕子，脫掉我的襯衫、胸罩、短裙，然後我的內褲像一面白色旗子，在她的手指尖端輕輕飄揚。

我赤裸著，與她非常接近，這一切，在我初見她的剎那已經注定。

她輕易就將我抱起，我的眼睛正對著她突起的乳頭，真是一對美麗得令人慚愧的乳房，在她面前，我就像尚未發育的小女孩，這樣微不足道的我，有什麼祕密可言？

躺在阿蘇柔軟的大床上，她的雙手在我身上摸索、游移，像念咒一般喃喃自語。

「這是草草的乳房。」

「這是草草的鼻子。」

……

從眼睛鼻子嘴巴頸子一路滑下，她的手指像仙女的魔棒，觸摸過的地方都會引發一陣歡愉的顫慄。

「草草的乳房。」

手指停在乳頭上輕輕畫圈，微微的顫慄之後，一股溫潤的潮水襲來，是阿蘇的嘴唇，溫柔的吸吮著。

最後，她拂開我下體叢生的陰毛，一層層剝開我的陰部，一步步，接近我生命的核心。

——有眼淚的味道。

阿蘇吸吮我的陰部我的眼淚就掉下來，在眼淚的鹹濕中達到前所未有的高潮，彷彿高燒時的夢魘，在狂熱中昏迷，在昏迷中尖叫，在尖叫中漸漸粉碎。

我似乎感覺到，她正狂妄地進入我的體內，猛烈地撞擊我的生命，甚至想拆散我的每一根骨頭，是的，正是她，即使她是個女人，沒有會勃起會射精的陰莖，但她可以深深進入我的最內裡，達到任何陰莖都無法觸及的深度。

●

我總是夢見母親，在我完全逃離她之後。

那是豪華飯店裡的一間大套房，她那頭染成紅褐色的長髮又蓬又捲，描黑了眼線的眼睛野野亮亮的，幾個和她一樣冶豔的女人，化著濃妝，只穿胸罩內褲在房裡走來走去、吃東西、抽菸，扯著尖嗓子聊天。

我坐在柔軟的大圓床上，抱著枕頭，死命地啃指甲，眼睛只敢看著自己腳上的白短襪。一年多不見的母親，這究竟是怎麼回事？她原本是一頭濃密的黑色長髮，和一雙細長的單眼皮眼睛啊！鼻子還是那麼高挺，右眼旁米粒大的黑痣我還認得，但是，這個女人看來是如此陌生，她身上濃重的香水味和紅褐色的頭髮弄得我好想哭！

「草草乖，媽媽有事要忙，你自己到樓下餐廳吃牛排、看電影，玩一玩再上來找媽媽好不好？」

她揉揉我頭髮幫我把辮子重新紮好，塞了五百塊給我。

我茫然地走出來，在電梯門口撞到一個男人。

「妹妹好可愛啊！走路要小心。」

那是個很高大、穿著西裝的男人。我看見他打開母親的房門，碰一聲關上門，門內，響起她的笑聲。

我沒有去吃牛排看電影，坐在回家的火車上只是不停地掉眼淚，我緊緊握著手裡的鈔票，耳朵裡充滿了她的笑聲，我看著窗外往後飛逝的景物……就知道，我的童年已經結束了。

那年，我十二歲。

完全逃離她之後，我總是夢見她。一次又一次，在夢中，火車總是到不了站，我的眼淚從車窗向外飛濺，像一聲嘆息，天上的雲火紅滾燙，是她的紅頭髮。

「你的雙腿之間有一個神祕的谷地，極度敏感，容易顫慄，善於汩汩地湧出泉水，那兒，有我極欲探索的祕密。

「親愛的草草，我想讓你快樂，我想知道女人是如何從這裡得到快樂的？」

阿蘇把手伸進我的內褲裡搓揉著，手持著菸，瞇著眼睛朝著正在寫稿的我微笑。

我的筆幾乎握不穩了。

從前，我一直認為母親是個邪惡又淫穢的女人，我恨她，恨她讓我在失去父親之後，竟又失去了對母親的敬愛，恨她在我最徬徨無依時翻臉變成一個陌生人。

恨她即使在我如此恨她時依然溫柔待我，一如往昔。

遇見阿蘇之後我才知道什麼叫做淫穢與邪惡，那竟是我想望已久的東西，而我母親從來都不是。

阿蘇就是我內心慾望的化身，是我的夢想，她所代表的世界是我生命中快樂和痛苦的根源，那是孕育我的子宮，脫離臍帶之後我曾唾棄它、詛咒它，然而死亡之後它卻是安葬我的墳墓。

「我寫作，因為我想要愛。」

我一直感覺到自己體內隱藏著一個封閉了的自我，是什麼力量使它封閉的？我不知道；它究竟是何種面目？我不知道；我所隱約察覺的是在重重封鎖下，它不安的騷動，以及在我扭曲變形的夢境裡，在我脆弱時的囈語中，在深夜裡不可抑制的痛苦下，呈現的那個孤寂而渴愛的自己。

我想要愛，但我知道在我找回自己之前我只是個愛無能的人。

於是我寫作，企圖透過寫作來挖掘潛藏的自我。我寫作，像手淫般寫作，像發狂般寫作，在寫完之後猶如射精般將它們一一撕毀，在毀滅中得到性交時不可能的高潮。

第一篇沒有被我撕毀的小說是〈尋找天使遺失的翅膀〉，阿蘇比我快一步搶下它，那時只寫了一半，我覺得無以為繼，她卻連夜將它讀完，讀完後狂烈地與我做愛。

「草草，寫完它，並且給它一個活命的機會。」

阿蘇將筆放進我的手裡，把赤裸著的我抱起，輕輕放在桌前的椅子上。

「不要害怕自己的天才，因為這是你的命運。」

我看見戴著魔鬼面具的天才，危危顫顫地自汙穢的泥濘中爬起，努力伸長枯槁的手臂，歪斜地朝向一格格文字的長梯，向前，又向前……

●

曾經，我翻覆在無數個男人的懷抱中。

十七歲那年，我從一個大我十歲的男人身上懂得了性交，我毫不猶豫就讓他插入雙腿之間，雖然產生了難以形容的痛楚，但是，當我看見床單上的一片殷紅，剎那間心中萌生了強烈的快感，一種報復的痛快，對於母親所給予我種種矛盾的痛苦，我終於可以不再哭泣。

不是處女之後，我被釋放了，我翻覆在無數個男人的懷抱中以為可以就此找到報復她的方法……

我身穿所有年輕女孩渴望的綠色高中制服，蓄著齊耳短髮，繼承自母親的的美貌，雖不似她那樣高䠷，我單薄瘦小的身材卻顯得更加動人。

旁人眼中的我是如此清新美好，喜愛我的男人總說我像個晶瑩剔透的天使，輕易的就攫獲了他們的心。

天使？天知道我是如何痛恨自己這個虛假不實的外貌，和所有酷似她的特徵。

我的同學們是那樣年輕單純，而我在十二歲那年就已經老了。

「天啊！你怎麼能夠這樣無動於衷？」

那個教會我性交的男人在射精後這樣說。

他再一次粗魯地插入我，狠狠咬囓我小小的乳頭，發狂似的撞擊我，搖晃我。他大聲叫罵我或者哀求我，最後伏在我胸口哭泣起來，猶如一個手足無措的孩子。

「魔鬼啊！我竟會這樣愛你！」

他親吻著我紅腫不堪的陰部，發誓他再也不會折磨我傷害我。

我知道其實是我在傷害他折磨他，後來他成了一個無能者，他說我的陰道裡有一把剪刀，剪斷了他的陰莖，埋葬了他的愛情。

剪刀？是的，我的陰道裡有一把剪刀，心裡也有！它剪斷了我與世上其他人的聯繫，任何人接近我，都會鮮血淋漓。

●

記不得第一次到那家酒吧是什麼時候的事了？總之，是在某個窮極無聊的夜晚，不分青紅皂白闖進一家酒吧，意外地發現他調的「血腥瑪麗」非常好喝，店裡老是播放年代久遠的爵士樂，客人總是零零星星的，而且誰也不理誰，自顧自地喝酒抽菸，沒有人會走過來問你：「小姐要不要跳支舞……」當然也是因為這兒根本沒有舞池。

就這樣，白天我抱著書本出入在文學院，像個尋常的大學三年級女生，晚上則浸泡在酒吧裡，喝著他調的血腥瑪麗、抽菸、不停地寫著注定會被我撕毀的小說。他的名字叫ＦＫ，吧臺的調酒師，長了一張看不出年紀的白淨長臉，手的形狀非常漂亮，愛撫人的時候像彈鋼琴一樣細膩靈活……

後來我偶爾會跟他回到那個像貓窩一樣乾淨的小公寓，喝著不用付錢的酒，聽他彈著會讓人骨頭都酥軟掉的鋼琴，然後躺在會吱吱亂叫的彈簧床上懶洋洋地和他做愛。他那雙好看的手在我身上彈不出音樂，但他仍然調好喝的血腥瑪麗給我喝，仍然像鐘點保母一樣，照顧我每個失眠發狂的夜晚。

「草草，你不是沒有熱情，你只是沒有愛我而已。」

ＦＫ是少數沒有因此憤怒或失望的男人。

看見阿蘇那晚，我喝了六杯血腥瑪麗。

她一推開進來，整個酒吧的空氣便四下竄動起來，連ＦＫ搖調酒器的節奏都亂了……我抬頭看她，只看見她背對著我，正在吧臺和ＦＫ說話，突然回頭，目光朝我迎面撞來，紅褐色長髮抖動成一大片紅色浪花……

我身上就泛起一粒粒紅褐色的疙瘩。

我一杯又一杯地喝著血腥瑪麗，在血紅色酒液中看見她向我招手；我感覺她那雙描黑了眼線亮亮野野的眼睛正似笑非笑地瞅著我，我感覺她那低胸緊身黑色禮服裡包裹的身體幾乎要爆裂出來，我感覺她那低沉喑啞的聲音正在我耳畔呢喃著淫穢色情的話語……恍惚中，我發現自己的內褲都濡濕了。點燃我熾烈情慾的，竟是一個女人。

她是如此酷似我記憶中不可觸碰的部分，在她目光的凝視下，我彷彿回到子宮，那樣潮濕、溫暖，並且聽見血脈賁張的聲音。

我一頭撞進酒杯裡，企圖親吻她的嘴唇。

在暈眩昏迷中，我聞到血腥瑪麗自胃部反嘔到嘴裡的氣味，看見她一步一步朝我走近……一股腥羶的體味襲來，有個高大豐滿多肉的身體包裹著我、淹沒了我……

●

睜開眼睛首先聞到的就是一股腥羶的體味，這是我所聞過最色情的味道。

頭痛欲裂。我努力爭開痠澀不堪的眼睛，發現自己躺在一張大得離譜的圓床上，陽光自落地窗灑進屋裡，明亮溫暖。我勉強坐起身，四下巡視，這是間十多坪的大房間，紅黑白三色交錯的家具擺飾，簡單而醒目，只有我一個人置身其中，像一個色彩奇詭瑰麗的夢。

我清楚地知道這是她的住處，一定是！我身上的衣服還是昨晚的穿著，但，除了頭痛，我不記得自己如何來到這裡？

突然，漆成紅色的房門打開了，我終於看見她向我走來，臉上脂粉未施，穿著T恤牛仔褲，比我想像中更加美麗。

「我叫阿蘇。」

「我叫草草。」

來了！

●

當我第一次聞到精液的味道我就知道，這一生，我將永遠無法從男人身上得到快感。

剛搬去和母親同住時，經常，我看見陌生男人走進她房裡，又走出來。一次，男人走後，我推開她的房間，看見床上凌亂的被褥，聽見浴室傳來嘩嘩的水聲，是她在洗澡，我走近床邊那個塞滿衛生紙的垃圾桶，一陣腥羶的氣味傳來……那是精液混合了體液的味道，我知道，我知道！

我跑回房間，狂吐不止。

為什麼我仍要推開她的房門？我不懂自己想證明什麼早已知道的事？我彷彿只是刻意的、拚命的要記住，記住母親與男人之間的曖昧，以便在生命中與它長期對抗。

那時我十三歲，月經剛來，卻已懂得太多年輕女孩不該懂的，除了國中健教課上的性知識以外，屬於罪惡和仇恨的事。

對於過去的一切，我總是無法編年記述，我的回憶零碎而片段，事實在幻想與夢境中扭曲變形，在羞恥和恨意中模糊空白，即使我努力追溯，仍拼湊不出完整的情節……

所有混亂的源頭是在十歲那年，我記得。十歲，就像一道斬釘截鐵的界線，線的右端，我是個平凡家庭中平凡的孩子，線的左端，我讓自己成了恐懼和仇恨的奴隸。

那年，年輕的父親在下班回家的途中出了車禍，司機逃之夭夭而父親倒在血泊中昏迷不知多久。母親東奔西走不惜一切發誓要醫好他，半個月過去，他仍在母親及爺爺的哭聲中撒手而逝。

一個月後，母親便失蹤了。

我住在鄉下的爺爺家，變成一個無法說話的孩子，面對老邁的爺爺，面對他臉上縱橫的涕淚，我無法言語，也不會哭泣。

我好害怕，害怕一開口這個噩夢就會成真，我情願忍受各種痛苦只求睜開眼睛便發現一切不過是場可怕的夢，天一亮，所有悲痛都會隨著黑夜消逝。

我沒有說話，日復一日天明，而一切還是真的，早上醒來陽光依舊耀眼，但我面前只有逐漸衰老的爺爺，黑白遺照上的父親，和在村人口中謠傳紛紜、下落不明的母親。

「阿蘇，為什麼我無法單純地只是愛她或恨她？為什麼我不給她活下去的機會？」

我吸吮著阿蘇的乳房，想念著自己曾經擁有的嬰兒時期，想念著我那從不曾年老的母親身上同樣美麗的乳房，想著我一落地就夭折的愛情……不自覺痛哭起來……

一開始我就知道，阿蘇是靠著男人對她的慾望營生的。她周遊在男人貪婪的目光中滋養她的美麗與驕傲，誰也無法掌握她。

那晚她從酒吧把醉得一塌糊塗的我撿回去，她說我又哭又笑還吐了她一身。醒來後我在床上呆坐許久，而後她推開門走進來，

「我叫阿蘇，你以後就住在這兒吧！

「我一眼就看出你是個沒有家的幽靈。」

是的阿蘇我沒有家，母親為我買下的公寓是個空洞的巢穴；房租昂貴，學校旁邊三坪大的地下室裡住的只是我的書本和軀殼；像ＦＫ這樣的男人，他們各式各樣的房子不過是我的港口，我帶著天使般的容顏在世上飄來盪去恍如一隻孤魂，我尋求的其實是一個墳墓，用以安放我墮落虛空的靈魂。

而阿蘇那個經常穿梭著不同男人的大房子卻讓我想到了家，那兒到處充滿了阿蘇腥羶的體味讓我覺得好安全。

我就這樣走進了她奇詭瑰麗的世界。白天搭她的積架去上課；晚上陪她參加一個個富商豪紳的酒會；夜裡醒來發現報上知名的建築師赤裸地仰臥在我與阿蘇之間，萎縮的陰莖猶如猥瑣的糟老頭……和她比起來，我母親算得上什麼淫穢與邪惡呢？

阿蘇所擁有的武器，除了美貌、聰明冷酷的手腕之外，最重要的是她的敗德與無情，對男人絕對的無信無情，使她在所有的逐獵之中永遠是個贏家。

而我可憐的母親所擁有的，只是一張零亂的床鋪，和一顆哀傷絕望的心。

那些口袋塞滿鈔票的男人渴望獵取阿蘇的肉體，阿蘇渴望喚醒我已死寂的愛情，我所渴望的呢？

是死亡，在母親死後心甘情願做她的陪葬。

我坐在酒吧的吧臺上寫稿，ＦＫ今天調的血腥瑪麗酸得像胃液一樣，簡直難以下嚥。和阿蘇在一起之後，我第一次回到這裡。

「ＦＫ，你很反常喔！血腥瑪麗調得像馬尿一樣。」抬起頭一看，才發現ＦＫ變得如此虛弱蒼老。

「認識阿蘇兩年多，沒見過她用那種眼神看人。

「草草，她愛上你了。」

ＦＫ在我身邊坐下，一口喝掉半杯伏特加。

「起初我只是想要她的身體，那也不容易，花了很多心思很多錢，等她哪天高興了才可以上床，當然比我更慘的人也有，大把鈔票丟進去，咚一聲就沒有了，連手指頭都別想摸一下。

「做過愛之後我躺在她身邊好想擁抱她，她推開我的手站起來，低下頭看我，微微笑著，然後念起波特萊爾的詩……

「草草，那時我就知道自己完蛋了，我想要的不只是射精在她體內而已，我居然，居然愛上她了。

她說：別浪費錢了，沒有用的。

「是的，沒有用的！我一直以為她是個冷血動物，現在我才知道，原來她愛的是女人！我永遠也沒有希望了……」

看見ＦＫ臉上流露出我不曾見過的哀傷，阿蘇愛上我了？我知道，但是，又怎樣呢？

又怎樣呢？想起我們三個人之間微妙的關聯，一切顯得如此荒謬，ＦＫ那雙好看的手在阿蘇身上彈得出音樂嗎？

阿蘇，你愛的是女人，那麼，你愛你的母親嗎？你會因對她不明確的愛與恨而痛苦不已嗎？

●

上國中之後母親要求接我同住，我因此上了一所明星國中。

無論搬到哪兒，飯店、賓館、廉價公寓，或者豪華別墅，我總有屬於自己的房間和用不完的零用錢。我沒有朋友，只有滿屋子的書籍唱片，和沉默寡言的自己。

我們很少交談，她和幾個多年要好的姊妹，經常夜裡喝得醉醺醺回來，一群漂亮時髦的女人手裡拎著高跟鞋在馬路上又哭又笑。

夜裡驚醒過來，發現她坐在床尾流淚，我趕緊繼續裝睡，卻再也無法入睡……早上在學校裡瞌睡一整天，回來看見她還是冷眼相向。

我對她的心在十二歲那年就死了，無論如何努力，也只是使我們更加痛苦而已。我一方面要對抗聯考的壓力，一方面還要抗拒她的關愛，正值青春期的我，被剛萌生的情慾折磨得不成人形……

終於，我考上第一志願的高中，可以理所當然地搬離她的生活圈。她看著我的入學通知，露出了難得的燦爛微笑，隔天，她買了一整套志文出版的翻譯小說給我，一本本深藍色封面像海水一樣翻滾在我眼前……

「別老是躺在床上看書，眼睛會弄壞。」

她把書本一一擺上書架，說話的時候並沒有看我，我也拿起書，卻遲遲無法放進其實不高的架子裡……

許久以來，我第一次落淚，在她的背後，無聲的，淚水一滴滴落在書頁上……是卡繆的，異鄉人。

我搬到學校附近專門租給學生的公寓，開始了我與男人之間的種種遊戲，像一株染了病的花，開到最盛最璀璨時，花心已經腐爛了。

「草草我愛你，雖然我知道你需要的其實不是我的愛，然而我愛你，如果不能愛你我的生命就無法完整。」

我頹然倒臥在散落一地的稿紙中，因自己虛弱的敘述能力而哀嚎著，阿蘇伸手托起我的下巴，散亂劉海下的眼神好空洞，像個巨大的黑洞要將我吞蝕讓我好驚惶，她愛人時的表情就是這樣嗎？

我將她擁入懷中，不停地吻她，愛撫她。

阿蘇我不懂，我不懂自己有什麼值得人愛的地方，我不懂你愛我的方式，我更不懂為什麼愛我的女人總是把自己浪擲在男人的慾望中，面對我時卻一點一點逐漸空洞蒼老？如果我們誰也不愛誰只是使勁地做愛，日子會不會快樂一點？

我不懂愛情，我只知道我那在男人懷抱裡冰冷麻木的身體，在阿蘇的愛撫中就復活了，火熱地燃燒起來，變得那樣敏感、狂野，彷彿全身的毛孔都張開大口呼吸，任何細微的觸動都可以令我顫慄狂呼。

「阿蘇，我要你，雖然我還不能愛人，但是我要你，你是我生命中等待已久的那個女人，透過你，我才重逢了自己。」

●

我真的記不清了，關於母親的種種。

高中的時候，我奔波在學校與男人之間，功課始終保持在頂尖的狀態，男朋友一個換過一個，普通高中生困擾的東西我都能輕易克服，但我真正想要的東西卻一件也得不到。靠著母親送我的小說支撐我度過崩潰的邊緣，在輾轉不能成眠的夜晚，我甚至邊讀卡夫卡一邊手淫。

每個月沒有月亮的晚上和母親吃晚餐，在燈光柔和放著輕音樂的餐廳，面對面，各自抽著菸，沉默著，或者說一些不相干的無聊話……

不知是牛排的黑胡椒太多，或是煙霧的刺激？我看見她的眼睛濡濕著，眼眶下面微微發青，濃妝之下的皮膚爬滿皺紋，笑起來，像摔倒在滿是泥濘的地面上，一身狼狽尷尬……

夜裡電話偶爾響起，電話那頭的她哽咽著，酒精的氣味自話筒傳出，熏得我頭好痛。

我知道，我們的生命都已走到盡頭，雖然只要伸出手，就可以挽救彼此於絕望的邊緣，然而，我們終究沒有伸手相援，或者，我們都已經使盡全力伸長手臂，最後，還是錯失了彼此的方向？

我一直都無法回頭。

直到，遇見了阿蘇。

她是如此酷似我的母親，以致我每每與她做愛之後，夢中就會出現我已經拋卻或遺忘的往事，一樁一件，清晰地在我的記憶中重組，我沉醉在阿蘇淫蕩的笑聲中無意間發現自己對母親的誤解。

一步一步，逐漸逼近母親赤裸的心靈，才知道自己一向是如此殘酷不公地對待她。是我，是我的自私和懦弱將我們雙雙逼進了痛苦的深淵……

●

我想起來了。母親，我漸漸想起你卸妝後的面容，哭泣後腫脹的眼皮瞇成細縫，和我童年時依戀的你，完全一樣！

考上大學那個暑假，我在一家西餐廳打工，開始留長頭髮，學會開車。

九月中旬，有天晚上下班，發現母親坐在餐廳前的一輛迷你奧斯汀裡，高䠷的身材和矮小的車身顯得那樣格格不入。我坐上車，看見她脂粉未施，一身素白，專注地開著車，不知在黑暗中要奔向何處？

我們來到父親的墓地。第一次，父親下葬後我第一次與她來到這裡。

夜晚的墓地是如此安祥寧靜，高大的芒草中穿梭著點點螢火，銀白的月光下，白衫白裙的她悠悠穿過芒草，彷彿一個美麗的女鬼，離地飄浮。

「這是草草，我們的孩子，很美吧！像你一樣聰明。

「她沒有辜負你，考上了大學，我們終於等她長大了。

「而我是這樣想念你……」

夜風習習，她的聲音清清亮亮，輕快的，像小學生放學回家一路上哼唱的歌聲。

我看見墓碑上刻著父親的名字，土堆上長滿的雜草猶如他雜亂的頭髮，我已經遺忘的父親忽然來到我眼前，騎著老舊的腳踏車，戴著黑框眼鏡，離家門老遠就大聲喊著：

「草草，爸爸回來了！」

他還是那樣年輕。

我轉頭看著母親，發現她剪短了頭髮，笑意盈盈的臉蛋變得好孩子氣，蹲在地上，雙手輕輕撫摸著石碑猶如愛撫著她心愛男人的胸膛，臉上洋溢著幸福的表情……

那一刻我突然好想緊緊抱著她，大聲告訴她我愛她，其實我一直都愛她，無論她做過什麼都不會改變我對她的愛。

然而我並沒有，雖然我的心沸騰著，但我全身卻像石塊一般僵硬，動彈不得……一切，都太遲了……

我不知道如果當時我能勇敢地擁抱她，讓她知道我心裡真正的感受，會不會改變她的決定？我想不會，事情不會在那時候改變，那時的我不過是一時激動，其實我還沒有真正原諒她，也沒有原諒自己。

她於三天後自殺。赤裸的身體飄浮在放滿水的浴缸，自她的右手腕上汩汩湧出一道血紅的溪流。

我失去了她，得到一筆數目不小的存款，一層三十多坪的公寓，以及那輛迷你奧斯汀。

上大學後我成為一個沒有過去的人，成天在酒精中載浮載沉，並且開始瘋狂地寫作。

●

阿蘇一直是個謎。我們的相處就像一場夢，不是隨著她穿梭在各種光怪陸離的場合，便是在她的房子裡不停地喝酒、抽菸、隨處翻滾做愛、談笑，或是呢喃著片段的詞語，阿蘇不在的時候我不是拚命寫作，就是沉湎在拼湊回憶的白日夢裡。沒有任何正常、具體的細節足以組織我們生活的面貌，我們從不干涉或詢問對方的隱私，以致我們對彼此的全名、背景和過去都一無所知。

「最愚蠢的事莫過於要別人完全而徹底的明白。」

阿蘇的座右銘。

她一直是個謎，至於謎底是什麼並不重要，我從不曾費力去探索別人的祕密，我在乎的是其中代表的涵義。

我隱約覺察到有某個東西在某處等待著我，等我向它走近，然後，我就會明白。許多年我一直苦苦找尋，卻始終徒勞無功，直到阿蘇出現，她的出現是指引我的指標。我究竟在尋找什麼？會明白什麼呢？我不知道。

「我們需要的是一雙翅膀，只要找到它就可以重新自由地飛翔。」

開始的時候，阿蘇曾經這樣說。於是我著手寫了一篇名叫〈尋找天使遺失的翅膀〉的小說，如今，小說已接近尾聲，阿蘇，我們的翅膀呢？

「草草，只要你不停地寫作，你就會在稿紙中看見我，看見自己。

「我所做的一切都是為了向你揭示這件事，寫作，永不停止地寫下去，除此之外別無選擇，這是你的命運。當我初見你的剎那，就看見你臉上有著寫作者那種狂熱的表情。

「是那種狂熱將我帶進你的生命中。」

「寫作，阿蘇我知道我必須寫作，但，關於我們已經遺失的翅膀呢？」

那天夜裡，我們最後一次的交談。

「在某個地方。」

她緊握住我的手，手心微微冒汗，微微顫抖。

我做了關於阿蘇的夢。

夢中，我們在空中飄浮，周圍被一層像冰塊般的透明物件包裹著，四處游移，我們身上著了火，就著熊熊烈火盡情翻滾，恣意做愛。生命對我們而言是如此輕盈，在旁人眼中我們不過是一陣煙塵，誰也不會在意。

突然，阿蘇鬆開我的手，飛了出去，我眼睜睜看著她翩翩飛起，愈飛愈高遠，我卻無法掙脫束縛，反而感覺到周遭的壓力更加沉重……

「阿蘇，救我！」

我大叫著醒來，只記得阿蘇從空中拋出一句話。

「草草，一切都得靠你自己了。」

醒來後發現自己置身於從前住的地下室裡。

書桌上散亂著寫滿字的稿紙，標題是「尋找天使遺失的翅膀」，最後一張寫著大大的兩個字：THE END。

小說已經寫完了！阿蘇，你看，小說已經寫完了，我大叫著，阿蘇呢？為什麼我回到原來的地方，阿蘇卻不見人影？小說裡明明白白寫著的，阿蘇究竟去了哪裡？

我收拾好稿子，決定去找她。

走出門外，外頭陽光亮得好刺眼，我呆立在十字路口，車子一輛輛自我面前飛逝，紅燈亮完綠燈亮，綠燈亮完黃燈亮，我注視著眼前來來往往的人群，眼淚突然滑落。

想不起來，我竟然完全想不起阿蘇住在什麼地方？一點線索都沒有，什麼路，幾號、幾樓，完全不知道！我努力搜尋小說裡每一個細節，沒有，都沒有！連她究竟叫什麼都不知道！

這是怎麼回事？

我想起ＦＫ，他一定知道阿蘇在哪裡！

「阿蘇？誰是阿蘇啊！漂亮的女人我一定不會忘記，可是沒有一個叫阿蘇的啊！」

ＦＫ的頭像波浪鼓似的搖晃著。

「沒有沒有，沒有什麼阿蘇，草草你是不是喝醉了？」

我失去她了！我緊抱著稿子，茫然地在街道上晃蕩，我身上還殘餘著阿蘇腥羶的體味，那樣色情的味道，我怎麼會弄錯了呢？

入夜後我回到自己的住處，癱瘓在床上，思索著關於阿蘇的一切。

「我叫阿蘇。」

我仍清楚地記得阿蘇說話的聲音。低低啞啞的聲音，笑起來狂妄而響亮，我們走在路上時，所有的男人都在看她，而她的眼睛只注視著我，從頭到腳反覆打量我，彷彿用目光將我的衣服一件一件剝光，看得我臉紅心跳，手足無措。

「草草，你怎麼能夠這麼美？我看見你內褲就濕透了。」

她低頭附在我耳邊低聲地說，還輕輕咬了我的耳垂。

我仍記得阿蘇喜歡伏在我的小腹上，手指撫弄著我的陰部，邊愛撫我邊唱歌。

「小羊兒乖乖，把門兒開開，

快點兒開開，我要進來。」

我強忍著呻吟，顫抖著把歌接下去。

「不開不開不能開，

「你是大野狼，不讓你進來。」

我們就大笑著在床上翻滾，滾到地板上，發狂似地做愛直到精疲力竭為止。

我記得，阿蘇第一次看我的小說，看完之後捧起我的臉，端詳了許久許久，深長地嘆了口氣。

「唉！

「草草，你真是令人瘋狂。」

我不是什麼都記得嗎？阿蘇，我的小說是為你而寫的，但你到哪兒去了？

●

不知道過了多少天？白天我總在街道上漫遊，在每一個人身上尋找阿蘇的影子，夜裡則在床上反覆地溫習阿蘇的氣息。

然而，漸漸地，我的記憶開始模糊，我幾乎無法確定她是真正存在過，或者只是一場夢？

「在某個地方。」

我想起阿蘇說的，在某個地方，答案一定在那兒。

在什麼地方呢？

我必須找到它。我跳上公車、我坐上火車，甚至，我可能搭上飛機。我不知道自己用了什麼方法，但我知道有個聲音在呼喚我，我正逐漸逼近它。

赫然我發現自己來到一座墳場。

墳墓？原來我尋找的是一個墳墓。

我父親的墳墓旁立著另一座墳，我走近它，矗立在地面上的大理石墓碑刻著幾個字：

「蘇青玉……」

蘇青玉，那是我母親的名字。

母親，我回來了，逃離你多年之後我終於回來了。

我倒臥在母親的墓前宛如蜷縮在她的子宮，我喃喃地敘述著不曾對她表露的情意，彷彿牙牙學語般艱澀吃力。在長期飄浮遊蕩之後，我第一次感到土地的堅實可靠，我終於可以清楚地分辨我對母親的感情。

「我愛你，千真萬確。」

依稀聽見阿蘇的笑聲自天際響起……抬起頭，我看見天上的雲朵漸漸攏聚成一個熟悉的形狀，左右搖擺，搖擺著……

是一雙翅膀。

作者簡介

——陳雪，一九七〇年生。國立中央大學中文系畢業。〈蝴蝶的記號〉由香港導演麥婉欣改編拍攝成電影《蝴蝶》，二〇〇四年以長篇小說《橋上的孩子》獲《中國時報》開卷十大好書獎，二〇〇九年以長篇小說《附魔者》入圍台灣文學獎長篇小說金典獎，隔年同時入圍台北國際書展大獎小說類年度之書與第三十四屆金鼎獎，二〇一三年以長篇小說《迷宮中的戀人》入圍台北國際書展大獎小說類年度之書。部分作品獲得財團法人國家文化藝術基金會寫作計畫補助，並翻譯成英文與日文於海外發表。長篇小說《橋上的孩子》於二〇一一年由日本現代企劃社發行日文版。著有《像我這樣的一個拉子》、《我們都是千瘡百孔的戀人》、《摩天大樓》、《戀愛課》、《台妹時光》、《人妻日記》、《迷宮中的戀人》、《附魔者》、《她睡著時他最愛她》、《無人知曉的我》、《天使熱愛的生活》、《只愛陌生人》、《陳春天》、《蝴蝶》、《橋上的孩子》、《愛上爵士樂女孩》、《惡魔的女兒》、《愛情酒店》、《鬼手》等。

她很早就學會挖耳朵，一個人蜷在角落，聚精會神地探測腦袋裡的兩個孔。她無心地注視前方，發覺夏天又站在她面前了。愛靜落井已經快兩年了，她仍然不敢獨自到田裡去，只要一踏上厚沉沉的泥土，她就膽戰心驚，她再不敢行不由徑，開始規規矩矩走祖先走出來的路。然而田裡的農務畢竟都是日出而作日入而息，最怕的是祖父在飯前突如其來的差事。那時田裡空無一人，她慢走也不是，快跑也不是，好像一遲疑，一拐腳就有坍方落井的可能。「嘿……。」祖父的手指因指得太直太用力而發抖。他一個名字也叫不上來，名字這東西對他而言像潮濕的鞭炮，不容易點燃。但是陀螺既然釘下去了，便嗡嗡地亂旋亂叫。常常姑姑伯伯的名字都叫遍，還是轉不出他們的名字，其中也包括他那三歲就夭折的小女兒。等到他想起一個就霹靂啪啦叫出一長串，「阿龍、阿川、阿玲……，去沙園給我拿拖仔。」他拉開嗓門振奮地喊道。「誰人啊？」阿龍和阿川大聲回應。「阿玲啦！」他總是毫不猶豫一口咬定是她。「阿玲、阿玲……，驚死兵阿玲。」兄弟倆幸災樂禍地唱和著。「我真命苦啊！」她丟下手上的小石頭，用腳掌抹去地上的一排名字，嘆息地走進屋子。

起初她費盡唇舌說服祖父丟掉那雙破鞋算了，「忘記它啦！」她說，「忘記你忘記穿回來啦！叫我阿爸明天去買一雙新的給你。」她安慰他。「明明記得怎樣叫我忘記！」祖父可憐兮兮地抱怨完又道，「若下雨，就乎土埋埋去，死人的東西才埋在土底。」「黑白講，黑白講！」她嚷著把食指對準食指，要祖父從中間切斷。死亡對她而言是個魔谷，回響著一語成讖的詛咒。

然而她根本是多慮了。近半個夏天沒下過一場像樣的雨，至少是下雨天留客天那樣的雨，足夠困住人，回不了家也離不開家。偶爾有幾場午後雷陣雨，也全是惡作劇的性質，當她們按捺住欣喜，急忙關掉抽水機，呼嘯地跑出田野，衝上柏油路，雨竟下完了。只見衣服上、馬路上到處是斑斑點點斗大的雨滴，像暴斃的石斑魚，游不動了。走過村頭田尾，看不到一處水窪，男孩子們從父親那兒討來的釣魚線也還捲在紙板上，想塑泥娃娃的小孩就得在乾硬的窪地裡挖一塊土回家拌水。村內唯一可供小孩戲水的黑池也枯死了，留下一只空殼，池底長了一大叢粗肋草，像是寄居蟹。不懂事的孩子把牛牽到這兒來吃草，被阿福伯罵了一頓，他擔心雨水再來時，凹陷的坑洞會給戲水的孩子帶來危險。吆喝幾回之後，他也只是兩手背在身後搓著一根粗肋草，望池興歎。

無雨的日子倒有一種束手無策的安逸感。每天清晨，她的父親在露宿的屋頂醒來，仰天打個大呵欠，拉長的尾音像公雞啼叫。連續的晴天，夜夢裡少了許多蟲鳴蛙叫，怕靜的人容易失眠。「好天。」他自言自語地從石梯走下天井來。她睜開眼睛看父親結實的小腿走下斜亙在窗外的石梯，隨即又閉上眼睛，聽著破曉中的一切聲響毫無碰撞的自生自滅，她覺得安心，又輕輕睡去。

她父親眼看七月了，雨是堅決不下，哈欠連帶成一聲嘆息。他四十不惑，等雨的經驗和耐心都夠了，懂得因時制宜，按部就班。她從倉房的角落抱出一綑塑膠管，扛在肩上，走到天井突然將它摔在地上，那塑膠管硬如牛角，撞地的聲響驚醒了全屋的人。祖父隨即罵了一句粗話，像要給大家一個交代，若無其事的又靜下來。她翻來覆去，再也睡不著，爬起來蹲在天井裡，尋找聲響的痕跡。地上有一圈圈的灰塵，像個圓形的五線譜，一隻大蜘蛛被壓死在上面，她看了許久，走到牆邊接了一瓢水，一小波一小波的把蜘蛛沖著走。接近牆角排水口一步的地方是一塊墨綠漸層的苔蘚三角洲，她習慣性地煞住腳步，一抬頭看見牆上的青苔矮了一截，接近屋頂的一段已成秋香色，「沒落雨」她邊自言自語邊把瓢中的水倒光，看著蜘蛛越過剛剛甦醒的青苔，消失在黑色的排水口。

通常她和姊姊來到田裡，露水已經半乾，穿過草叢時依稀感覺到腳踝微涼。野草擁到走道上來了，還沒有人順手用鐮刀揮它兩下，都以為那是雨後的事嘛。「有看到沒？來搶啊，來搶啊。」隔壁田的三和伯公得意地說，她父親看見井底三條手幅長的鯽仔魚搶著一片麵包屑，隨手抓來一隻蚱蜢丟進去，問道：「明仔釣的？」「明仔釣的，黑池釣的。」「黑池釣的。」他喃喃應著。回到自己的田裡，見到女兒就說：「隔兩天，咱的井仔沒水，可以自三和伯公那裡牽水來澆。」他知道旁邊三和伯公的姪子的田今年不種瓜，想了許久才去開口，落下心坎的一塊石頭。

儘管心裡有數，不速常客的到來仍令她們驚訝。她握著汩汩流水的水管邊哼歌兒，慢慢感覺水在手掌中抖動，先是像一條蟲在爬，律動均勻，漸漸地又變成一個匍匐前進的傷兵，苟延殘喘。她放低水管，豎起耳朵，「噓……」她知道它來了，空虛、橫行霸道地掠奪他們所有的水容器。這時她手中的水管輕得握不住，管口朝天空翹起，吐出一道水珠，隨之傳來咕隆咕隆啞口的求救。「啊！」她叫了一聲，姊姊急忙回頭察看，確定不是水管打結，也跟著尖叫一聲。她們像遇到大雨，不約而同地奔跑起來，也不知道是誰先喊的，「沒水啊！沒水啊！」兩個人愈跑愈喊，愈喊愈想笑。「阿爸，沒水啊！阿爸，沒水啊！」女孩嬌真的聲音排山倒海，附近田裡澆水的人不由自主地全握緊手上的水管。

他來不及卸下背上的灑藥器，急忙跟著女兒來到井邊，他傾身朝井底探了一眼，跪下來抓起井內的水管上下搗動，像在舂米似的。她不敢靠近，又擔心父親，伸出手站在兩公尺外看，如果井像瓦斯桶可以橫倒著用就好了，她想。

「快去！快去！」父親對著井說。她和姊姊救火隊般火速跑了過去。父親從井邊的銀合歡下抱出塑膠管，邊走邊將它灑在隴間的走道。頑韌的塑膠管像一圈彈簧直跟著他跑，他執起一端，用力摔在沙地上，絲毫馴服不了。

水在澆完一行後又不見了，父親卸下灑藥器，不知從哪裡變出一條拇指粗的繩索，開始一橫一豎地在抽水機身上繞十字，然後慢慢將這隻綑綁的石獅吊進井內一公尺深的地方，懸蕩在那兒。「閃！閃！」父親喊著，她不知道工作已經完成，仍緊緊抱住父親的腿。

接著父親又馬不停蹄地收起新水管，換上舊水管，抱著新水管到三和伯公的田接水。他大聲疾呼：「有沒？有沒？水有來沒？」不久又走到她們身邊，要親眼看到水才算數。「澆個一半濕就好了！」他說完走開，看見水管上的細縫斯斯地噴著水，彎身去把那段舊水管挪近瓜藤下，藤下立刻暈出一片水影。

當天夜裡，她照常聽著父親和隔壁屋頂上的永清叔聊天，父親很快就睡著了，讓永清叔在那兒唱獨腳戲。她聽見蠢蠢夜音，知道月亮又圓了，圓得像一口井，天上的井對著地下的井，像瓶蓋牢牢拴在瓶身上。她忽然覺得毛骨悚然，透不過氣來。她拉了拉身旁姊姊的手，她睡得又香又熟，無動於衷。她想起那些心無城府夜不閉戶的日子，泫然淚下。

她清楚地記得愛靜的模樣，她看起來很輕。她的臉非常削瘦，配上西瓜皮的頭髮也圓不起來。全校所有女孩子都剪這種頭，只有她非但不可愛，還顯得可憐，好像戴著一頂黑色的安全帽。她早就覺得她可憐，沒有人欺負她，獨自可憐著。那年運動會前夕，老師教她們跳竹竿舞，四根竹竿圍成一個「井」字，跳著「白浪滔滔我不怕，掌起舵兒往前划」，她老是跳不過去，腳被夾在竹竿裡，老師把所有人趕開，叫敲竹竿的同學放慢拍子，讓她一個人練習。她低頭看著腳上的塑膠鞋，害羞得臉都紅了，像她那樣面黃肌瘦的人，實在不容易臉紅。等其他同學再度上場時，求好心切的她仍然被夾腳，老師溫柔地叫她在一旁休息，仔細看別人怎麼跳過去。她不明白老師用忘記將她淘汰了，支支吾吾地提醒老師：「老師，呂愛靜她……。」整個運動會她只有大會操一個節目，她無所事事，在跑道外遊來蕩去。

愛靜落井的一天是國慶日，雙十節，又是一個「井」字。同往年一樣，家家戶戶都插著青天白日滿地紅的國旗，早上學校舉行升旗典禮，校長照樣地又講了一遍國父十次革命的故事，「這就是國慶日的由來。」他說。這是十月的第一個假日，孩子沒有絲毫捨不得，玩樂殆盡。直到傍晚，所有大人都揪住自己的孩子問：「有看到阿靜沒？」除了回答有或沒有，他們還得翔實地交代今天去過哪裡？做了什麼？在這個寂靜的小村落，只有時間，沒有回憶，打那時起，她努力地回憶那一天，記住了那一天。由於那一天，一整年都跟著清晰起來了。她知道若干年後，她也會像祖父那樣子說話，「有沒？阿發仔伊兒娶某那年……」「有沒？萬里起厝那年……」「有沒有？愛靜……那一年。」那是她生命中的第一件大事。

那一年春雨細，夏雨少，香瓜收成差。到了八月底才結伴來兩個颱風，風不算太強，雨倒連續下了一個禮拜。那雨是善意的，只是來得太遲。她跑遍她家的田，去探望每一口井，黃濁濁的井水像一碗麵茶，她一伸手就能將水撥出井外。她父親擔心田裡翻藤的香瓜會被雨泡爛，簷溜的雨滴還如秒滑落，他就迫不及待挑起紅瓦片到田裡去。雨水折損了許多大瓜，也滋長了許多小瓜，瓦片不夠用，他又指派孩子到海邊割龍舌蘭。刀鋒落下，空氣中瀰漫著一股腥野的味道，彷彿是一個篳路藍縷的時代，她有說不出的快活，大口大口地深呼吸。她把割下來的龍舌蘭葉片像撲克牌似的握在手上，看到瓜果就打出一張牌。

翻藤的香瓜水傷太多，收成並不好，只有愛靜的父親能夠天天上馬公市場賣瓜。祖父說愛靜的父親一定是冒雨去為香瓜加墊板，「雨那麼大！」父親說。「就是雨那麼大才要淋雨去，等雨停早就爛在身嘍！」祖父說。

她忘不了那場雨，她和姊姊從田裡跑回家，一待就是七天七夜，白天裡她和弟弟幾個小時就是一次分久必合合久必分。每次一吵架，她就戴上斗笠，涉水到前廳踩腳踏車，隔著天井的瀑布，繼續和對岸的弟弟鬥嘴。祖父不耐煩地嚷嚷，趕他們出去找同學玩。雨下到第四天，排水溝堵塞，天井裡的水流不出去，眼看就要淹上屋子，父親在曬衣竿上綁上鐵勾，伸進排水口，勾出一團糾結的垃圾，麻繩、襪子、瓜皮之外，竟然還有一隻失蹤半個多月的蟳。阿龍和阿川欣喜若狂，跳進雨中喊叫，「煮來吃，快點，煮來吃！」父親一氣，把蟳推入排水口，說：「回去找你的海龍王。」

在雨夜裡，他們沒去對面的雜貨店看電視，抽離在一個熟悉的劇情外，突然覺得生活自土地上浮了起來。她躺在床上聽雨聲，腦子裡一片空白。白天睡太多，難得姊姊也醒著。「今天幾月幾日？」她問，「不知道，日曆被他們撕得亂七八糟。」六只黑字的紙船和一只紅字的紙船飄去，一個禮拜就過了。她心想會不會所有孩子們都在等同學來找他一起上學，而開學了，也沒人知道。

一夜的休養生息，泉水又從地下湧出，像輪流吸吮兩個乳房，他們先用自己的井灌溉，直到抽不出水，才換用三和伯公的井，奔走替換輸水工具往往比灌溉本身還耗時。她拖著水管在烈日下移動，整個人昏昏欲睡。祖父每天來巡田，總是喊著：「醒起來哦！醒起來哦！」他照常把拖鞋留在田頭，必恭必敬地赤腳走進瓜田。「哇啊！燒滾滾！」他嘴巴這樣說，腳掌仍然平坦地踏在泥土上。他走到孫女面前，示意她在腳上淋點水，「水都不夠澆瓜仔了。」她說。「日頭赤豔豔，隨人顧性命。」他瞇眼瞧了太陽一眼，又示意要喝口水。她兩手舉起水管，讓他在水柱下接一口水，「心涼脾透開。」他笑著走開，腳上沾滿了泥土。

這天傍晚，姊妹倆和父親還未踏進家門就聽見阿川和阿龍在說：「沒水啊！沒水啊！」她扭開水龍頭，果真沒水，傳來一串把尿聲。父親到屋後的井挑了三擔水，四個孩子也接力裝滿所有的鍋碗瓢盆，洗米煮飯，泡茶洗腳就足夠了。

睡前，祖父躺在床上不忘叮嚀他們，要關緊水龍頭，免得半夜水來了。她和姊姊停下手上的墊板，聽完祖父的話，哼哼一笑，繼續搧風。「如果我們是皇宮的人就好，睡覺有丫頭在旁邊搧風。」她說。「你知道誰最討厭人家搧風嗎？」「鄭水金老師，每次都說……」「心靜自然涼。」「有一次呂愛靜在搧風……」「誰？」姊姊詫異地問道。「呂愛靜啊！」「不要說她了。」她們不約而同地停止揮拍，風像乒乓球般砰砰跌落。她聽見父親和永清叔的聲音飄在上空，他們有說有笑，八成又講到當兵的事了。回憶這事是不可理喻的，艱苦的可以變成甜蜜，快樂的說不定會成為痛苦。

那天晚上月色黯淡，廟祝停下晚餐，用茶漱了漱口，在擴音機裡廣播：「呂愛靜同學，阿靜，明三伊阿靜，若有聽到放送，趕快回厝，恁阿爸在找汝沒。」「她一定又去她外婆家。」她邊嚼飯邊對身旁的姊姊說，她很羨慕外婆住在別處的人，而且愈遠愈好。確定愛靜不在外婆家，永清叔馬不停蹄地載著愛靜的父親回來。幾個男人聚集在摩托車邊小聲說話，怕給女人聽到，他們心照不宣，悄悄捲起褲管，備齊了手電筒、繩索、勾子、長棍和狗，往西邊的方向出發，她扯著父親的袖子，「阿爸，你們要去哪裡？」「沒啦！」父親揮開她的手，「去睏，去睏。」

一夜的奔走，父親髮如亂草，雙眼無神，嘴邊多出一圈青苔，永清叔也是一個樣。這令她想起童伴們邊踏步邊高聲背誦的一道謎語，「高頂一蓬草，草下兩盞燈，燈下一個墓，墓下一個井，井內一尾紅哥鯉。」猜什麼呢？答案是臉，每個人的臉。她收下站在路邊餐風宿露的國旗，摺好放在供桌的抽屜，背起書包上學去。她現在希望任何人提提她，那一天早上她多渴望誰都不要說，但是升旗時校長要說，上課時老師要說，下課時同學要說，她趴在桌上流淚，淚水從裂縫流進抽屜，濡濕她的作文簿。

從那天起，她夜以繼日想像著那口井。它的井身可有美如珊瑚礁的岩石供她畫圖；井底可有靈活的鯽仔魚陪她嬉戲；井水上可有蛇殼飄浮，告訴她春天來臨；離井不遠的地方可有祖先的墳墓，同她一起含笑九泉。才十月，她忙把棉被抱出來，蒙在被裡放聲大哭，姊姊愈掀她的被，她抓得愈緊，最後索性滾起來，把自己捲得差點窒息。姊姊威脅她：「再不出來就要叫阿爸叫孔明來給你收驚了哦！」姊姊沒把這事告訴父親，倒是說給祖父聽，「囝仔人就是囝仔人。」祖父似笑非笑說了一句。

也許是老天爺發了慈悲，隔年的節氣像門板上的一副對聯「風調」「雨順」。但是她卻一點也沒有受惠。她討價還價，以每人每天兩塊錢雇形影不離的雙胞胎弟弟，在田裡邊玩邊陪她，沒多久幾乎花光她的積蓄。姊姊看不過去，陪她澆完這塊田，再一起澆那塊田，像回到初學農事的時光；不同的是大部分的工作由她執行，姊姊變成幫手。

這天一早姊姊就和同學到學校陪老師值日，她一覺醒來，想清楚狀況，馬上覺得無助起來。她站在屋簷下看天井裡光線移動，牆上乾枯的苔痕像紫菜酥一樣，除了飢餓，抓不到恐懼。

來到田裡，第一件事就是啟動抽水機。開關在離井兩公尺的木桿上，用木板釘成信箱的模樣。一枝光滑的枯樹枝插在石牆縫裡，這是姊姊控制開關的工具。她拿起樹枝戰戰兢兢地將開關往上推，抽水機吃力地運轉起來，她如釋重負，和水賽跑起來。

「小熊，你來這裡做什麼？」她樂見有人從她田邊經過。「我要去釣鯽仔魚！」小男孩說著甩動手上的銀合歡樹枝。「你有跟你阿公講嗎？」「不必講，那是我爸爸釣的。」話才說完，小男孩就消失了。她一個人又要澆水，又要注意水管，不時還對空叫著「小熊，你在嗎？」聽不到他回答，還得趕緊放下水管，跑到牆邊，從石頭縫裡看那孩子在不在。溫暖的南風送來的全是農藥味，汲藥的幫浦聲像一隻孤獨的蟬鳴叫。

她吞著口水，壓根沒想到輕易一俯身便可喝到冰涼的井水。

日正當中了，魚兒非但沒上鉤，連碰也不碰他的餌，他漸漸失去耐心，把一掌心的蚱蜢扔進井裡，罵句「好臭，可惡！」氣咻咻地走了。

「小熊，有沒有釣到？」她問。小男孩惱羞成怒，抓起她田頭的一個土塊朝她砸去，「都是妳害的！」他罵。土塊從她側面飛去，擦過她的顴骨和耳朵，掉在地上，散成一堆泥沙。她手上的水跟著灑落在走道，流出一片烏雲來。她連忙將水管再對準瓜坑，水注滿了，人還麻木地站住不動，水沖破瓜坑，向兩旁氾濫，直到停止。看著尚未澆水的瓜坑，乾硬的肥水龜裂，瓜葉軟軟下垂，「一坑、兩坑、三坑……。」她用眼睛數過去，淚水掉了下來。

自來水一停又是三天兩夜，姊妹倆只好拿著臉盆到屋後的井邊洗頭。她聽見繩子秋秋滑過虎口，幫一聲摔在水上面，心頭振了一下。這口井不深，井底有幾顆石子她都一清二楚。水桶在井內左右晃動，像鐘錘打在鐘罩，空空作響，然後沉進水裡面。姊姊站穩馬步，一桶接一桶地把水拉上來，手臂上忽高忽低隆起一塊肌肉。她洗完頭又抹了身，覺得好寒冷。

這天上午，她們忙著幫忙父親用牛車將屋後的井水運到田裡，來到穿草鞋時，正好看見小熊拿著一根細竿胸有成竹地走來。她瞪他一眼，別過頭去。「澆水！」小熊吐了吐舌，「不給你們澆啦！」說著跑開。

烈日灼灼，瓜葉上多了一圈黑色滾邊；久未沖洗的農藥使整片瓜田籠罩在陰藍的影子裡。她仰望天空，毫無下雨的跡象，一隻半天鳥在她頭上盤旋，「酒酒酒」叫個不停。姊姊坐在隴上，兩個膝蓋頂住下巴，整個人縮在斗笠下，駝著的背熱得發麻。她看見水管快打結了，卻一聲喂也懶得哼。兩條水管迸裂開來，流了一地水。姊姊慢步走去，用力將它們扭轉在一起，然後蹲在那兒撮泥球玩。她一絲汗也沒有，悶熱使她冷漠，她不管香瓜，也不管那孩子；她不想當農夫，也不想當牧羊人了。

水停止流出時，她醒了過來。「沒水了！」她向姊姊喊道。姊姊拖拖拉拉地站起身，兩腳麻痺走不動。這時隔壁田突然傳來小男孩的尖叫：「救命啊！」姊妹倆張口結舌互望一眼，愣愣地站著，錯過槍響的一觸即發，她回過神開始邁步奔跑，力氣大，卻跑不快，刨土的腳步聲像在劃著火柴。姊姊見她那樣子，在後面邊叫邊跑「啊……」。她聽見是愛靜的聲音「救命啊……」。她的聲音就像她的人，輕輕的，不仔細聽就抓不住。「我要去找幸運草。」她經過她身邊時無端地冒出一句。「什麼幸運草？」她才問完，她已經又超前一群小朋友，領先整個路隊。她加快腳步，追問她哪兒有幸運草。她聽見背後急促的步伐，索興跑給她追。她拚命地奔跑，像隻鬥牛朝紅布衝去。求救聲消失無蹤，她循著水管飛馳。腳下的水管使她跑起來一拐一拐，心跳加速，但卻毫無跌倒之虞。她跟著水管爬過一個小門坎，終於看見一條光滑的臍帶伸展在金黃色的沙地上，彼端連接著母親潮濕的子宮，她毫不遲疑，向它猛烈撲去。她五體投地，兩手抱住井口，下巴緊緊扣在井邊，嘴角流出一道鮮血。她看見井底有一雙汪汪的鳳眼，目不轉睛地與她相視。她正想對她一笑，找出她的嘴，「嘩！」小男孩從番石榴樹下衝出來，她的笑鬆開，手鬆開，腳也鬆開，整個人輕飄飄地浮起又墜落。最後聽見的聲音是姊姊的哭喊，「啊……」

「沒雨，連風也死去。」永清叔抱怨著。躺了兩天，又是刮痧又是收驚，她仍然昏昏沉沉，像是灶坑內的灰，一口氣就能吹散。井水終於乾枯，陣痛又告結束。她還不知道，因為歉疚，三和伯公穿草鞋那口井以後年年供她父親使用。「明天跟阿良借船，出去釣青嘴。」永清叔語帶興奮。她父親沒有反應，恐怕是睡著了。他又說，到這種田地，阿靜的父親也不得不去引那口井的水來灌溉；廟裡的恩主公賜了三副聖杯，深表贊同。那是女兒的眼淚，泉湧不絕。心靜自然涼，她睡著了。

作者簡介

——陳淑瑤，天秤座，「生著翅膀的掘井人」，出生成長於澎湖，生活在北部。採集過多種文學獎雨露，掘有《海事》、《地老》、《瑤草》、《流水帳》、《塗雲記》、《花之器》、《潮本》等七口井。

餓

郝譽翔

晚上，爸爸打電話來，告訴我一定要看「二一〇〇，全民開講」，因為今天主題是兩岸關係，他非叩應進去不可。

我打開電視等候。張雅琴的一張闊嘴還在播報桃園火災中壢車禍臺北搶案，螢光幕上一片刀光血影，我才眨兩下眼不知不覺就睡著了，等到眼睛再睜開的時候，發現爸爸居然圍著條可笑的熊寶寶圍裙在電視上做菜。

「爸，你搞錯了。你要參加的是『全民開講』，不是『全民開伙』。」我趴在螢光幕上說。

「可是，你不是最愛吃我煮的麵嗎？」爸抬頭看我一眼。

「那是小時候的事了，我根本不記得你煮的麵是什麼味道。」

「噓，別吵。」爸突然臉色一正，「攝影機快要照到這邊了，我再煮一次給妳看，這可是最後一回，妳要好好看清楚。」

各位電視機前面的觀眾朋友，大家好。今天我非常幸運，被製作單位抽中，來為各位示範一道菜。我沒享受過什麼好日子，也沒煮過什麼好菜，可是既然來到這裡，還是得拿出生平唯一的絕活兒，向大家請教請教。這項絕活兒說出來很簡單，就是大鍋麵，這是我這輩子最常吃的一道菜了，可是坦白說，自從我在山東出生，十六歲離開老家，一路跟隨學校流亡來到臺灣，幾十年來，我所有的回憶和生命簡直都跟這道菜糾纏在一塊兒。想當年我離家的時候，正值青春期胃口特別好，全身上下好像只有舌頭是活的，其他器官全死了一樣。但你可別小看嘴裡這條肉，每晚我睡在床上，手腳累得幾乎脫離身體，失去知覺，卻只有這條舌頭還失眠得厲害，像個巨大幫浦似的，在我嘴裡不停打出源源的酸水。有一回深夜，睡在我隔壁床的小五就把自己的舌頭給咬了，流出好大一灘血，我們忙著幫他急救，卻看見小五的一截斷舌還在不甘心的啪嗤啪嗤跳動，想要去吃自己的血。就這麼幾年折磨下來，飢餓把我的胃鑽破了一個無底洞，讓我這輩子從來就沒有吃飽過，也彷彿從來沒有長大過。

我把電視轉到別臺去，看到一個香港肥仔，圍著條雪白的圍巾，把麵包撕開沾紅醋酒橄欖油，然後用叉子將綠色羅曼沙拉葉拌白色硬起司脆片送到口中，然後喀嗤喀嗤的大嚼，然後切開肋眼牛排，然後挖起一湯匙巧克力奶油泡芙，然後再嚥下一口白酒，然後他面對攝影機用廣東國語反覆的說「好吃，好吃」，然後開始大聲嘔吐起來。

我又轉到下一臺「做點心過一生」，一個女孩戴著白手套和白帽，像製造生化武器似的左手拿著玻璃量杯右手拿著小茶匙，正在說明糖和水和奶油和醋的比例。我又把電視轉回爸爸的頻道，看見爸正在揉麵粉。

「爸，你到底要幹麼？」可能是鏡頭正對著他，他竟不理睬我，兩手狠狠掐住一團麵粉，和它有不共戴天之仇似的。

過了幾秒，他才抬頭瞪我一眼，小聲的說：「妳剛剛跑去哪兒了？可要仔細看好。」接著燈光打在他的臉上，鏡頭改為近距離特寫。

做大鍋麵的時候，首要的是麵條。你可以上市場去買，譬如南門市場走進去到底左轉，就有一家麵食做得相當道地。但是，在我們老家可不時興這一套，想吃真正的好麵，非自己動手擀不可，張家的麵和李家的麵吃起來，口味絕對兩樣。從小我就是拿擀麵棍長大的，訣竅無他，手勁必得拿捏恰當，功底深厚的話，不管擀麵棍是圓是扁，用杯子照樣能夠擀出一手好麵，就像武林高手拿樹枝也能奪人性命一樣。至於要擀出什麼樣的麵呢？這學問可就大了。在我們老家吃的麵條分成兩種，一種遠近知名，叫做大柳麵。大柳麵是寧津縣大柳鎮的特產，從乾隆年間到現在，已經有兩百多年的歷史。

這麵是怎麼傳到我們村子裡來的呢？根據老一輩的說法，大柳麵原本是一樁傳子不傳女的絕活，當年大柳鎮有個姑娘嫁到我們莊子裡，結果不出半年，偷了漢子，還懷上個雜種，她婆家的人吵著說非要把她吊死不可，千里迢迢把她大柳鎮娘家的爹找來，她爹於心不忍，提議拿出這項絕活來換她的性命。從此，大柳麵就這麼傳到我們村子裡，而且又多出了一個別名，就叫女兒麵。

大柳麵的特點在擀成的麵片如同白布一樣，搭在鐵絲上面也不會折斷，製成的麵條軟韌堅滑，細如粉絲，長達數尺，煮熟之後更是韌而有勁，號稱弦麵。如果當天吃不完，麵條放到第二天仍然不糟不爛，色味如初。這項絕活傳到我們莊子以後，依舊維持傳子不傳女的規矩，甚至傳說女孩子學了，就會招惹不祥。老一輩的都堅持聽過夜半時分那個女子一邊擀麵，一邊偷偷哭泣的聲音。當然，以他們的年紀，聽到的多半是個鬼魂而不是真人。不過在我們村子裡，女兒麵這個稱呼也含有生命堅韌的意思，要是哪戶人家出了個性情倔強的女子，老一輩的就會嘆口氣說，她天生就是個大柳麵的命。

我爺爺把大柳麵的技法傳給我老爺，也就是我爹，他在我十歲那年就死了。他每次做大柳麵都引起全村的人圍觀，但他從不急躁，趴在桌板上從從容容的，把麵擀成一張雪亮的大棉被，無須等到麵條下鍋，整間房子就已經充滿了白花花的麵香，這香味便成為我對我老爺唯一的記憶。可惜這項絕活我還來不及學會，他就被日本鬼子拉去修鐵路，炸死在山東一個不知名的小縣。

所以今天我要在這裡介紹的，是另外一道福山拉麵。說起這福山拉麵就更有傳統啦，明代程敏政寫〈傅家麵食行〉說：「傅家麵食天下功，製法來自東山東，美如甘酥色瑩雪，一匙入口心神融。」說的就是福山拉麵。在我們平度縣城裡有間「傅家麵館」，一進門，一道石灰牆迎面打來，上頭就用毛筆歪歪倒倒的寫著這首詩。不過，整個城裡的人都知道這家人不姓傅，也沒人揭他招牌，大家顧著大排長龍等吃麵。這間麵館只擺得下三張小木桌，一碗麵吃下來，客人被灶火熏得滿臉都是黑煙，走出麵館，就剩下一張油亮油亮的大嘴，一打開，對你噴出蒜味沖天的飽嗝。

小時候我老娘帶我進縣城玩，買兩根油條就打發一餐。每回在街角買了油條，她就帶我站到傅家麵館的門口，一邊吃油條一邊看師傅拉麵。那師傅和我老娘是遠房親戚，也不驅趕我們，一邊拉麵一邊閒扯鄉下老家的人事。有時候他還會偷偷多煮一小碗麵，澆上醬黑色的滷汁，就叫我拿去一旁溝邊蹲著吃。所以論起拉麵，可以說是我的祖傳本行，現在就示範給各位觀眾看看。

這拉麵首先得用水、鹼、鹽和麵粉揉成麵團，放在盆裡擱個十分鐘，然後取出，放在案板上揉勻，搓成長條的麵坏。拉的時候兩手握住麵坏兩端，照這樣提起，邊甩拉邊扭轉麵坏成麻花狀，經過數次後便麵坏順勁，撒上撲麵開始伸拉，每拉一次為之一扣，然後對折兩頭合攏，再行伸拉，條數隨折扣加倍，麵條也就越拉越多，拉成麵條以後，立即掐斷麵頭，甩入燒沸的水鍋裡面煮熟，然後撈盛碗內，澆上湯汁就算大功告成。

「爸，你這輩子唯一煮麵給我吃的那次，都煮糊了。」我看著他把麵條丟到鍋裡，忍不住提醒他要注意火候。「那年我才四歲，打破了一個碗。因為燙。還好媽媽出差到臺北去了，把我託給你照顧，否則我一定會挨打的。那時候我還不知道你們早在兩年之前就已經離婚。」

「那回我煮麵故意不放雞蛋，因為妳不愛吃蛋黃。妳還記得中學時我帶妳上街吃麵，切了一盤滷菜，我特地把蛋黃挑掉。」

「我當然記得那件事，我本來以為你會帶我去吃頓大餐的，但沒有想到是吃路邊攤，那是我第一次對你感到失望。」

「我記得妳最愛的是荔枝。妳媽媽省錢，每次買荔枝都買散枝的，但我去看妳們的時候，都會買整整一大串。還有每年妳過生日，妳媽媽都買沒有奶油的布丁蛋糕，而我買的都是巧克力蛋糕。不過，那都是過去的事了，現在我啊，」爸爸提起全是麵粉的手，抹了一下額頭，「真是一年不如一年囉。」

「沒關係，我不在乎。我已經很久不吃巧克力，怕胖。還記得小時候吃完荔枝捨不得，就把子放在桌上，沒事拿來吮一吮。圓圓的荔枝子在桌子排成一整列，媽媽看到還以為是德國蟑螂。」

「妳媽媽根本就不懂得什麼叫做吃。從小到大我沒在身邊教妳，今天妳可要仔細的學好了。」他一邊說，一邊像變魔術似的，雙手不斷抖出雨絲般的白麵。

這麵條好不好吃，單看揉麵的工夫，識貨的人一眼就看得出，說到這裡，不禁讓我想起我老娘和我老爺的故事。現在我一邊拉麵，一邊就說給大家聽聽。想起我老娘，也就是我媽，和我老爺結成親事，就是因為她揉得一手好麵。那年我老爺十八歲，到隔鄰的小張戈莊去找他四舅，恰好碰到我老娘坐在門口揉麵。那時我老娘才不過十六出頭而已，綁著條大油辮，辮子尾巴繫朵紅花，再也沒有比這更美麗的打扮，配上她一張粉紅的臉滾圓滾圓的，一雙胳膊結實又有力氣，我老爺看見馬上賴著不肯走了。

他說，姑娘，蒸饃饃麼？我老娘抬頭瞟了他一眼，啥話也不說，哼了一聲又繼續幹活。

我老爺又開口了，姑娘，妳這麵揉得可真結實。我老娘又瞟了他一眼，還是繼續幹活，但是這回她頭垂得更低，一雙胳膊使得更起勁，手臂不由的往胸口擠去，她低下頭，從衣領的縫隙中瞧見自己那對沒有曬過陽光的雪白乳房，擠出一道深溝，她抬起手來在胸口亂抹一陣汗，不知是故意還是怎麼著，波的綳開了第一顆鈕扣。

我的老爺馬上知道這是什麼意思，他笑嘻嘻的坐在地上更不肯走了。我老娘繼續坐在那裡揉麵，一直揉到天黑，她才開口說，你再不走，我老爺老娘可要回來了。他說，我不走，除非妳答應送給我一個饃饃，我等下還得走回南坦坡村去，天黑又冷，攏個饃饃在懷裡，好當暖爐。我老娘咬著唇，一雙晶亮的眼笑吟吟瞅著他，說，好吧，等會兒你看見後頭這個房間點上燈，你就靠到窗口來。我的老爺果真這樣做了，燈一點著，他湊到房間窗口，從窗縫中他悄悄瞧見屋裡的炕上攤開來一張紅被，還來不及細看，一雙滾圓的胳膊就忽然推開窗戶，差點打得他滿頭滿臉，他沒時間喊痛，一雙肥潤的手掌便朝他懷裡狠狠塞下了兩個饃饃，慌亂中他趕忙朝空摸一把，又暖又滑的，也不知道摸到的究竟是姑娘的饃饃還是胳膊。

那天晚上，他走在回家的路上，一面揣著饃饃，一面想點燈房間裡那床火紅的被褥，她手伸出來的時候彷彿有蘋果花的香味，指尖上還留著撿斷大蔥的氣息，他懷裡一對又鬆軟又結實的大饃饃，讓他想起一對冒出熱氣的奶子，他忽然覺得半刻也等不及了。他回到家中，一雙饃饃被他的胸口熨得滾燙，他拿出來分一個給他的老爺吃。他的老爺咬了一口，化到齒縫當中，竟然湧起濃濃的奶味。他的老爺瞪大眼睛問他，哪裡得來這麼好的饃饃？因為他老爺不知道有多久沒有嘗到奶香了，不管是老娘的或是老婆的。他遂得意的笑出一排牙齒，說，這是你未來媳婦做的。他老爺不禁吃驚的張大了嘴。

因此我老娘一直以她一手揉麵的好工夫自傲。可惜她一生中並沒有幾年的好日子可以一展長才，結婚沒有多久就遇到荒年，然後日本人、共產黨，接著是土改、大躍進，她的手指幾乎忘記了撫摸一團軟呼呼的白麵是什麼滋味。鬧飢荒的時候，她學會把僅剩餘的一點麵粉，和上泥土、高粱、小麥和石頭，到後來泥土越放越多，她不得不使出最高明的揉麵技巧，讓瘦得眼睛突出來的孩子們啃在嘴裡不會咬得牙酸，吃得胃疼。一直到最後連泥土都沒得攪和的時候，老娘跌坐在滿是石頭的地上放聲大哭了，抓起多年沒洗的衣角輪流抹著眼淚和鼻涕，她終於想起了老爺。

「還好你老爺死得早。連饃饃都沒得吃，人還活著做什麼？」不知過了多少年，老娘吃飯時總還鬧性子說。

這是八七年兩岸開放探親，我從臺灣回到山東老家去看老娘，提起這段她又抓起衣角來抹眼淚。四十年不見，老娘的牙齒已經全部掉光，胸前的饃饃也已經乾枯，收縮成為兩條無精打采的肉垂。不過她還是記得怎麼樣才能擀出一手道地的好麵，雖然她的手臂細瘦的就像冬天的蘆葦，她一面說，一面在空中比畫，上下揮舞，埋怨我的妹妹麵揉得不對。「真是不像話，多少年沒有吃過真正的饃饃了。」她忘記自己已經沒有牙齒，還癟著嘴在我的耳邊嘟囔，說妹妹這些年來吃慣了大鍋飯，什麼也沒學會，除了生小孩、喝酒和抽菸。

還好我老爺死得早，所以少受幾十年的飢餓。當他踩到地雷被炸死的時候，屍首成了一團燒焦的肉醬，我們沒見著，還是聽村子裡和他一同被抓的鄰居逃回來說的，害得我老娘在日後一見到肉就反胃。不過，幸好那時在鄉下也沒有什麼肉可以讓她看見。

關於肉，我們一直知道得非常少。小時候每回碰上村子裡趕集，就看見豬肉攤上擺著一大垛一大垛白色的豬脂，旁邊是成堆的豬骨頭，上面沾著少許的肉屑，紅豔豔的招來一批蒼蠅在上面嗡嗡圍繞。

每回老娘說買肉回來，其實就是指骨頭上面沾黏的那點肉屑，讓我們的舌頭偶爾也能沾沾肉味，而這就是我對於肉的全部了解。

等到後來戰亂時局不好，我離開老家，跟著中學遷移青島，然後又搭安達輪到上海，經滬杭鐵路到杭州，再往株州，南下渡湘江至湘潭，然後輾轉到廣州，沿路所見不論是人或畜生的屍體，直挺挺的躺在太陽下任憑曝曬，全身的骨肉都乾涸了，乏味到連蒼蠅都不想飛來。所以骨頭是不能久擱的，我的老娘就曾經說過，殺豬以後，骨頭千萬不能擱，一擱豬的魂魄逃走了，骨頭也就變成了木材，再怎麼熬也熬不出肉味來，所以必得要趁骨頭還溫熱的時候，趕緊把它丟到鍋裡，這樣才能把豬的全身血肉靈魂一併煮進去。每回老娘到市集中挑選骨頭，總是站在攤前，閉目輕輕握住一把骨頭，那神情就像是在為病人把脈似的，用指尖試它的脈動和體溫。但是這個方法可是天大的祕密，老娘偷偷告訴我，這是她老娘傳授給她的，從沒別人知道過，只除了我。

老娘的理論養成日後我喜歡吃骨頭的偏好，不論豬或雞的骨頭拿來，熬得爛透，在口中咬酥，簡直比上等肉的滋味還要鮮美。因此今天做這道大鍋麵，第一要緊的是麵，第二要緊的就是湯，熬湯非得要骨不可。不過話又說回來，我生平喝過最好的湯，卻不是我老娘做的，而是出自於一個山西人之手。那是在共黨占據北方以後，我們跟隨學校離鄉背井、倉皇南下的時候，沿途經過村落，幾個同學就分成一組，四處向民家打尖討糧，而每回我都跟一個山西人分在同一組。

其實當我們南下時，這些鄉下的民家早就被軍隊掏空，窮得一乾二淨了，鄉民一看到我們，七湊八湊，也頂多只能湊點稀粥給我們吃。那個山西人年紀比我們大，胃口出奇的好，鬼點子也多，一雙眼睛長得特別渾圓，瞪起人來就像是兩輪車燈發光，裡面不知打轉過多少主意。有一回夜半，我起來上茅房，在黑暗中摸了半天，找不著方向，忽然聽到吱吱喳喳的聲音在腳底下響起，響得人心底發毛。我壯起膽子，彎腰一看，恰好和那山西人對上臉，嚇得我唬一聲往後跳了好大一步。原來他不知道打哪兒偷來一個羊頭，趁夜半時分獨自躲在樹底下啃。他那副模樣真是嚇人，躲在樹底下兩隻眼睛發著青光，我一瞪眼，才看清楚原來是一對羊眼在發光，然而他抬起頭來，那雙眼就和羊眼一模一樣，教我一瞬間不禁連打了好幾個哆嗦。

這個山西人本來不屬於我們山東流亡學生的隊伍，可是不知怎麼，他混到一個學籍，硬是濫竽充數進來，雖然斗大的字識不了幾個，可是在逃難的時候，誰管誰呢？反正隊伍拖了就走，停下來就拿出小板凳，大家有模有樣的上課。這山西人也一本正經的跟著我們抄筆記，看到這個月學生沒公糧了，就嚷著要走，要鬧學潮，可是一聽說學校想辦法要酬發糧食下來，他又乖乖不吭氣，安分的坐在板凳上抄書。「哪兒有的吃，哪兒就是娘。」他對我笑嘻嘻的說。

他年紀大見多識廣，骨頭湯的熬法，就是他教給我的。有一回我們偷偷溜去田裡挖蘿蔔，可是想到煮清湯蘿蔔，我的胃就在肚子裡冷得扭曲起來。山西人說，這不打緊，他去想辦法，弄幾根骨頭來熬一鍋鮮美的蘿蔔排骨湯，給我們打打牙祭。我們聽了，誰也不相信，那時我們停駐的村莊才剛剛經過炮戰洗禮，連條野狗都沒有，凡是可以吃的生物大概都從這塊土地上絕跡，要上哪兒去找骨頭？果然那天晚上，山西人偷偷喚我們起床喝湯。我看著那鍋湯，想到今早在附近的墳場看到有人披麻帶孝，草草挖了個淺坑，埋下一具棺材，那棺材看起來就像是用爛掉的門板釘成。我記得那個時候山西人還特地停下腳步，回頭多瞧了好幾眼。我不禁懷疑的看這鍋湯，不敢下箸，然而大家卻嘩的一聲搶開了，舌頭燙得咯咯亂叫。這湯的香氣可真是逼人啊，我忍不住，也跟著喝了一大碗，又接著一大碗，嘴唇都被燙腫了，舌苔也被燒掉一層，血液從我的心臟奔竄到四肢，一直竄到腳底板的厚繭，然後又迅速回頭，向上直衝我的腦門，這種感覺真的是打死我也忘不了。

骨頭與蘿蔔，我這輩子恐怕沒有吃過更美味的東西。那山西人說，骨頭千萬別用刀去斬，否則刀的鐵鏽味走到骨頭裡，這湯就要毀掉一半，所以最好是用刀的木柄擊碎，趁骨髓正要流出的時候，趕緊丟到鍋裡，然後蓋上鍋蓋慢慢的熬。後來我才知道這種煮法也是向我們山東人偷來的，《齊民要術》記載：「捶牛羊骨令碎，熟煮，取汁，掠去浮沫，停之使清。」說的不過也就是這麼回事。但為什麼我老疑心那山西人給我們吃的是人骨呢？山西頗富盛名的一道菜叫「太原頭腦」，以羊肉佐以黃芪、山藥、藕根，再和上麵粉調成湯，加入黃米酒一同煨煮，吃時佐以醃老韭菜，特別具有滋陰補陽、抵抗寒喘的功效。至於為什麼菜名叫做「頭腦」？因為發明這道菜的人是個反清復明的志士，店名「清和元」，菜名「頭腦」，就是要吃清朝統治者頭腦的意思。

「什麼最補？當然是人腦最補！」山西人把這道菜講給我聽的時候，還津津有味噴得下巴全是口沫。既然人腦吃得，那人骨又算得了什麼呢？

不管我當時吃到肚子裡的究竟是什麼，反正如今再回頭往前看，我好歹也撐過了這大半個世紀，為了苟活這條爛命，有什麼東西不能往嘴巴裡頭塞？整個二十世紀的中國，我起碼走過了一大半，就像我爐子上煮的大鍋麵一樣，酸的鹹的辣的甜的嗆的膩的苦的硬的軟的黏的，骨頭、樹皮、麵粉、泥土、肥脂、豬、狗、雞、馬、羊、白菜、豆腐、石頭、高粱、番茄、土豆、蔥、大蒜、蛇、蛋、甲魚、柴魚、米酒，有什麼東西不能往這個鍋子裡頭擺？我敢拍胸脯保證要讓你吃得五味雜陳，而且別無選擇。

現在眼看著爐子上的這鍋湯就快滾了，我將近七十年的歲月也就這麼過去了，這湯冒起來的熱氣衝到我的老花眼裡，逼得我流下眼淚。這熱氣讓我想起十六歲時坐在開往南方的火車上，把一雙凍僵的手伸到窗外，去抓冬天稀少得可憐的陽光。一雙凍僵的手伸出去，伸得長長的，抓住了月臺上小販叫賣的食物，也顧不得是什麼東西，就直接往嘴巴裡頭塞，付不出錢來，小販氣得追著嘟嘟叫的火車，邊跑邊罵。我一雙手伸出去，抓住了冰冷的饅頭，一咬下去全碎成粉屑，包子餡裡頭的肥油結成冰塊，卡在齒縫間，還有硬的像根棍子似的香腸，木頭似的燒雞，咬斷了我的兩顆犬齒，但是我的胃卻管不了這麼多，它整天像個無底洞般張大了口，永遠也填不滿。那時的我是多麼年輕，幾天幾夜沒睡覺，車窗上映照出來的仍然是一雙炯炯有神的眼睛，可是，再怎麼神氣，腦子裡頭還是淨想著吃一碗熱氣騰騰的麵，裡面放什麼東西都可以，豬、牛、羊、骨頭、麵條、青菜、雞蛋，再加點蔥花、大蒜、油汪汪的辣椒，熱氣呼嚕一下子就撲上你的鼻子眼睛，熏得你流出眼淚和鼻涕，燙得舌頭發麻，就算從此失去了嗅覺和味覺，也不會感到可惜。

可是，那時開往南方的火車卻不知道這些，它只顧轟隆隆的吼著，往未知的前方無情奔跑。我和一群不超過十六歲的孩子擠在火車肚子裡，腦海中卻把這鍋大雜燴湯來回煮了又煮，煮了又煮，煮了又煮，羊肉爛了，再加上白菜，白菜爛了，再加上紅蘿蔔，紅蘿蔔爛了，再加上栗子，栗子爛了，再加上豬腸。

「就要趕不上火車了。快點快點。」爸爸忽然放下手中的湯勺，焦慮的催促著我。

「爸，你的湯還在爐子上面滾呢。」我站在電視機前，猶豫的看看身上的睡衣，提醒他說。

「這湯我已經熬了幾十年了，熬得越久越有滋味。但火車可是不等人的，我知道妳怕火車，妳小時候有次到車站送我，站在月臺上，就是皺著眉不肯抬頭看我。」

「我最怕煤油的味道，還有車廂裡那股便當味和尿臊味。」但話還沒說完，我就發現自己已經站在月臺上，身邊突然湧出一大批軍人、難民，還有十多歲的學生，他們擠在月臺的邊緣。有個五歲的孩子貼著我的大腿，手裡拿個發黑的饅頭一邊啃著，口水滴滴答答的流下來。

「妳快點跟我來！」爸爸一轉頭，忽然就變成十六歲的少年郎，他對我招手，聲音裡有一股異樣的輕快：「這班車是專門為流亡學生開的，現在難民太多了，根本靠不了站，妳得快點跟上來！」

「爸，我不去了，我餓。」我紅了眼，突然想起晚飯還沒吃，我在月臺上站住不動，使盡力氣對擠在前頭的他大喊：「老實說，我對你的記憶都跟食物有關，饅頭、餃子、牛肉餡餅、大滷麵、槓槓頭。可是那些食物都放太久了，冷了，咬都咬不動。」

「妳沒吃飽怪我，那麼我怪誰呢？」爸氣急敗壞的轉過身來，想要拉我：「妳快點跟我上火車呀！我保證會讓妳吃飽三次的。第一次是我們到了杭州，政府準備好幾千簍的大白饅頭，沿著西湖排開。第二次是到了蘇州，我會帶妳上街吃館子，那個老闆看我們是窮學生，免費讓我們吃一頓，這個消息傳開以後，成千上萬的流亡學生都跑到他那兒去，隔天整個城裡的餐館都因此關上大門。第三次是到了澎湖，我偷偷用褲子去換一條鹹魚乾，隔兩天，妳媽媽拎著那條褲子來還我。那是我第一次與她認識。」

「爸，可是你根本就不應該搭這班火車的，如果你不搭，就不會到臺灣去，也就不會有了後來的我。」

「我知道，我當然知道。」一轉頭，爸的臉色黯淡下來，又變回七十歲的老人，他竟站在月臺邊掩臉痛哭起來：「可是我好餓，真的，妳知道我有多餓嗎？如果不是餓，我就不會離開家鄉，一路跟著學校走，就像那個山西人一樣。如果不是餓，也就不會遇見妳的媽媽，遇見後來的許許多多人，如果不餓……」

火車汽笛發出高亢的鳴叫，匡噹一聲巨響，黝黑的車輪嘆出一口長氣，開始轉動。

我和爸爸愣在月臺上，看到火車頭後面拖著的居然不是車廂，而是一個接一個，播放著不同節目的巨大的電視螢幕：頻道一，臺灣龍蝦的五十種吃法；頻道二，TVBS整點新聞；頻道三，伍佰演唱會現場轉播；頻道四，Discovery帶你享受寰宇美食；頻道五，蘇州大閘蟹挑選祕訣大公開；頻道六，親愛的，你今夜寂寞嗎；頻道七，華西街夜市殺蛇實況報導；頻道八，李濤說，稍待片刻，我們馬上回來……

「等等我呀！」年老的父親突然嘶吼一聲，瘋了似的狂奔起來，他伸長手想去拉住車門，因蒼老而變得特別尖銳的嗓子哀號著：「別走，別走，我還有話要說……」

作者簡介

——郝譽翔，國立臺灣大學中國文學博士，現任國立臺北教育大學語文創作系教授。著有小說集：《幽冥物語》、《逆旅》、《那年夏天，最寧靜的海》、《初戀安妮》、《洗》；散文集《溫泉洗去我們的憂傷：追憶逝水空間》（第三十六屆金鼎獎圖書類文學獎）、《回來以後》、《一瞬之夢：我的中國紀行》、《衣櫃裡的祕密旅行》；電影劇本《松鼠自殺事件》；學術論著《大虛構時代——當代臺灣文學論》、《情慾世紀末——當代台灣女性小說論》、《儺：中國儀式戲劇之研究》；編有《當代台灣文學教程：小說讀本》、《九十五年小說選》等；另有教養書《和妳直到天涯海角：帶著女兒用旅行張望世界》。曾獲金鼎獎圖書類文學獎、時報開卷年度好書獎、聯合文學小說新人獎、時報文學獎、中央日報文學獎、台北文學獎、華航旅行文學獎、新聞局優良電影劇本獎等。

如果要我拋棄與裁縫相關的比喻，我會說奶奶是一塊漢堡的肉餡，上下夾擠著她的是陰暗、角落、發霉這些形而上的生菜與麵包，難以下嚥又丟不掉，於是只好擺在一旁任其酸臭。

白天的時候，奶奶喜歡坐在我們這家老字號西服店的櫃檯後面，客人挑選衣料時，她就在父親的背後提出很多建議。

「要不要考慮雙排扣？」或是「麻料雖然輕，但是容易皺喔。」

父親的身體捆在保守強硬的西服線條框架下，以挺立的姿態、和善的表情拉回客人的注意力，大部分的客人會跟著父親以不回應將奶奶的建議變成喃喃自語，把她變成地震過後牆上留下的裂縫，一個視而不見比較令人安心的缺陷。

有時候我會以為奶奶是隔壁的鄰居，家裡總是沒人理她，吃過晚飯她就順著二樓的木梯爬回閣樓，隱身於天花板之上。

那個臭老人，父親這麼稱呼她，在奶奶爬回閣樓後。

唯一面對面是吃飯的時候，奶奶會開啟許多話題，例如：「上次那件喀什米爾羊毛西裝的版型打得很漂亮。」或：「阿孫該讀小學了吧？」

每當奶奶一張口，父親就用力扒了一口飯到嘴裡，讓舌頭與牙齒間沒有運轉的空間。

雖然沉默，父親的眼睛像老虎一樣閃著光，手抓魚，嘴啃肉，而兩眼緊緊咬著奶奶。而後，有一天，父親說閣樓的木梯卡榫鬆脫需要拆下修理，一拆便沒再裝回去，換來的是一天出現三次的工作梯，讓母親把三餐裝在盤子裡送上閣樓，母親像是在餵食野獸，天花板一掀急忙塞入飯菜與換洗衣物，隨即虎躍下梯，雙手一拍撤梯離去，閣樓上的小廁所偶爾傳來沖馬桶與洗澡的水聲，除此之外，家裡不再有奶奶存在的痕跡，發臭的漢堡與破舊的家具被歸為同一類，丟進閣樓裡了。

父親並不知道，要上閣樓並不需要工作梯，只要爬上衣櫃，再用衣架頂開天花板，往前一躍向上攀，縮小腹單腳勾著閣樓地板，就可以翻身而上，站在衣櫃上往前一跳是一個可以讓自己瞬間消失的神奇魔術，天花板的洞，通往異次元的縫隙，快過觔斗雲和風火輪。

看著爬上來的我，奶奶笑嘻嘻地摸著我的頭，像是選豬肉似的把我整個人拉高，要我轉圈給她看，說我長大了，拍拍我的臉與肩，閣裡西邊開了一扇大窗，夕陽紅通通地漲滿整個閣樓，曝曬在陽光下的奶奶，坐在飄舞的灰塵中，似乎沒有父親以為的那麼臭。

她檢視我全身的衣著，看到磨破的卡其褲，便興奮地挪動遲緩的身體，坐到腳踏式的老式裁縫機前，穿針引線，要我脫下褲子讓他縫補上面的破洞，陽光被嘎嘎作響的裁縫機的轉輪切割成一片片的剪影，奶奶笑得瞇起來的眼角泛著淚光。

為了讓奶奶笑，我盡可能磨破衣褲，然後回到家，爬上衣櫃，往前一躍，來到奶奶居住的古堡般的世界，讓她樂不可支地責備我的頑皮。

那一天我磨破卡其褲後回到家，只見門口停著一輛救護車，奶奶四肢如麻花般捲在一起，軀幹癱軟如泥躺在擔架上，據說是執意要下樓跌了個空摔落二樓樓梯再滾到一樓店面。父親母親、叔叔伯伯都圍繞在身邊，他們一個比一個哭得還激動，尤其是父親，他聲淚俱下地說：「媽！你走了我們怎麼辦啊？」

從殯儀館乘著棺材回到家的奶奶身穿壽衣，父親看著奶奶脖子上的傷疤與骨碎筋裂後向外翻轉的四肢，激動地對著親朋好友說：「我不能讓媽就這樣走，幫我把媽扶起來，我要幫她量尺寸，讓媽穿得體面，我要用最高級的野駝羊毛做一件西服外套。」

母親與大伯掩不住驚駭的神情，伸出顫抖的手扶起奶奶的屍體，奶奶的頭軟軟地垂落在旁邊，像是不屑地別過頭去，量完尺寸後，父親以堅定的步伐移到裁縫機旁打版剪裁，而母親與大伯急忙奔到廁所，像是吃壞了肚子，淚流滿面地嘔吐。

長輩排隊輪番哭過，一個個離開後，我走近祖母身邊，看見她閉起的眼睛似乎張開了一點點，嘴角微微拉開，像是一個笑容。

那天晚上，守靈的夜裡，每一個人都聽見了閣樓的腳踏式裁縫機傳來嘎嘎的聲響，先是隱約地埋在天花板中，再慢慢地傳導到每面牆裡，最後隨著火光破牆而出，刮過每個人的耳膜。

燒金紙的母親停止動作，父親也噤聲不哭，工作梯靜靜地斜倚在牆角，為了預防我擅自爬上閣樓，工作梯的兩隻腳被母親用鎖鏈鎖起，偌大的鎖鏈在金紙的火光中時隱時現。火光搖曳，金紙即將燒完了，室內逐漸陷入黑暗，母親急忙拆了一疊丟入火爐，突然竄起的火光把我們的影子妖大地浮貼在牆上，跟著縫紉機的轉動聲晃動搖擺，而我們卻被定格在客廳裡，奶奶睡在客廳的棺材中，化過妝的臉勉強蓋著一層肉色，既蒼白又紅潤，像退冰的肉塊，我們的眼神由奶奶的臉移到天花板，卻沒人敢上樓去看，裁縫機的聲響持續了一整晚，甚至在出殯後，閣樓裡的裁縫機仍舊像是探測著風吹草動，把一家人由淺眠的夢裡驚醒。

一家人都去看了心理醫生，也服了藥，每一個人又回到安穩無夢的睡眠裡，一切經歷被當作幻覺而遺忘了，只有我例外，偶爾會在半夜醒來，緊閉著眼，聽著一整晚的輪盤運轉聲，想像奶奶一個人在上面，空轉著裁縫機，針線不停地穿過空無一物的面板。

終於，我鼓起勇氣爬上衣櫃，在深夜中小心翼翼地拿著衣架頂開天花板，深呼吸後往前一躍。

沒有月亮的夜裡，閣樓內沒有光，我循著聲，摸著牆，避開廢棄的家具走到裁縫機旁，突然，我感覺到一雙冰冷而爬滿皺紋的手摸上我的臉頰。

「奶奶？」我問。

看不見的手撫著我的臉頰，順著手往上延伸，我勾勒出一個無形的臉在黑暗中點頭笑著。

在漆黑的室內，伴隨著微弱的啜泣聲，我看見一雙比黑暗還黑的手從我赤裸的肩上取下一件半透明蒙著微弱的光的衣服，那雙手捧著那件衣服在裁縫機上任由針頭來回穿線補洞，最後再取下衣服套回我身上。

然後，我的眼前就不再是一片漆黑了。我清楚看見奶奶的身影，她穿著父親替她縫製的深藍色西服外套，簡單而硬直的線條撐出了她整個人的精神，她摸著我的頭，不停地哭。

「以後沒有人會幫你補衣服了，你要小心，別頑皮，這件衣服破了就很難補了。」

「奶奶，你怎麼了？」

她搖著頭，沒有回答我。

「奶奶，你還活著嗎？爸爸他們都說你死了。」

她繼續搖著頭，只是每搖一次頭身影就越模糊，最後完全消失在黑暗裡。

此後，奶奶不再出現了，每次我爬上衣櫃翻上閣樓，都會發現裁縫機比上一次積了更厚的灰塵，家人遺忘了奶奶的死亡過著更幸福的生活，只有我變得不一樣，我看見父親身上除了西裝與襯衫外，還有一件在黑暗中蒙著光的半透明衣服，上面像是蟲蛀過，滿是坑洞。

出殯的前一晚，我在家人都睡著後偷偷爬進棺材裡，靠著奶奶的胸膛小睡了一下，奶奶的臉上浮著一層古龍水的香味，父親親手縫製的西服外套拉高了領子遮住了脖子上的傷疤，看起來非常體面。

昂貴的外套撐起了奶奶身上的線條，略駝的背不見了，斜而下垂的肩膀挺起來，小腹上方收起了腰身，手貼褲縫，腳跟收攏，野駝羊毛纖維細密，多層次的色澤浮游其上，我拉開衣領，發現父親將縫線藏在內裡，連著奶奶的皮膚縫在一起，將四肢與身體收緊靠齊，像把人偶身上的線拉緊，拉扯出一個挺立的睡姿，父親縫製的是一件軟滑豔麗的腸衣外套。

在接到第二十件深藍色西服外套的訂單後，父親開始情緒不穩，任何一點小挫折都歸咎於奶奶的冤魂在作怪，縫線脫落或衣料出現汙漬就大聲嚷嚷說這是奶奶來過的證據。

這次父親不看心理醫生，反而請來了道士，道士說奶奶的靈魂盤踞在閣樓，一隻鬼壓著一整間房子，所以不得安寧，他畫了四張符，兩張燒化後和在冷熱水各半調成的陰陽水裡，分別淨身與飲用，一張貼床頭，最後一張合著四方金燒化。

符紙被火焰吞化後父親整個人癱在椅子上，那一天他很安靜，專心趕製客戶的訂單，家人都入睡後他還在忙，夜半時分我起身上廁所，路過父親的工作室發現他手握裁縫的長剪刀對著牆上的影子發了癡，我背後的燈光映入工作室，裡面散落一地碎布。

「爸，你怎麼了？」我走上前問他。

「我剪死你這鬼影！」

他手握大剪刀，朝我牆上的影子猛剪，頭髮、脖子、胸膛還有手。

「剪死你！剪死你！」

我後退閃躲，他卻追著我的影子過來，他看著牆上的影子，大剪刀直朝我刺，我抬手阻擋，手掌恰巧伸入剪刀的開口。

我的尖叫聲吵醒了母親，她急奔而出，一個箭步，對著發癲的父親用力一踹，父親手上的大剪跌落地上，母親急忙將我送醫，沒有回頭看癡呆的父親。

在醫院縫了二十多針回到家後，父親以愧疚的眼神看我，吃飯時總多夾一塊肉給我，直到我手上的繃帶解掉，他的眼神由愧疚轉為好奇。

某天夜裡，我被強烈的刺痛感驚醒，只見父親蹲在我床邊，左手撫摸著我手上的疤痕，右手拿著針線，他說：「乖，別動，這兩片肉沒縫好，縫線外露很難看，我幫你弄個無縫針織。」

這一次，母親被我的尖叫聲驚醒後，叫來的是警車，警察把父親的手押在背後，父親雙眼暴突，嚷著：「一定會縫得不留痕跡的。」

所有人的視線都集中在父親扭曲的臉上，我卻看見父親拖在地上的影子，它頭垂向一旁，四肢向外翻轉，身上到處都是剪刀剪下的裂縫，窗外漸遠的警車燈一紅一藍掃過上面，影子慢慢縮起身體，像爬在肉上的水蛭，蠕動著靠向我。

影子吸走了檯燈的亮度，在漆黑的房裡逐漸成形，略駝的背與內縮的肩膀，那是奶奶，她擠著雙眉發出老鼠般的尖笑聲。

「奶奶，你為什麼要這樣做？」

她不停轉著眼珠，抽搐的臉頰掀動唇齒，雙手抱頭說：「沒辦法，我忍太久了，沒辦法。」

她打著哆嗦，尖叫一聲竄上閣樓。

事情過後，家裡所有的剪刀與針都被藏起來，父親像被閹割的狗，在桌椅間鑽入鑽出，找不到可以插入容身，心安歇息的位置，受不了歧視眼光的父親開始長時間躲在閣樓上。

在這個父親不存在的屋子裡，我與母親再次過起平靜的生活，直到某天夜裡屋頂上再次響起老式裁縫機的輪盤轉動聲。

我來到二樓，用衣架頂開天花板，只見父親雙手緊緊抓著一個黑影，腳踩縫紉機，將黑影往針頭送，被針頭刺過的黑影如沙塵散落一地，像漆黑的夜色淹沒父親雙腳，父親腳踩輪轉，死命地刺破奶奶的黑影，而散落一地的奶奶化成一渠水、一面紗、一片黑，繞著父親，把他縫入現實世界之外了。

作者簡介

——張耀升，小說家，影像創作者。他使用文字與影像，一如用咒，為種種混沌無明一一安放其名，使之降伏。他擅長與黑暗相處，黑暗中躲著怪獸，等著他一一將它們的故事說出，彷彿如此才能得到安息。藉著他的故事召喚出的幻象，我們觀看他人的艱難，好得知自己命運的真相。出版短篇小說集《縫》。曾於二〇一〇年執行雲門舞集流浪者計畫，至日本在地旅行三個月，此後決定重返人間，二〇一一年出版長篇小說《彼岸的女人》（本事文化）與散文集《告別的年代：再見！左營眷村！》。二〇一四年出版電影小說《行動代號：孫中山》（導演及故事：易智言）。

2006

神棄

駱以軍

我們是被神遺棄的一支騎兵隊。

或者，那逃亡者踩踏的馬蹄如驟雨打在乾燥沙漠，或如倦飛之鳥墜跌進擠滿飢餓鱷魚之沼澤，才一擊落便被收殺而去。

沒有回音，有時我們會產生這樣的幻覺，似乎靈魂脫離疲憊泥硬隨馬鞍咯蹬不止的凡體，輕盈飛翔而上，可以從高空鳥瞰那小小的，自己置身其中的馬隊，拖著長長的影子在無邊無際的曠野上孤單地逃亡，像一列小螞蟻徒勞地爬在一張女人的臉上。

是了，老人說，我知道怎麼描述那種恐怖感了。就像我清清楚楚地看著我們那一支失魂亡命的黨項騎兵，在狂奔中靜默地算計自己或許離那核爆般的滅城場景是否愈來愈遠。也許這樣把人和馬的身形愈跑愈淡薄的速度，可以免於被蒙古騎兵隊追上，屠殺的命運。但我卻在高空上看見那鰥寡殘疾可憐兮兮的一小隊人，並不是像自己以為的跑在真實的逃亡之途上。我們那麼小、那麼絕望，被整個族在一夕之間完全覆滅的恐怖場景繼續驚嚇。怎麼可能呢？原本是那麼龐大縱深的，亂針刺繡的人群和人群挨擠的世界。一整座市集裡挨肩擦臂的黨項人：老人、婦女、童子、馬伕、刮著羊頭骷髏眼窩肉的漢子、醉酒的潑皮、翻著眼白的騙徒、人口販子和被拐騙的少女、畫家、占卜師、兜袱裡塞滿漢人那兒走私來的淫邪精巧玩意兒的大鬍子、乞丐……一間酒肆裡的黨項人，一整條妓院街裡的黨項男人和女人，黨項羌的嘔吐物和黨項羌的精液、排泄物、髒血。一整座城裡的黨項人、綾羅綢緞、鍋碗瓢盆、馬鞍韁繩、秤桿菸具……這些活生生的，數量大到令人放心，各有表情和動作的黨項人，怎麼可能轟然一聲就從這地表消失了？

男孩說：電影。片場。……

老人說：那就是滅種。真真實實的滅種。

老人說：那種巨大的哀傷，比死亡還威懾著這支孤零零奔逃的隊伍。那超出了他們的想像力，使他們在奔馳中像夢遊一樣張大著口眼睛發直。那個悲傷吞食著他們。他們每一個人都恍惚地想：我們就是這個地表上剩下的最後幾個黨項人了……

男孩心裡想：最後的幾套ＤＮＡ序列。在一只玻璃培養皿的壁沿上掙爬，下面淹浸著某種錯誤而傾注下去的化學溶解劑，和一整片漂浮著基因殘骸的它們同伴的屍海。

老人說：但我從高空鳥瞰，才發現這一支悲傷而疲憊、恐懼被滅種噩夢吞噬的騎兵軍。他們，根本不是如他們以為的竄逃在一片沙丘起伏、偶有濕土和枯草覆蓋的地表。

他們小小的身影，他們的馬蹄子，正踩在一張無比光滑、白皙的女人的臉上……

所謂的沙漠，只是他們催趕馬騎沿途飆起的漫天狂沙。沒有沙漠這玩意兒，那是一張巨大無比，說不清楚那表情是如癡如醉、憤怒、被這些小蟲子弄癢癢想打噴嚏，或是呵欠欲睡的一張女人的臉啊……

老人說著哭了起來。

原來，付出了那麼慘烈的代價，我們倉皇辭廟，一路逃亡，跑得目眥盡裂，靈魂哀愁地下降到腸子裡，不，膀胱的位置，靈魂驚嚇得像膀胱裡前搖後晃的一袋金黃尿液，搞了半天，我們的大腿內側被馬鞍磨得血肉模糊，再連失禁尿液、精液、汗水混和馬毛和皮革皺突，漿結成永遠的硬痂，原來，原來，我們只是在一個別人的夢境裡，像蝨子或蟲蟻那樣跑著。

老人說，那時，在我們的左邊側翼，煙塵漫騰中，有一群色彩斑斕的詭異騎兵以數倍於我們的高速由遠而近地追了上來。「有追兵。」「形勢詭異，也許不是蒙古人，是趁火打劫的吐蕃騎兵。」「呈魚鱗陣形，不要被他們包抄殲滅了。」「快！快！」

我們胯下的馬匹，在夜以繼日無止境的奔跑之中，早已變成毛髮覆面形銷骨立的野獸。它們在一種生存本能的茫然恐懼中挨靠著馬身。曾是黨項武士斬首面不改色的這群男人們，竟然抑制不住劇烈顫抖讓甲冑上的鎖片發出嘩嘩巨響。整個沙漠中便迴奏著那種像鐵琴樂曲般哀愁而恐懼的波浪聲。我知道我們每一個人褲襠裡的那玩意都腫得又紅又大。似乎生物個體意識到族類的滅絕迫在眉睫，便本能亢奮地啟動了想快速傳宗接代的意欲。但我們是翹著老二在馬匹上跑著，總不可能像花朵兒傳花粉或魚群繁殖後代那樣將一蓬蓬的精液，如鳴矢那樣空射向乾旱的沙地。

煙塵分撥開來，從那蜃影中跑出的竟不是擎著任何旗幟的人類騎兵，而是，怎麼說呢，我想那時即便我們看見的是從地獄裡冥王率著鬼卒拿鐵鍊鉤鎖來催討性命的骷髏騎兵團，也不會比我們目睹的更讓人魂飛魄散。

老人說，那是一群你說不出是鳥是馬還是蜥蜴的彩色怪物，瞪著像河灘上乾涸瀕死之魚的淡藍眼珠，以一種滑稽的表情，用像人腿卻覆滿靛藍或金黃鳥羽的強壯後肢，箕張鳥爪那樣彈跳快跑著，它們的臉全帶有一種夢遊者的迷幻執拗，張大了嘴，嘴裡卻長著森森白齒。裡頭個頭最大的那種，臉像劊子手抹滿豔紅豬血，頭上戴著赤冠，前肢是手爪，遍體覆著狼毛；還有一種體形相似但身軀矮小許多的，周身則披著綠毛黑條紋；還有一種奔跑中偶爾揮翅飛起，但翅翼上仍長著爪子的，蛇頭怪雞；有一種頭布滿血紅肉瘤，藍羽翅翼張開比鷹之翼展還要寬的神鳥飛在它們上面；還有一些醜惡的，像壁虎放大了一千倍的巨獸……

我們勒住馬韁，訝然愣立在那，觀看著那一大群鮮衣怒冠的怪物，如夢似幻地從我們面前跑過。「啊啊啊！我們是在真實之中嗎？」黑乎乎的逃亡者臉上，全流下了委屈又絕望的男兒淚。「這樣的逃亡，終於讓我們逃進了非人的國度嗎？」「我們真的被神遺棄了，我的王墳真的被成吉思汗那些野蠻的騎兵給踩破了？所以我們會在這樣的逃亡途中，慢慢變成怪物。」

男孩說：不，你們見到的不是怪物。只是時空弄錯了。那些是曾經在那片地表上存在過的生物。

原始中華鳥龍。

粗壯原始祖鳥。

鄒氏尾羽龍。

董氏尾羽龍。

意外北票龍。

千禧中國鳥龍。

上園熱河龍。

梅勒營鸚鵡嘴龍。

趙氏小盜龍。

楊氏錦州龍。

男孩說，它們全是恐龍，不是怪物。它們不是被幻想或是恐懼滅亡者胡亂射精長出的畸形怪鳥。不是《山海經》裡的那些禿頭者、山羊腿的人、獨目族、看守黃金之鷹獅合體獸，那些禍鳥、鴟鴞、三身三首三足神鳥，所集而亡國之五色鳥、人面鳶鳥、雷神鳥，或商羊、畢方、橐𩇯、鸓這些水火之怪……它們是大約在早白堊紀大批活動在熱河地表上的生物群。是活生生的存在，不是夢中魔幻。雖然在人類出現之前那漫長的進化之夢裡（如果你認為人類不在場而兀自發生的事物皆只能以夢視之），它們的存在是獸腳類恐龍進化成鳥類，中間鴻光一瞬過渡的環節（它們成為鳥類是由恐龍進化假說的重要形態特徵之證據），但它們不是從你們的或黨項羌族之大母神的滅亡噩夢裡跑出來的。

男孩想起一本他在這旅館圖書室翻閱的、印刷精美的大書：《熱河生物群》。

「意外北票龍

「意外北票龍代表世界上發現的第二種長有細絲狀皮膚衍生物的單腳類恐龍。……意外北票龍在分類上屬於鐮刀龍超科，是鐮刀龍類的一個原始屬種。鐮刀龍類是恐龍世界中的『四不像』。它的頭部外形像原蜥腳類恐龍，但它的牙齒及與咀嚼有關的構造非常近似於鳥臀類恐龍；它的腰帶既不像三射型的蜥臀類恐龍，也不像四射型的鳥臀類恐龍；從它的前肢形態來看，它又像典型的獸腳類恐龍。由於鐮刀龍類奇特的形態特徵，長期以來恐龍專家們一直爭論不休：有人認為鐮刀龍類代表原蜥腳類恐龍向鳥臀類恐龍演化的過渡類型，也有人認為鐮刀龍類可能與蜥腳類恐龍親緣關係較近，很多專家提出鐮刀龍類實際上是一種特化的獸腳類恐龍，也有專家建議暫時把它歸入蜥臀目中，甚至有人提出鐮刀龍類既不屬於鳥臀類恐龍，也不屬於蜥臀類恐龍，而是代表第三類恐龍。意外北票龍保存了許多典型的獸腳類恐龍，也就是我們常說的肉食性恐龍的特徵。研究表明，鐮刀龍類是肉食性恐龍中一個特化的類群，可能以植物為食。鐮刀龍類一系列特化特徵，比如類似於蜥腳形恐龍具四趾的後足，是趨同演化的結果。可以說，意外北票龍的發現和研究為鐮刀龍類的分類提供了重要的化石證據。」

老人說：不，不止那樣。

老人說：我們是羌人的後裔。但我們的建國者是北方鮮卑的貴族。元昊摘了自己的姓，把女神陰戶的名稱冠在頭上，嵬名，嵬名元昊。下禿髮令，我們全成了青兀卒意志下禿髮、穿耳、戴環的怪物。漢人們叫我們索虜、辮奴。元昊自創西夏文字，從此我們的世界，從國土疆域，上下四方，飛禽走獸、醫藥、曆法、卜筮、兵書、佛經故事，全脫離了漢文字那光溜溜一直一槓的「真實」。我們進入毛髮獵獵，日光下或月光下的每一件事物皆竄長出獸毛的世界。我們的文字長著令人發癢的體毛，它使得它所描述的世界全成了一個無法歸類的世界：樂人歌舞、吹笛鳴鼓、譁笑報喜、鰥夫寡婦、牛羊馬駝、飛禽走獸、男服女服、人倫身體、蛆蟲草木、器皿時間……所有的一切，都成了風中搖擺，一根一根閃閃發光扎得眼睛發疼的毛髮。

不止如此。老人說，我們是從李元昊那充滿詩意的創造夢境裡走出來的。「建國」，那是讓人神搖意奪、如癡如狂的一個長滿毛的詞。但那是一個不見光的所在伸下來的階梯。李元昊在創造它們的時候便知道這些濃毛密髮的符號有一天會在這世上滅絕，只剩下我們這一支出亡者奔走到地界邊陲，死亡後留下的經幢。有一天當我們黨項一族徹底自這個地表上消失，人們撫摸著那些從軀骸每一接縫冒出鬍鬚、腋毛、胸毛、陰毛、腿毛、披頭散髮的符號，百思不解它們所曾經記載下來「這一族人曾流浪過的時空」。他們說：咕嚕咕嚕。嘰哩呱啦。嘰嘰歪歪。像是撫摸著李元昊雕刻在我們每一個西夏子民光溜溜臀部背部肚腹脖子上的刺青，每一個字都不一樣。每一個字都是一組晦澀的謎或他李元昊不為人知的夢境。

所以，當我們這一支西夏最後的騎兵，在披星戴月、著魔噤默、恍如魔咒的逃亡途中，看見眼前的世界開始如沙漠熱浪扭曲了空氣而開始變形，我們便哀愁地知道我們已走到了命運的盡頭。不，我們走到了恐懼所能感受的真實的邊境。長朧的馬蹄已跨過了那條界線。那之後我們便只是李元昊創造的那些毛髮文字所描述的世界。我們所看所聽所聞所熱淚盈眶大小便失禁親身經歷在眼前歷歷發生的一切，皆只能就在那感性發生的同時頃刻消滅。無法被記錄下來讓後人破譯理解了。我們裡面有人在那濃厚的哀愁中回想起這一生經歷過最美的事物：乳香、安息、珠玉、兜羅、回紇女人暈毛金毛的胯下；我們哀愁地慢速倒帶那些讓人血脈賁張的激爽時刻：馬刀斬下漢人首級時刀刀蜷縮青甲鐵絲斷裂動脈血泊鼓跳噴出最後是頸骨卡嚓切開的流暢感；我們屠殺那些戴蓮瓣寶冠、身穿圓領寬袖長袍、腰帶佩著短刀、火石、針筒、磨刀石的回鶻貴族男人；我們姦淫那些戴魚形寶冠、身穿橘紅窄袖通裾大襦的回鶻貴夫人；我們把那些步搖、花髻扯斷，那些環釧瓔珞撒散一地，在簇擁著菩薩、天王、金剛、比丘諸神凝神的宮殿裡，把那些雪白的瘦腿拗張向天際；我們哀愁地回憶起在那旋轉的天體下我們燒掉了數百座女人小孩尖叫的氈帳；草原的冬日，我們剖開那冒著白煙粉紅色腸肚流出來的漢人肚子；我們的鐵鷂子所到之處，僵尸數十里；我們撕毀高昌回鶻人的榮譽面紗，逐殺那些不食豬肉的維吾爾人，我們迷惑地看著那些滿嘴「阿拉真實」的薩滿教巫師在跳神念咒……

在那樣的時刻，我們無比哀愁地體會到，那些曾被我們像小雞斬殺取樂，把箭鏃插進女膣，那些面孔模糊的柔弱族人，他們的神，比我們的神，要巨大許多、立體許多，憤怒的臉孔更恐怖許多……

老人說：更恐怖的還在後面。

那時，天體像羅盤被人扭鬆了銜齒，星辰墜落，日月昏黑，雷電滿天，冰雹如雨。我們騎兵隊裡的巫師說：「我們被動了手腳。」「糟糕，我們跑進了不該進去的界面，這是兵陰陽。」我們的身體全變成黑色的倒影，披掛的箭弩和馬刀全變成搖晃的波光。地表變成了一格一格日晷的鐘面。我們的馬隊左突右闖，像在一個凶煞災異的棋盤上以巾帕遮眼走盲棋。不知該前進該後退，不知該往何方。

我們的巫師大喊：「小心，那裡有神煞！」

我們進入一個極窄極扁的空間。雖然如果曠野上有其他人看著我們，會以為那是一群失魂落魄的夢遊者。但其實我們是在一個想像中對照著天體星象的式盤上如履薄冰地走著。像你們的電影裡演的誤闖地雷區的士兵，滿頭大汗匍匐地上用刺刀一寸寸插地前進。我們被一整套四時星辰的躔度困住了。內圈八神與外圈二十八神。豐隆、五行、太一、王相、攝提、六神、五括、天河、殷搶、歲星、天缺、弧逆、刑星、熒惑、奎台……

我們裡頭有沉不住氣的傢伙大喊：「連走投無路都這麼辛苦。」但他隨即像被神煞的刀切進另一空間而看不見我們了。老人說，我心裡想：我最害怕的是什麼呢？上天還可以降下什麼災異來懲罰我們這最後一支流亡者呢？我悲傷地想：至少我們現在還在一個秩序裡頭……

我們那些長毛的文字再也無法描繪我們所置身的位置了。我們在星空下的曠野，勒緊馬韁筋疲力盡地前三步後五步，像醉酒之人在跳一種暈陶陶的舞步。所有的空間次第關閉。如果耐著性子，照著那躔度試圖吝惜剩下的刻度走，也許我們這零餘的一支人馬，可以走出那舉族滅亡的咒詛。如果……

我聽見那巫師噪音顫抖地背誦，他的聲音像一隻正在哭的烏鴉：

背刑德，戰，勝，拔國。
背德右刑，戰，勝，取地。
左德右刑，戰，勝，取地。
背德左刑，戰，勝，不取地。
背刑右德，戰，勝，不取地。
右德左刑，戰，敗，不失大吏。
右刑德，戰，勝，三歲將死。
左刑德，戰，半敗。
背德迎刑，深入，眾敗，吏死。
迎德右刑，將不入國。
迎刑德，戰，軍大敗，將死亡。
左刑迎德，戰，敗，亡地。

左德迎刑，大敗。

老人說，我們的影子在沙地上忽左忽右，被月光拉得長長的，否則你渾然不覺那一切細緻繁複的方位變化。老人說，像在一個看不見的迷宮裡打轉，讓人柔軟欲哭地想起小時候在初建好的興慶府城郭裡的巷弄間穿繞，時光悠悠，土牆上裸照的陽光沸跳，身旁走過的小羊羔竟沒有影子。我驚惶地說，那隻羊是鬼偽變的。大人笑著拍我的頭說：正午日照，羊的影子全收在牠的蹄下了。你看看你自己可有影子？低頭一看，沒有影子。

我們的巫師說：「慘了。」

在我們的面前，像整座淡紫色的賀蘭山變成兩個孿生兄弟，站著兩尊巨大的神祇，銀髮如瀑，銀臉熠熠生輝，兩張一模一樣幻美令人難以置信的神的臉容，單眼皮、鷹隼鼻，像沙丘弧影的嘴。牠們著甲冑佩長劍，輪廓濛濛發光，手指像嫻熟琴藝的女人一樣修長優美。老人對男孩說，對了，若不是牠們巨大得遮蔽了那半邊天，我或許說，這兩兄弟長得真像你。

「那是天刑，那是天德。」我們的巫師說：「我們正站在面迎牠們的方位。」

「所居無常，依隨水草。地少五穀，以畜牧為業。其俗氏族無定，或以父名母姓為種號，十二世後相與婚姻。父沒則妻後母，兄亡則納釐嫂。故國無鰥寡，種類繁熾。不立君長，無相長一；強則分種為酋豪，弱則為人附落。更相抄暴，以力為雄。殺人償死，無它禁令……。堪耐寒苦，同之禽獸。」

——《後漢書‧西羌傳》

「此地帶的最北方，天山南路有婼羌。青海東部的河湟地區有各不同『種落』的西羌，其東部洮河流域至隴西間也有許多羌人。在此之南，甘肅南部的武都附近，也就是白龍江上游一帶，有白狼羌、參狼羌，再往南去，漢代廣漢郡之西有白馬羌、大牂夷種羌、龍橋等六種羌，及薄申等八種羌，這些族落大概都在成都平原之西岷江上游與大小金川一帶。再往南，沈黎郡之西有青衣羌，約在今四川西南部的雅安、天全一帶。在羌人地帶的最南方，越巂群附近有旄牛羌，其位置可能在四川漢源、西昌一帶，或及於雲南北部邊緣。……」

——王明珂，《羌在漢藏之間》

「黨項羌者，三苗之後也。其種有宕昌、白狼，皆自稱獼猴種。東接臨洮（今甘肅省臨潭縣）、西平（今青海省西寧市），西拒葉護（指西突厥領地，即今新疆維吾爾自治區，法人法畹謂葉護為西突厥之別稱），南北數千里，處山谷間。每姓別為部落，大者五千餘騎，小者千餘騎。織犛牛尾及羖䍽毛以為屋，服裘褐披氈以為上飾。

俗尚武力，無法令，各為生業，有戰陣則相屯聚，無傜賦，不相往來。牧養犛牛、羊、豬以供食，不知稼穡。其俗淫穢蒸報，於諸夷中為甚。無文字，但候草木以記歲時，三年一聚會，殺牛羊以祭天。」

——《隋書・黨項傳》

老人說：更恐怖的在後面。

像那些充滿惡魔念頭的小說家所說的：在一個劇場中，一個大盒子內排列了大約六十面小鏡子，可以把一枝樹枝轉幻成一座森林，一名鉛兵轉變成一支軍隊，一本小冊子轉變成一座圖書館。我們這支殘餘的騎兵隊，已經被風沙和馬蠅啃嚙殘餘在骨骸上最後的附肉。烈日當空，枯木張爪伸向透明的天空，胡狼從肋骨垂出紅色白色的腸子乾渴地在黑色的土丘上走著。我們每一個人都相信自己早已死了，這裡蹣跚前進的只是一支幽靈部隊。不，我們只是李元昊那被螻蟻鑽洞繁殖幼蟲卻仍繼續活動的腦前額葉，投影出來的自我懲罰的噩夢。我們是李元昊人變成獸之前，嗥叫著射向遠方的單套染色體精液。滾地成人形，著上鎧甲攀上馬蹬，佩玄鐵馬刀朝南而行。所以我們全籠罩在這樣近乎精蟲的恐懼裡：在這樣長途跋涉的逃離滅種之旅，如果，如果不在我們終於乾涸被烈日蒸曬成一攤融化黏膠之前，找到我們源頭大母神的溫暖潮濕腔穴，我們的說話，我們那兩百年西夏王朝的幻夢，我們黨項一族數千年來所有男子和女子的交歡，所有淫穢蒸報，所有兒子們把他們的羊屌插入庶母、伯、叔母、嫂、子、弟之婦的腥騷女屄裡的一切搖晃動作……全部都化為煙塵。

當然那只是我們的幻想。我們痛惡作為李元昊他單套染色體的精蟲，想他李繼遷、李德明、李元昊父子仨，將我們這些服裘褐披氈，無文字無時間的部落男女裹脅進他們的春秋大夢裡，我們原本品類繁眾、散漫山川：蹉鶻、者谷、達谷、必利城。臈家城、鵶梟城、古渭州、龕谷、洮河、蘭州、疊、宕州、宗哥、青唐城……族帳分散，不相君長，像星矢遍灑於長生天。漢軍來助漢軍圍殲吐蕃、吐蕃軍來助吐蕃劫掠回鶻、吐谷渾軍來協防吐谷渾抵禦唐朝。是李元昊他們父子仨，用我們的勁馬善羊和漢人交換鎧甲弓矢；將我們的年輕男兒佩上弓箭馬駝、旗劍槍棍，人人能鬥擊，分步、騎兩兵；是他們父子仨，教我們「戰勝而得首級者，不過賜酒一杯，酥酪數斤……然而得大將，覆大軍，則其首領不次拔而用之。故其戰鬥輕首級而不爭，乘利逐北」；是他們父子仨巧施機謀，飄忽不定，襲擾即退，時而與宋皇帝稱父子，時而與遼天子結親家，以小事大，挑撥虛委，翻臉無常……

老人說：是他們讓我們從羊變成了人，從人變成砍頭如割麥的帝國騎兵隊，然後讓我們一路竄逃不容於這天地間哪！

老人說：從那時起，我們便進入那兩個銀臉巨人忽左忽右、忽上忽下、忽裡忽外、忽而游魚忽變飛鳥的幻術裡。牠們像頑皮的孩童在這一群將死之人的頭頂玩捉迷藏，每鑽進一個時空刻度，我們就變成如同在一條鏡廊迷宮裡用機關齒輪轉換了通道。我們其實是在一只倒扣之碗的天穹下，站在那兩繩四鉤吊繫住向四面八方延伸的地平面上。聽見那天德、天刑兩神煞兄弟在每一個看不見的刻度縱跳時，天體與地盤銜接之神祕承軸轟隆轟隆旋轉發出的巨響。那支承軸像天頂銀河破了個洞，直直垂掛下來的乳白瀑布。我們不敢相信自己的眼睛，只覺原來在左方的崇山峻嶺變成一群奔突受驚的野馬，轉眼間跑到我們的右方。月光下的銀色洮河，突然以億萬顆水珠離地變成飄浮在我們觸手可及的上方。我們舉劍上刺那條光霧，可以看見波瀾漣漪一圈一圈蕩開，且水聲瀝瀝。所有的事物皆違反了我們所經驗過的秩序，即使以我這老頭曾活過兩百年所見識的一切怪誕之事亦不足為奇。我們的巫師說：這是天刑與天德的大游和小游重疊在一起了。這一對神煞兄弟從來是避不相見的。我們居然在這處曠野撞見牠們比肩並立，那也算是走到末路了。看來我西夏一族真該是得亡覆得一個都不剩啦。

老人對男孩說：等等，似乎有許多不該出現的經驗，因為我這樣在你的夢裡和你說話，透過我們在這間旅館裡某一處不留神褶遺在轉角、階梯、沒關上的房門、離開的電梯……的影子，任何一個光和影子的接合處，跑到我說的那個故事裡，那個最後一支西夏騎兵逃亡中途的曠野……

譬如說：一群金屬大鳥在天空盤旋追逐，向對方射出火燄，其中有幾隻在間不容髮之瞬爆成一團熾亮的火球翻滾墜地。譬如說：成千上萬支以巨人之弓弩射出的巨大箭矢，越過山稜河海雨落向蓋了上千帳這座旅館，或說把上千座城垛聚集在一塊的大聚落，那比蒙古人屠城還可怕的地獄烈焰圖，哀嚎的人群像森林大火中揮舞枝枒奔跑的樹木。譬如說：祂們以雷霆擊地為戲，讓一整片河谷草原頃刻液化沸騰成紅燙的岩漿湖泊；祂們以毒氣瘟疫互灑，使鳥獸僵屍遍野，白色的人屍男女堆疊像枯旱之塘翻肚的整批死蛙；他們蓋了兩座比沒藏黑雲蓋的塔還要高兩座的通天巨塔，裡頭塞滿了人當祭品，然後再放幾隻肚內同樣裝滿人為牲祭的金屬大鳥撲翅撞擊，像是天刑、天德這兩兄弟在遮蔽天日的濃煙烈燄中屈膝倒下，裂為碎片，而碎片在下墜的流燄中和那些著火的小人兒一起化為齏粉……

總之，我們這一支喪失心神的黨項倖存男兒漢，就那樣瞠目結舌看著天際上方那兩尊巨大神祇在表演瑰麗屠殺秀。天刑追逐著天德，或天德追逐著天刑，祂們的發光軀體有時變得柔韌如蠶絲薄如蟬翼，在天盤地盤儀軌的時空刻度間盤旋穿繞。有時我們會看到在那天地銜合處的東南西北四方，各站著身著碧綠、赭紅、雪白、玄黑四色甲冑，大罣、炎帝、小罣、顓頊這四尊和祂們兄弟一般巨大的邊界之神。但那兩個進行大游或小游的煞神偶爾飛行或逐跑過祂們身旁時，我們才發現那只是四尊像荒圮遊樂園裡布滿綠銅鏽的孤寂雕像。也就是說，沒有任何邊界可以攔阻這對寶貝神煞把我們眼前的時空像紙帛那樣亂揉成一團……

當繩鉤鬆脫，天地漂浮遠離，祂們以摔角之姿撞跌進葉蟄之宮，復以男女蟬附交媾體位出現在天留之宮，我們渾渾噩噩、尾椎發冷顫抖，在那濕冷的夢境中想起自己獸變為人形前的骯髒模樣。之後祂們在蒼穹正上方的倉門之宮和陰洛之宮間，天刑拿銀斧砍去了天德的巨大腦袋，我們駭然訝默地看著那顆憤怒神情的頭顱像著火的隕石墜落在地平線北方，漫天烏鴉追隨而去；在下個四十六日後，天德卻斬下了西側高山上一隻巨聾牛的頭裝在自己仍汩汩冒出水銀之血的頸項上。旋即舉起鐵弓朝已站在玄委之宮與倉果之宮邊界做鬼臉的天刑射出一道彗星，將那美麗的額頭、雙眼和鼻梁間射穿了一個黑窟窿。天刑仰面栽倒，地動山搖。那時我們渾身發癢，腥臭生鏽的甲冑鎖片嵌陷入肉，變成一瓣瓣化膿翻出的鱗。我們的嘴發出啊啊的聲響，眼睛流出髒汙的淚水。就那樣看著祂們以神的無限自由在我們頭頂胡鬧惡搞。當天刑復站起，在那臉正中央仍冒著煙硝的窟窿裡塞在上兩丸湛藍如水波晃漾的駱駝眼珠。那時，已是第八個四十六日了。

誰哭了呢？男孩問。

老人那時兩眼發光，似乎被那夢中曠野展列眼前的一片繁華盛景所感動。他口中念念有詞，但男孩不知他是在描述，還是回憶。

第四日，命押宴官、賜宴官就館宴。先賜宴天使轉銜如前儀，各公服，請館伴、天使與來使就褥位對立。先請使副就褥位，望闕立。次請賜宴天使就褥位稍前，使副鞠躬，天使傳宣，使副拜謝，皆如前儀。使副與天使互使互展狀，起居，揖。次館伴揖。依例請賜宴天使茶酒，館伴暫歸幕。來使副與天使主賓對行上廳，於西間內各詣椅位揖，收笏坐。先湯，次酒三盞，果淆。茶罷，執笏，近前請起，賜宴天使暗退。請押宴使至褥位立，次請館伴齊就褥位，望闕再拜，平身，搢笏，鞠躬三舞蹈，跪左膝三叩頭，出笏就拜，興，再拜後位，對立。

引都管、上中節分左右上廳，北入，南為上，立。下節於西廊下南入，北為上，立。候押宴等初盞畢，樂聲盡，坐。至五盞後食，六盞，七盞雜劇。八盞下，酒畢。押宴傳示使副，依例請都管、上中節當面勸酒。使者答上聞，復引都管、上中節於欄子外階下排立，先揖、飲酒，再揖，退。至九盞下，酒畢，教坊退。乃請賜宴天使於幕次前。候茶入，乃於拜席排立都管。三節人從。茶盞出，揖起，押宴官等離位立，揖，都管人從鞠躬，喝「謝恩」，拜，下節聲諾，呼「萬歲」。

你看見了什麼？男孩焦急地問，你究竟看見了什麼？

老人一臉迷離，似笑非笑，淚珠掛在唇上膠硬的粗白鬍毛上，閃閃發光。

「那就是，我們曾經是人的時光哪。」

作者簡介

——駱以軍，文化大學中文系文藝創作組、國立藝術學院戲劇研究所畢業。曾獲第三屆紅樓夢獎世界華文長篇小說首獎、台灣文學獎長篇小說金典獎、時報文學獎短篇小說首獎、聯合文學小說新人獎推薦獎、台北文學獎等。著有《匡超人》、《胡人說書》、《肥瘦對寫》（與董啟章合著）、《讓我們歡樂長留》、《女兒》、《小兒子》、《棄的故事》、《臉之書》、《經濟大蕭條時期的夢遊街》、《西夏旅館》、《我愛羅》、《我未來次子關於我的回憶》、《降生十二星座》、《我們》、《遠方》、《遺悲懷》、《月球姓氏》、《第三個舞者》、《妻夢狗》、《我們自夜闇的酒館離開》、《紅字團》等。

2007 天送仔

吳敏顯

天送仔一輩子只經營一種行業，這工作跟村人息息相關。

他住在涵洞頭一間低矮狹窄的茅屋裡，屋頂和牆壁全用剖半的竹竿夾著茅草遮蓋，僅有門檻拿撿來的破磚塊砌築。

紅磚門檻有點凹凸不平，早被天送仔汗濕的屁股磨得光滑銑亮。他將磚頭門檻當坐凳，除了搖著竹編扇子納涼，更多時間則是貓著身子揮動鐵鎚，把薄薄的杉木板釘成一個個長方形的小棺材，專門在我們村裡及鄰近村落，幫人家埋葬夭折的嬰幼兒。

不管都市人或鄉下人，皆習慣稱呼從事埋葬屍體的人「土公仔」。但我們村人覺得叫土公仔嫌生分，於是大大小小都直接叫他天送仔。

天送仔住的茅屋，位於小朋友上學放學必須經過的途中。從我進小學第一天開始看到他，直到很多年之後，天送仔似乎從未變過樣子，總是老老瘦瘦的。尤其那拱起的後背和肩胛，彷彿天生這副模樣，才方便用來扛具小棺材。

在那個戰亂稍微平靜的年代，陷入貧窮的農村像一大灘永遠曬不乾的泥濘，農民簡直是困在爛泥漿與混濁泥水裡的魚蝦，怎麼掙扎也徒勞無功。天花、霍亂、傷寒、瘋狗病、氣傷、天狗熱……，一大串知道名稱及不知道名稱的疫病，猶如守候在門口揮舞棍棒的凶神惡煞，一波波輪番著來，趕都趕不走。

ＤＤＴ和白石灰粉末，成為空氣裡不可缺少的元素，很自然地在人們鼻孔間穿進穿出。

有人白天好端端地下田耕犁，半夜裡便上吐下瀉死了；有人莫名其妙地發高燒或畏寒抖個不停，然後一翻白眼就去見老祖宗；還有人像中邪，突然拳打腳踢、胡言亂語，甚至類似瘋狗嚎叫個幾天幾夜，力竭而死。如果，能在昏睡中一命嗚呼，大家便稱讚這個人好命、好老，一定是前世積德修來的。

鄰村會掐著指頭幫人推算流年的半仙，村尾的紅頭司公，廟旁的乩童，隨時有生意上門，卻常常自顧不暇，不是身邊子女夭亡，就是自己丟了半條命。

大人活得辛苦，嬰幼兒更是朝不保夕。孩子生下來會先養個一年半載，直到養出一些元氣，估計應該能夠養活，才去報戶口。這時候，如果半仙或乩童還不肯鬆口，那只能從取名字上去補救。

男嬰故意取個什麼妹、什麼珠、什麼子、什麼查某囝，要不然取個黑狗、雞膏、豬屎、粗皮……等等，反正看不出是男性，甚至不像是一個人的名字，便可以擾亂索命小鬼耳目，教那些小鬼翻爛了手上的《生死簿》，也找不到這嬰孩叫什麼名字。

至於女嬰，本就是菜籽仔命，養了賠錢，很可能在生下來那一刻即被反裹胎衣悶死，丟進尿桶溺死，能養活下來純屬幸運，撿個順口名字便叫一輩子，根本不必為取什麼名字才能順利長大成人而傷腦筋。

死亡隨時蹲在人們四周窺探，隨時伺機而動。好在我們鄉下人能生，前莊走一個，後莊立刻生下兩個，有如野地裡的菅芒，這頭拔掉一叢，那頭很快冒出兩叢，生生不息。

我們村子是宜蘭街通往海邊公墓的要道，碎石路上經常瞧見出殯隊伍。幾個衣衫襤褸，個子高矮差距頗大的黑瘦男人，腋下夾著一支長喇叭，走在棺材前頭。經過村舍之前，這些穿草鞋的吹鼓手便舉起長喇叭，湊在嘴上鼓足力氣吹響它，朝半天空嗚嗚咽咽哀號幾聲，警告老弱婦孺迴避。

孩子們總會搶先一步躲進虛掩的門板後面，從門板隙縫窺視這一支腳步沉重卻盡速通過的隊伍。走在最前面那個人，往往哈著腰或弓了背，看不出他究竟是年紀大營養不良，還是該轉大人而轉不過來的大孩子。這個人瘦瘦扁扁，恍若剛從皮影戲裡走出來的角色，他手持一根末梢蓄著整撮竹葉的竹枝，上頭繫一長條寫有符咒的招魂幡。如果有風吹拂，那長長的招魂幡會不停地隨風飄舞，遠望近看都是一縷披頭散髮的幽魂，頻頻回頭招手引領。

抬棺材隊伍走過一陣子，孩子們才能從門板後面放回馬路玩耍。這時走遠的隊伍，只剩下幾個黑點在蠕動，但那些草鞋踩在石子路所發出的沙沙聲響，卻一直在風裡迴盪。先前沿途撒落的冥紙，宛如黃色蝴蝶，時而停在石子隙縫搧動著羽衣，時而振翅在半空中飛舞。

到處會遇到病人，宜蘭街的醫生忙得走不開，無法坐人力車下鄉出診。政府開設的宜蘭大病院更擠滿了人，病床不夠，日式建築的木板走道也躺著病人。退燒藥用完了，來不及補充，醫生和護士交代家住農村的病患家屬，趕快回鄉下割來香蕉葉子，鋪在發燒病人身軀下面，幫忙退燒。可過不了兩三個時辰，壓在身子底下的翠綠色葉片，即變為枯黃，彷彿被人生火烤焦。

如果病人側著身子躺臥，烤繪出來的黃褐色印痕，便是某個數字或彎彎鉤鉤的英文字母；如果病人四平八穩躺著，葉片上也會留下那樣的姿勢。

醫生叮嚀：「葉子焦黃了就不清涼，失去退燒作用。」

家屬於是撕棄焦黃部分，重新鋪陳其他香蕉葉。等最後一攤零碎拼湊的葉片全變了顏色，立刻再從鄉下割些新葉子補充。到後來，屋前屋後的香蕉葉割光了，村裡的香蕉株跟著光溜溜，只好跑到溪河邊剪野薑花葉子頂替。

醫生看了，雖然皺起眉頭，還是安慰病患家屬說：「嗯，沒魚，蝦嘛好！多少應該有些效果吧！」

一波又一波疫病，像一個又一個從太平洋撲過來的颱風，橫掃過宜蘭平原。不少鄉下人窮得不敢上醫院，也有的是人已經抬到醫院急診室，卻因為繳不起醫藥費和住院保證金，只能把人抬回家躺在卸下的門板上等死。其中不乏「死馬當活馬醫」而到處尋找偏方，流傳最廣那一帖，是採來桑樹葉、幾樣青草，以鐮刀背刮點尿桶邊灰白色積垢羼混，或是加條蜈蚣、白頸蚯蚓，搗碎了擱在火爐上熬汁喝下，竟然真有病患糊里糊塗地保住一條性命。

哦，應當說是保住半條性命。畢竟活下來的，往往不是原先健健康康的那條命，有人聾了，有人啞了，有人斜眼歪脖子，有人暴瘦像具骷髏，一輩子病痛纏身。

也有看來氣色不錯，卻顯然癡呆，天天衝著人傻笑。醫生說：「那是發高燒把腦筋燒壞了。」

每當這些倖存者和他們家人，看到不斷有宜蘭街來的棺材隊伍經過時，都不忘彼此慶幸一番：「嘿！看來天公伯還是比較疼惜咱窮赤人。」

天送仔佝僂著身軀，正是那疫病流行年月所留下的後遺症，可從來沒有人聽他對自己的不幸有什麼怨懟。我們這些小學生每次遇見他，很快便聯想到課堂所學的成語，在作業簿上編造成句子說：「天送仔殘而不廢」、「天送仔是埋頭苦幹的模範」、「天送仔是忍辱負重的表率」、「天送仔是吃苦耐勞的英雄」，不一而足。

在小孩子世界，有關天送仔的驚悚傳奇特多。

和我同班，年齡比同學大了六、七歲的水旺仔，有一天就考問大家：「為什麼天送仔屋前種的紅甘蔗，總是比別人種的粗壯，外皮暗紅，啃嚼起來像蜜汁一樣甜？」

全班我看你、你看我，怎麼都猜不出原因。水旺仔的答案是：「天送仔曾經把死掉的嬰幼兒，偷偷地埋在屋前甘蔗園裡當肥料。」此話一出，嚇得女生個個臉色蒼白，緊緊摀住耳朵，從此不敢吃紅甘蔗。

廟公的孫子，不知道打哪兒聽來傳聞，說天送仔會耍妖術，能夠在埋葬嬰幼兒屍體之前，先把那些幼小的魂魄誘拐出來，裝進牆角一個大酒甕，等那些小鬼魂長大之後任憑他差遣，大家要是不信，可以去看看那牆角是不是擺個大酒甕。

還有人說得更恐怖，說天送仔的妖術一旦詛咒哪家嬰幼兒，對方縱算把孩子送給神明王公做義子，照樣活不成，不然鄉下怎麼會有那麼多嬰幼兒夭折？

其實，天送仔埋小孩有他一定的規矩。通常他趕在草地露珠未乾的大清早，一個人扛著小棺材涉水過宜蘭河，朝海邊後埤公墓奔去，如同趕赴一個重要神祕的約會，一路上默不吭聲，與誰都不打招呼，包括那個從年輕時一起賭四色牌，一塊兒喝酒的老魁公也不例外。

村裡大人明白規矩，在田裡或菜園工作遇上了，頂多抬起頭看一眼。只有那個長著陰陽眼，能夠看到妖魔鬼怪的老魁公，會默默地跟隨他後頭走一段，並且自顧自地拉開喉嚨，唱起自己編串的歌謠——

天送仔送上天，好命囡仔喲！天送仔送上天，真正是好命囡仔喲！不用一世人為了報恩報仇相欠債，做牛做馬受拖磨！好命囡仔喲！

扛小棺材去海邊墳場掩埋要涉水過河，這倒不是什麼特別習俗，純粹是為了抄近路。

早年宜蘭河下游運甘蔗的五分仔車鐵路橋尚未被大水沖毀，兩條鐵軌之間的枕木上，搭著一台尺多寬的木板當棧道。住在對岸村莊的孩童上學放學，挑擔要到宜蘭街賣菜的農夫，以及街上來修鐘表的師傅，賣布匹和搖著搏浪鼓賣雜什的小販，還有吹著小銅笛閹豬閹雞的，都跟天送仔一樣走此捷徑過河。

歐珀颱風把鐵路橋沖掉，僅剩幾座橋墩佇在水流裡，人們想到對岸必須多花些時間繞個迴頭彎，往上游走另一座水泥橋。天送仔認為兜圈子費時費工，每回趕早，乾脆涉水抄近路。好在平日水淺，縱使經過駁仔船航道也淹不過胸口。

至於掩埋嬰幼兒，為什麼一定要選大清早？天送仔說：「出生不久的嬰兒會死掉，通常是註生娘媽弄錯生辰，讓他們早來或遲到，不得不被閻羅王召回地府好重新發落。如果能夠在大清早把他們送到墳地埋葬，這些小孩的靈魂便不致散發掉，而能及早排隊去超生，挑選更好人家投胎。要是過了中午，發配人間的名額滿了，很有可能編派去做牛做馬，這是誰都不忍心呀！」

為了堅持大清早埋屍的規矩，過了時辰才把嬰幼兒屍體交天送仔埋葬時，他通常只在小棺材頂蓋四個角落各敲下一枚露頭釘子，正如老木匠所說的「寄釘」。然後用草繩綑綁扛回住處，擱在自己床前一個夜晚，等第二天早晨追加幾枚釘子後，扛到公墓挖個坑掩埋。

在那個年代，尚未報戶口的嬰幼兒夭折，並沒什麼手續要辦。傷心的父母在小棺材扛出門時會塞個紅包給天送仔，按照習俗即不再過問後續處理情形，包括埋葬時辰、埋葬地點等細節。

對於天送仔不直接把嬰幼兒屍體裝箱扛去墳地掩埋，非得扛回家隔夜，除了上述清早排隊有利輪迴投胎的說法，村人還流傳一種耳語，說這是天送仔好心腸，瞞著閻王爺做善事。

因為很多鄉下人都懂得，家裡養的小狗如果奄奄一息，甚至斷了氣，只要讓牠在泥地上趴一個晚上，熏足了地氣，很可能不藥而癒。天地萬物許多道理相通，夭折的嬰幼兒熏一晚地氣，說不定真有活過來的機會。

死囝仔熏地氣而起死回生的傳說，對村裡孩子尤其具有吸引力。我們每天上學路過天送仔茅草屋時，路邊草地上已經沒有露珠，大家還是忍不住好奇，偷偷去推開虛掩的木板門探個頭，看看屋裡是否放著過夜的小棺材？泥地上有沒有趴著死去的嬰兒？牆角那個用紅布蒙住，纏上紅棉繩，再以扁平石頭壓在甕口的大酒甕，有什麼動靜？

膽子大的孩子，帶頭踏進茅屋探險。從一開始便發現屋子裡相當陰暗，到處瀰漫著冰冷古怪的霉味。好在茅草搭建的屋牆有很多隙縫，會滲透進來一絲絲亮光，大家憑藉這些許亮光，不難看清楚屋內陳設。可這些亮光就像校門口那些高年級生組成的糾察隊，每分每秒用睥睨眼神監視著眾人，實在恐怖。

屋裡最占位置是一張竹床，以及兩張椅面木板已經彎曲變形的長條椅。竹床上擺放一截油亮的圓木頭，水旺仔說那肯定是天送仔的枕頭，因為他阿公睡覺時同樣有截圓木頭充當枕頭。長條椅上則放了一盞煤油燈，幾個大小不一的碗盤。其他陳設，剩牆角大酒甕和瓶瓶罐罐，門後牆邊斜倚著大疊不同尺寸的杉木板，新裁切的杉木板散發淡淡香味，羼混在霉濕的空氣裡。

我們偷偷去探了幾次險，沒發現更奇特的事物，大家也就慢慢死心。但全村孩子還是把天送仔當成是手持奪命符的牛頭馬面，看到他遠遠地走過來，不管他肩上是否扛著小棺材，都會趕緊閃開。只有少數一兩個比較頑皮的，才敢大膽學著愛喝酒的老魁公，跟隨天送仔背後，反覆地唱著——

天送仔送上天，好命囡仔喲！天送仔送上天，真正是好命囡仔喲！你不用一世人做牛做馬受拖磨！做雞做鴨供人刣！

天送仔一輩子順順當當地經營這樣一項行業，同那個菸酒專賣局獲得專利許可賣菸賣酒那樣，從來不曾有人和他競爭。

日子一年年過去，連鄰近村莊死去的嬰幼兒都由天送仔親自扛去埋葬，活下來的孩子則永遠在半飢餓狀態下持續長大。直到有個早晨，一陣大雷雨過後，情況才有了改變。

那個早上，天地昏暗得好像還沒睡醒。雷聲學阿公打鼾，從半夜即不停地在天上滾動，轟轟隆隆，似乎不打算停歇，弄得村裡的公雞統統不敢吭氣。欲雨不雨，天送仔抓住這樣間隙出門，加快腳程扛著小棺材朝河邊奔去。

未料人剛走完一段田間小徑，大片大片烏雲隨著雨滴從天邊直撲過來，且不時夾帶著閃電嚇人。一批批青燐燐的銳利箭矢，把天送仔當做標靶，對準他前後左右猛烈射擊。

同樣起個大早到河邊拔野菜的老魁公，也被豆大雨點像機關槍掃射那樣，密集地打到身上，逼迫他趕緊跑到古公廟避雨。當他瞧見天送仔快步如飛地準備涉水渡河，一時顧不得彼此不打招呼的規矩，拉開嗓門呼喊：

「天送仔——天送仔——危險啦！」

可任憑老魁公怎麼大聲地喊叫，天送仔照舊加快腳步翻過堤防，走下河床。待老魁公追上堤防，天送仔已踩進河裡。這時，一道閃電斜刺在老魁公腳跟前，緊接著一聲脆雷巨響，把他對老兄弟的連串呼喊全吞沒了。

眼看著天送仔歪歪顛顛地截流橫越，水深從膝蓋逐步淹上大腿。老魁公心急如焚，繼續聲嘶力竭地喊著，天送仔仍毫不遲疑地勇往直前。這時，天邊一大片又一大片的烏雲裹捲著雨水猛撲過來。這些層層疊疊的雲和雨，酷似面貌猙獰的妖魔鬼怪群聚呼嘯，試圖罩住整條宜蘭河，教那渺小瘦弱的天送仔獨自一個人用頭頂著。

村人都說，老魁公天生陰陽眼，一般人看不見的大鬼小鬼通通逃不過他視線，他自己也以能夠向人們示警，揭穿鬼怪圖謀而引以為傲。但這回，老魁公發現情勢真的非常險惡，卻只能眼睜睜地看著老兄弟步向險境而無能為力，實在懊惱透頂。

「天送仔——天送仔——」

沙啞悲愴的呼喊，一聲聲地在雨霧裡迴盪。不知道是淚水或是雨水，一次又一次糊住老魁公眼睛，他還來不及擦拭，朦朧間卻看到一道緊接一道青綠寒光，利劍般劈向水裡的天送仔。接連一串響雷過後，白亮亮河面上，再也望不到天送仔身影。

一頂斗笠和小棺材，由水蓮花與雨滴播撒的漣漪所簇擁，緩緩地往下游漂浮而去。老魁公三步併兩步，踉蹌地跑回古公廟，要廟公到水泥橋頭找撐駁仔船的石順仔，自己則繼續奔回村子求救。

喘吁吁的老魁公，很快引領派出所兩個警察和一些村民，沿著堤防朝下游搜尋，每個人目不轉睛地盯著河面，只見河水如常地朝東流去，根本找不到先前漂浮的斗笠及小棺材，更不要說天送仔的人影。有人一路疾走一路脫掉衣服，打著赤膊準備隨時下水救人，還有人帶來牽牛繩索和曬衣服的長竹竿。

撐駁仔船的石順伯，看到雷雨逐漸停歇，天空開了幾個大洞，正把船撐離橋下準備繼續採砂。突然聽見廟公在橋頭喊他，說天送仔遭河水沖走了。石順伯遞了一根竹竿給廟公，兩人一起撐著駁仔船往下游找人。

雲層與河水隔空呼應，同時朝向下游海邊奔馳，天色跟著亮了許多。村人終於在下游鐵路橋一座殘存橋墩旁，找到那具被橋墩、水草卡住的小棺材，卻沒能找到天送仔。

石順伯和廟公把那小棺材鉤上船，河水隨即從木板接縫傾瀉而出，等不再有水流出時，兩人都感覺到棺材裡頭似乎空無一物。

等船靠到岸邊，廟公隻手把小棺材拎上岸，他向攏過來看熱鬧的村人說出疑點，大家起鬨開棺檢視。不知道是誰先拿鐮刀割斷綑綁棺材的草繩，然後將刀刃插入棺蓋隙縫，使力扳出個空隙，伸進指頭兩三下就把頂蓋掀開一個大洞，劈啦一聲，薄木片頂蓋立刻從中折斷。大家不約而同地把頭伸過去，也個個不約而同驚叫了一聲：「咦，囡仔呢？」

小棺材裡頭，根本沒有小嬰兒屍體，十數張濕嗒嗒的淺黃色冥紙，零零散散地沾黏在木箱裡。天送仔不見了，本該躺在小棺材裡的嬰兒不見了。一群人彷彿被施了定身法，全愣在那兒。

老魁公用他那銳利的目光繼續向河面掃了一回，然後朝著河水自言自語地說道：「老兄弟，快回來喲！你要是再躲著，壁腳那甕黑豆仔酒就歸我一個人享受囉！」

老魁公和天送仔這兩個老羅漢腳，多年來形影不離，情同手足，村人笑他們是「司公仔聖杯」。有時兩個人喝醉了，一塊兒坐在古公廟門廊地上，一人偎著一隻石獅子呼呼大睡，任憑廟公怎麼攆也攆不走，常氣得說要拎個尿桶來潑醒他們。

老魁公本來想跟兩個警察坐上駁仔船，繼續往下游搜尋。年紀較大的警察說：「人多礙事，船也走得慢，你不如去天送仔屋裡找看看，為什麼他單單扛個空箱子出門？」

老魁公和廟公只好隨人群一塊兒走回村子。隊伍拉很長，兩個老人走不快，一路走還一路輪番地搖頭嘆氣，很快就被人群甩到末尾。

老魁公告訴廟公：「昨天傍晚，天送仔扛回一具小棺材，我問他是哪個人家的小孩？他一反過去，笑而不答，我想一定有不便明講的難處。」

兩人沉默片刻，廟公才接上話說：「敢是人家亂說的那樣——」

「哪樣！你講什麼肖話，」老魁公打斷廟公的揣測：「你真認為天送仔養小鬼，還把死囡仔當肥料不成？」

「外面是有——」

「有什麼有？我說天送仔不便明講的難處，指的是那死囡仔可能是未出嫁的媽媽生下來的，傳開去，這個女人還有臉活下去嗎？」

走在隊伍前頭那些人，自動攏向天送仔住的茅草屋。我們低年級放學路隊正巧經過，看到那麼多大人窩聚一塊兒，肯定有熱鬧可看，路隊馬上變成潰決的土堤，小朋友各憑本事地把小腦袋鑽進大人們腰際，以及屁股和屁股之間。

茅草屋的木板門虛掩著，屋裡黑糊糊陰森森，散發出陳年的霉濕氣味，把人群嚇傻在門外。好一陣子，大家你看我、我看你，誰也不敢朝門裡跨一步。

還是阿春姨仔眼尖，隱約瞧見竹床上有一捆衣物，即猜說會不會包著死囡仔？站在兩旁的人慫恿她進屋察看。阿春姨猛然退後一大步，搖著新燙捲的蓬蓬頭說，她馬上要幫人家下聘新娘，萬萬不能隨便。

正在大家不知如何是好之際，教堂的牧師、牧師娘，還有老魁公和廟公同時到來。進屋探個究竟的任務，自然落在老魁公身上，堵在門口那群人立刻讓出一條通道，老魁公很快就把竹床上那捆衣物抱了出來。

「是個紅嬰仔哩！死的還是活的？」擠在最前頭幾個人，相繼發出驚歎和詢問。這時，老魁公懷裡的嬰兒不知道是受到室外天光刺激，或是被人們七嘴八舌所驚嚇，淡得幾乎看不清楚的眉頭竟然緊縮了幾下，把眼睛睜開再閉上，咂咂嘴並舞動小拳頭，然後憋住氣，扭動身子撇撇嘴，使原本白皙清秀的臉蛋漲個通紅。緊接著驚天動地「嗚哇——」一聲，哭了開來。

「活的耶！活的耶！好可愛哩！」眾人幾乎是異口同聲地讚歎。

「不知是哪家的紅嬰仔？也不知道是查甫還是查某？」

老魁公當著眾人，掏開嬰兒下半身衣物，結果這嬰兒的小雞雞一鬆開拘束，竟然像支小噴槍，一泡尿全灑在老魁公身上。大家笑了開來，老魁公笑得更開懷，直說：「嘿嘿嘿！有一支鋤頭柄哩！」

誰都沒聽說過這幾天有哪家婦女生小孩，也沒聽說過哪家嬰兒夭折交給天送仔。大家議論紛紛，跟老榕樹上的麻雀一樣，吱吱喳喳吵個不停。只有老魁公和廟公這兩個老人心裡有數。

突然冒出個活生生的嬰兒，究竟該怎麼辦？這下子可考倒眾人。有人建議交給派出所警察處理，但有人反對，認為兩個警察還在河裡指揮打撈，何況要是找不到人家領回，教兩個整天忙得團團轉的大男人怎麼餵養嬰兒？

「對了，對了，」阿春姨突然像個主持會議的主席，比手畫腳地說：「教會有美援的牛奶粉，是不是先請牧師娘抱回去，才不會餓壞嬰兒。」

在沒有人能想出個更好辦法之下，嬰兒便交由牧師夫妻抱回去。其他人繼續站在茅草屋前的甘蔗園邊，你一言我一語地輪番開講。

「我看哪！天送仔一定在做戲了！做那齣什麼《狸貓換太子》的戲文，」曾經在戲班打雜的阿春姨說：「他先釘個空棺材裝模作樣地扛去埋掉，然後偷偷留下活過來的嬰兒，養大了誰也不知道是誰家孩子，等他這個羅漢腳百歲年老，就有個後生捧神主牌傳香火。」

人群裡有人冷冷地迸出一句：「這哪是做戲，天送仔這麼盤算沒錯呀！要不然將來誰能接手扛村子裡的死囡仔！」

廟公拿下叼在嘴上的菸嘴子，朝人群猛噴了一口嗆人白煙後，乾咳了幾聲，才慢條斯理說出看法，要大家不用黑白猜。他說：「村裡那麼多人和天送仔從小做夥到老，他埋死囡仔又不是一年半冬，這是他做了一世人的工作，像許多英雄偉人做了一世人的大事業，他絕不會昧著良心做事——」

廟公接連又咳了幾聲，朝地面吐出一口濃痰後繼續說：「人說閻王爺要你二更死，誰也逃不過三更，生死本注定。也許，天送仔看到老天爺要那嬰兒活過來，他只能把棺材空著封好扛去埋葬，主要就是不讓閻王爺知道親手批注的《生死簿》竟然有漏網之魚。所以，天送仔這麼做完全是為那嬰兒活下去設想。要不然他一個羅漢腳，養個嬰兒豈不是自討苦吃？

唉，沒想到閻王爺還是鐵面無私，真的拿一命抵一命。不過，人生總是如此，有人死去了就有人活下來，老樹爛頭發新芽，日子重新過才能久長，老骨頭換個紅嬰仔，天送仔算是沒白死哩！」

這時，坐在茅草屋門檻上低頭沉思，差點被大家忘記的老魁公，突然抱著頭嚎啕大哭。一面哭還一面喊著：「天送仔——天送仔——，老兄弟——老兄弟——」

那種老男人悲愴絕望的哭聲，一直過了很多年，村人回想起來還覺得黯然。

照說，少掉天送仔那個佝僂身軀扛著小棺材的身影，我們這一批小孩子從此應當活得更自在才對，卻人人忘不了老魁公抱頭嚎啕大哭那一幕，彷彿自己就在那沙啞悲愴的哭聲中突然間長大了。

村裡的媽媽們，面對孩子頑劣不受教時，再也不會像從前那樣拉開嗓門罵道：「這是什麼天年呀？飼出你這個忤逆不孝的夭壽仔囝。哼，早知道，生下來就叫天送仔扛去後埤仔埋掉！」

因為，大家始終忘不掉天送仔已經去做神了，永遠不能回來幫村人扛死囡仔了。

作者簡介

——吳敏顯，臺灣宜蘭人。曾任宜蘭高中教師，《聯合報》副刊編輯及萬象版主編、《聯合報》宜蘭縣召集人，宜蘭社區大學講師，宜蘭縣文獻委員會委員，《九彎十八拐》文學雜誌編輯。著有散文集《靈秀之鄉》、《青草地》、《與河對話》、《逃匿者的天空》、《老宜蘭的腳印》、《老宜蘭的版圖》、《宜蘭大病院的故事》、《宜蘭河的故事》、《我的平原》、《山海都到面前來》；小說集《沒鼻牛》、《三角潭的水鬼》、《坐罐仔的人》等。

暝哪會這呢長

楊富閔

現在，我們祖孫三人正坐在發財車上。緊緊依攏相偎，把全世界擋在車窗外。

現在，我們正準備離開大內。

大內無高手，惟一姊，惟阿嬤。

我開始在姊接的部落格留言是在去年夏天，芒果花開水水的季節。我們的故鄉——臺南縣大內。四界攏是花香味，花香味沿著曾文溪水從玉井走幾個彎道飄至大內，讓我想起亦是去年夏天大伯公的葬禮，送葬隊伍內人手一枝香水百合天人菊向日葵的走在鄉境村路上，香味貼緊了我們麻衣麻帽與頭披，上百子孫們按輩分順序，以各色孝服標記身分，一路過廟過橋過路邊人家的到火葬場，我與姊接並排送葬隊伍最後頭，新生代，連孝服都不穿。

我開始習慣每個星期五晚上十二點在姊接的部落格「大內兒女」留言，與她保持聯繫，我企圖張開一面家族血系的網，想在虛擬世界把她撈回大內岸邊，於是我手邊有了四張訃聞。分別是二〇〇〇年的曾祖母楊陳女、二〇〇二年的大伯婆楊陳懷珠、二〇〇五年的大姑婆鄭楊枝，至最新一張二〇〇七年大伯公楊永德。我以這群同姓氏先輩之名留言，隱藏身分卻不斷介入敘述，我仰仗亡魂輩的身分背景感到安心，卻不停的加入我的口氣與回憶混淆視聽，我想要撈回這個棄家而走的姊接，像託夢、像陰魂不散般在「大內兒女」與姊接對談——關於她決心當個不孝女這檔事。

「不孝女！女孩子不嫁是要留在家裡當虎姑婆是不是!?紅閣桌上是沒在拜姑婆的！她死後看誰要去拜她！沒得吃！去做孤魂野鬼！」大內一姊每天下午五點在三合院前復健時，小學生般默背課文的念一遍給我聽。

我說：「阿嬤！妳真三八！煩惱姊接做鬼還會肚子餓！姊接在處罰妳！真正不孝啦！要妳逐工攏要想她一次！不孝不孝！」

阿嬤是我的大內一姊，大內無高手，惟一姊。

八年來，我們三合院以極恐怖的速度連辦了四場葬禮，走了了啊，大內一姊總說：「早前埕上不時攏有人影，現在連一隻貓攏無，攏走了了啊。」

我說：「阿嬤，但是妳現在就是尚大的！妳講的話尚大聲！尚準算！」

姊接與我從小就是大內一姊帶大，她是典型的做田人，典型的那種不是很高，膚質卻黑得很健康的阿婆，她的臉從每個角度看都像極了大內鄉朝天宮的那尊媽祖婆，肥嫩啊肥嫩，真慈悲，可她也是個難搞的女人，我們三合院內沒人敢惹到她，祖產分瓜，動輒幾百萬的土地賠償金，她一人代表我們這房去開會，聲頭真正親像雷公塊陳。她一生交手過的水果比男人還多，種出來的柳丁酪梨金煌與愛文往往是貨到果菜市場就被販仔包走，真實在。她三十歲就死尪，才生一個兒子，一路寡人拉拔兩個孫子到現在，我們不能算是沒錢人，因為我們相較同輩分且有爸媽照顧的同學而言，大內一姊對我與姊接的教養之路，可說是潮流極了。大內一姊總是很潮，她很潮的騎著一臺野狼125載我們上下課，儘管我們的三合院僅離大內國小一百公尺，她且在政府尚無規定騎機車需戴安全帽的年代，就要我們姊弟頭頂全罩式安全帽的跟她四界去，我無法忘懷她左腳打檔的姿態，以及引擎運轉聲中她既溫柔卻有點感傷的歌聲，那首〈暝哪會這呢長〉，大內一姊的唱功，套句星光大道的名言便是：「音準不重要，重要的是，唱歌就是在說故事。」大內一姊很愛唱歌。她唱的歌都只說一個故事，故事是她很潮的開著發財車載我們去善化學美語、去麻豆念私立中學、去永康吃麥當勞，去東帝士頂樓坐小火車，大內一姊為了讓我們能掌握語言的優勢，且不時教我們幾句日文，她是個很有遠見，且很有guts的阿婆，有一冬，姊接哭哭啼啼的從學校返回跟她投：「我不會算數學，老師叫我去死啦！」大內一姊正在埕上跟當時離婚住老家的大姑婆一起曬芒果乾，氣不過，一粒黑半邊的金煌芒果還握在手上就找老師理論去，她進學校尋教師辦公室門眼睛張大找姊接的導師，五公尺外，發現獵物，大內一姊金煌芒果就朝導師的身子丟下去，拉大嗓子：「妳憑什麼叫我孫女去死！我是付錢請妳叫我孫女去死的喔！」大紅造型的導師像粒流汁的芒果回嗆：「妳是誰啊！」「我是誰，妳不去探聽看看，大內鄉朝天宮廟後，姓楊的，恁祖母叫蔡屎啦！阮尪姓楊，我叫做楊蔡屎啦！妳準備剉屎了啦！」我深深記得大內一姊的氣勢讓整個辦公室都硬了起來，真的沒人敢惹她。我還記得小學某一年，大內一姊老早熱車等著下午四點放學的姊接與我要去臺南市，那時候還沒死的大伯婆見了我們要進臺南，便直以為是要去醫院探病，以至於入夜返家後見著我們都有點紅腫的雙眼遂更篤定某某人的病況恐怕不樂觀，其實直到大伯婆死前我都沒機會跟她說明：「那一工，阮阿嬤駛車載阮去看《鐵達尼號》啦！」（那群老人們進城的機會總是少，最常去的可能是奇美或成大醫院，或事業有成在臺南市買房定居的兒家。）便會有人問及我們的父母，據大內一姊的發言：「他們都在美國，他們很孝順，給我錢照顧你們姊弟，只是沒時間轉來臺灣。」（多少年後我才發現，我們從不使用爸媽字眼，太陌生了，遂也成為掉字的一族。）

於是每年母親節，我與姊接便會手工一張卡片獻給大內一姊說：「阿嬤！祝妳阿嬤節快樂！」（大內無高手，惟一姊，惟阿嬤。）

我們祖孫三人誰看來都像是被孤立了，據守在三合院的右護龍。十年來，三合院連辦了四場葬禮，連大內一姊都說：「下一個該不會就輪到我了？」曾經喧鬧的院內，如今走了了啊，剩下我們祖孫三人，站崗般的護著這老土地，無消無息。

然姊接卻樂觀的說：「是我們在排擠全世界啊！」是的，排擠全世界。這句話還真學得大內一姊的幾分神似，見證孫子也不能偷生。也是後來我才知道，姊接決定排擠全世界。

是某個星期五晚上十點多，我們的鄉已經入睡，我與大內一姊還神智清明地在收看星光二班總決賽，我們都賭梁文音會拿下冠軍，可大內一姊在看見賴銘偉融合八家將與搖滾元素的表演後就改口：「我感覺神明到現場了，這個古錐古錐的查甫會贏。」大內一姊是星光迷，她開始看星光二班也是去年夏天的事，除了「星光大道」，她喜歡「型男大主廚」，說阿基師真古錐；她也看「大話新聞」，不時注意李濤的「全民開講」，她常常很激動的要 call in，卻又說浪費電話錢，我幫她辦了一支亞太的手機，買一送一，我也拿一支，網內互打免錢，好讓我方便找到她，她的手機鈴聲是周杰倫的〈霍元甲〉，霍霍霍霍，很吵，這樣大內一姊才聽得到。其實她已經快變成宅女了，時間這麼多，那是因為大伯公出殯那天她沒送，一人在三合院內發落大小事情，儼然已經是三合院內的首席發言人，這下她最大了，根據大內一姊的說詞是她忙著換上新春聯時沒站穩，整人翻身跌埕上，老人禁不起跌，現場工人連忙送她到麻豆新樓醫院，我們送葬回來之後，大內一姊已經上好石膏且手握著扶椅在院內大小聲了。「你們大伯公要帶我一起走，沒那麼容易！」這是後來半年，我因為在家等候兵單，陪她做復健時她總是掛在嘴邊的，聽久了，偶爾還會錯覺她是在埋怨大伯公沒有順便帶她一起走。

那一夜，星光二班的冠軍還真是表演八家將的賴銘偉，名次公布時大內一姊已經在沙發上睡很深，我輕輕搖醒她，扶入臥房。我說：「第一名是賴銘偉耶！阿嬤妳猜對了，甘是媽祖婆跟妳講的？」「媽祖婆早就在睡覺了，是你大伯公大伯婆站在門口跟我說的。」她認真指著門外一角，帶著惺忪雙眼的口吻有點像喝醉了酒，她語氣有點硬，倒像是說：「我叫他們不准進來。外面站著就好！」

大內無高手，惟一姊，惟阿嬤。

我登入無名小站來到姊接的部落格「大內兒女」。像是我們不說開的默契，她每個星期五固定 po 上一篇新的網誌，或多或少的述說近況，姊接知道我會來看，然後我再扮演一個說故事的人，婉轉的傳達給大內一姊。曾經我們祖孫三人無話不談，緊守許多不能說的祕密，如今我們連說話都像隔著一個世界，好的時候親像在說夢話甜甜的，歹的時候抉似交代遺言。我們都說得假假的，聽得假假的。

我點進姊接新寫的網誌，標題做〈偶像〉：

學生今天模擬考作文，題目叫做偶像，有學生問：「老師的偶像是誰？」

學生私底下跟我打小報告，說同學間流傳老師跟和尚在交往。有人看到我出沒在臺中公益路的誠品書局……和一個光頭的男人。

讀畢，我趕緊以大姑婆之名鄭楊枝留言，回應姊接的偶像。

我們姊弟的偶像別無他人。妳應該還記得大姑婆是阿嬤一人開車到佳里鎮給護送回來的，再晚一點，很可能就要被踹死了。大姑婆四五十年婚姻伴隨著一個暴力傾向的男人，那個年代的女人離婚事怎麼能說，被夫婿照三餐打的恐怕也不只大姑婆。但妳知道的，阿嬤不是好惹的，她雙手交叉胸前拎著鑰匙鏗鏘地響，一進對方家門先給那男人三耳光：「阮兜的查某不是嫁來乎你打耶！沒什麼好講，人阮帶走！」我們躲在後車篷一路也跟著到佳里鎮去看熱鬧，回程路上，還不斷安慰淚流滿面的大姑婆，姊接，妳忘了嗎？妳的偶像就是我的偶像啊……

然後，謝謝妳告訴我妳人在臺中。

鄭楊枝

不孝女的故事大內一姊天天都會說一遍，偶爾還會獻上一首歌當片尾曲，我陪著繞院埕復健練腳力，當她惟一的聽眾。這真是個多情的夏天。距離姊接決心與大內一姊對峙已過了一年多，今天的雷陣雨遲到，大內一姊的故事遂比雨先到。

「恁大姊實在真不孝，一定要嫁乎那個半仙啊，么壽和尚不知道跟恁阿姊怎麼洗腦，恁阿姊頭殼裝屎啦！走火入魔啦！卡到陰啦！才會不理我這個阿嬤啦！黑白信，信媽祖就對啦！」

「阿嬤，妳不是常常說媽祖婆攏在睡？」

「但是媽祖婆會清醒，恁大姊沒清醒！她根本就是乎那個光頭耶洗腦！沒路用啦！」

「但是那個光頭有很多信徒耶，也是在做善事，幫人開剖人生啊，親像電視講道的師父啊！電腦上他真出名ㄋㄟ！」

「安怎！恁們長大了！你也要跟恁大姊去信那摳光頭耶！當不孝男就對啦！電腦有毒啦！恁攏信電腦教啦！走火入魔啦！電腦無情啦！」

電腦無情，阿嬤有情。而我怎麼敢做不孝男。

姊接是去年在臺南市當實習老師時，上網結識了光頭耶，那時她就住家裡照顧大內一姊，關於那個光頭耶的故事，我都從說故事的人——大內一姊嘴裡，一步步、一天天聽來的。大內一姊說：那個光頭耶是個詐財斂色的神棍，姊接是被人家放符啊！

姊接曾經帶光頭耶回家見她，光頭耶買來很多健康食品當伴手禮，她說那個光頭耶一看就知道活不久了，很不健康，運勢真歹，看姊接順利考上教師正職，要來轉運吸收阿姊的靈氣，大內一姊疑神疑鬼的說：「說不定被那個光頭的帶上床囉，可憐啦……」我從來沒見過光頭耶，但他卻像陰魂般周旋在我們祖孫三人的生活已經一年多，是的，一個不存在的、最熟悉的陌生人。大內一姊告訴我，姊接頭也不回就走了，那個光頭耶就等在我們家門口，她是氣到哭到親像早前阮阿公做他死去，丟下她彼當時，姊接心肝真狠！真無情。

這個故事是真的，因為姊接就這樣消失了，直到我在「大內兒女」的部落格找到她且開始隱匿身分和她對話，當她生命中的路人，也當一個充滿疑惑的弟弟，我才多少讀出，她為自己做的第一個決定。

我相信大內一姊，也相信姊接是個很沒主見的人，因為我們背後就有個沒人敢惹的靠山，讓我們從來不用做選擇。姊接容易被人牽著走、容易感動，喜歡聽悅耳的話，生得漂亮，越大越像章子怡。姊接人生的事似乎都被大內一姊寫好了，她乖乖當個符合老一輩期待的老師，然後嫁給大內一姊看滿意的男人。我總以為，大內一姊在這方面很不潮。我和姊接在部落格上互動的第一篇網誌名作〈暝哪會這呢長〉，彷彿注定重逢在大內一姊的歌聲。姊接像許多年輕人喜歡在部落格轉貼歌詞，附加音樂播放程式。她po：

明明知影　你只是泊岸的船　也是了解　咱只有露水的情分
過了今夜　又擱是無聊的青春　這敢不是紅顏的命運

我閱讀歌詞，邊聆聽音樂程式傳來這首〈暝哪會這呢長〉。遂以大姑婆之名留言，鄭楊枝，我在鍵盤敲下：

妳離了阿嬤選擇自己長大。妳應該深深記得大姑婆的婚姻，也許更熟悉阿嬤總是掛在嘴邊的愛情故事，紅顏如大姑婆與阿嬤，如今如妳。我們都深知阿嬤不願被「壓落底」的個性，於是她可以奪回出嫁的大姑婆，甚至和曾祖母為了分家另起爐灶而在大廳大罵出口，把神主牌請走。阿嬤常常說：「做人要有規矩！」妳一定想起了阿嬤的紅顏故事，她與阿公更是露水情分、更是泊岸的船。她嫁進楊家短短幾年尪婿就被牛車壓死，她總怨恨彼當時跟阿公決定要去都市，曾祖母硬是要把他們夫妻留在鄉下，沒地討賺，艱苦啊，只好去開牛車。大伯公大伯婆真正可惡，欺負阿嬤，把那些賠償金全都暗起來，阿嬤說：「我一毛都沒拿到，死尪的是我耶！」

阿嬤只是怕妳嫁不好、被壓落底，尚驚妳是走火入魔，乎人騙去……
所以我該相信，我的姊接，這次為了愛，決定要搏命演出了？

鄭楊枝

當我漸漸釐清疑問，姊接的離家，其實是為愛出走。為誰而愛？神棍？和尚？邪魔怪道的半仙仔？大內一姊其實也是掉字一族，她可能不知道，這光頭耶最貼切的身分應該叫做——網友。

姊接不過是跟網友走了，一個疑似宗教人士的網友。

大內一姊走累了，要我拾藤椅給坐在院埕上，曬西落的陽光。南部日頭斜射三合院落的每個窗櫺與門口，照在閉門深鎖的大伯公家、照在昔日大姑婆起居的角間廂房、照在大內一姊的野狼125、她的發財車。我且跟著大內一姊席地而坐，仰頭靜靜聆聽大內一姊唱支歌：

明明知影　你只是泊岸的船　也是了解　咱只有露水的情分
過了今夜　又擱是無聊的青春　這敢不是紅顏的命運

那片從山區而來的烏雲消散，今天的雷陣雨就這樣悶在天尾頂，落沒來，親像大內一姊掛在目眶的目屎。鄉內四界真平靜，無消無息，無動無靜。

大內一姊常說，自從大伯公過身之後，咱這些親戚五十就越來越生疏，老的都老了，少年的都少在相借問，我常聽大內一姊感慨，彷彿她開口就是一部大內史。我忽然相信每個叔公嬸婆阿公阿嬤的一生便等同於一個鄉鎮的開發史、一部斷代的民國史、短暫的昭和史，而現今，他們又是走到哪一個時代了？

有時我甚至懷念十年來的四場葬禮，轟轟烈烈，看出一個家族的旺盛。葬禮的繁文縟節反倒讓平時疏離的我們有了表演的機會，我懷念我與姊接在曾祖母過世時和三十幾個姑姑堂姊們圍在大棺木旁真哭假哭的場面，那時候我們都忘了靈堂外的紛擾，只用心做一件事，那就是哭。我也懷念大姑婆出殯那天大內一姊又哭又唱的訴說大姑婆的運命與人生，在場的男男女女也像跟著活了一遍。我們都忽然有事可以做，而非茫茫渺渺於人世間。我們有家可歸，有棺可扶。我亦懷念大伯婆的告別式，三合院內表演的民俗團體，牽亡歌、電子琴孝女、鼓吹陣，以及入夜家族大小在三合院前繞一個大圈燒折合陰間上百億的紙錢。多麼懷念的送葬時光，次次我都不甘心的走在出殯回程的路，很怕這張以死亡之名牽起的大網就這樣散了、斷了。然後，再也無關。我們都哭就是哭、笑就是笑，沒有想過跟全世界站在同一個線上，更像是要排擠全世界。

然而急速的死亡也急速帶著一個家族走向沒落，一個家族的沒落，往往牽動著一個老鄉的衰退，這些被忽略的老鄉，與那些早已無人祭拜的孤墳上面長滿的一季季芒花、那些眼神呆滯等在養老院群居視聽室看綜藝節目的老人有什麼差別呢？我們的大內如此孤絕，當鄰近的官田以總統以菱角聞名；當玉井以芒果進軍日本；當新市的科學園區帶動善化房地產的血氣；當七股以鹽田黑面琵鷺翺翔在國人眼裡。我們的鄉——大內，還剩下些什麼？平埔族？酪梨？還是陳金鋒？有一年，我們鄉的曲溪村口蓋了座天文臺，圓形建築彷彿是山坡上長出的野菇，大內一姊曾說：「么壽喔，那個天文臺像我這樣的老人爬上去，剛好順便葬在那裡，這麼高！有誰人會去？」大內一姊絕妙好辭，她形容的天文臺是長在大內鄉獨有惡地形上的一顆肉瘤，看水水的而已。

看水水的而已。

阮的日子平板無聊，阮總感覺尚精采的人生已經過去，就親像大內一姊的青春凋落，阮的一切攏總無意義。

我常常想，這些年輕人大量流失、而老伙仔大量往生後的老鄉村，未來，到底剩下什麼？我們的大內、我們的三合院，大內一姊的大內，到底還有什麼？

「有心，人有心，電腦無心。」大內一姊說過的，換個說法，人有情，電腦無情。

依然是星期五的夜晚、依然是「超級星光大道」的收看時間、依然是深睡的大內鄉，我們祖孫已經從星光二班看到星光三班，可大內一姊往往在十點過後便開始打盹，不再如過往很入戲的跟著一起評分，而我開始偶爾轉臺看談話性節目。街口有野狗狂吠，叫醒白花花路燈、叫醒大內一姊：「么壽狗，吠成這樣，甘是去看到鬼。」我說：「可能是看到祖先又轉來啊……」「就都走了了啊，轉來是擱安怎……」我常常恍惚感覺大內一姊口氣中的思念，以及她身後龐大的落寞，大內無高手，惟一姊，惟孤獨老人。大內一姊起身準備進房睡覺，她問我：「那個不孝女最近擱有置電腦跟你聯絡沒？可憐啦，姊弟講話還需要用電腦，又不是沒嘴？信電腦教，走火入魔啦……」我說：「阿嬤，妳也可以來學電腦啊，都市很多老人都會打字上網耶！可以跟全世界站在同一線上，阿嬤妳不是最時髦了！」

大內一姊說：「野心這呢大！還想跟全世界站一起？恁大姊，那個不孝女，連自己置叨位攏不知喔……恁們少年人，毋通連自己是誰都不知道喔？」

我點進姊接的部落格大內兒女，神祕空間，彷彿可以存放好幾世代人故事。姊接連發了三篇網誌〈老〉、〈病〉、〈死〉，我一一閱讀且以祖先之聲，彷彿回魂般與她對話，聽姊接說故事。

〈老〉

底迪：

這是姊接給你的日記，最近出入醫院次數頻繁，幾乎以為這世界都病了。我到便利商店看見 open 將人形大看板竟然哭了起來，結帳時忘了取發票，open 將是不是長得很像外星人？我伸出右手食指感應，在店門口呆了很久。

那天改學生作文，文筆很差，大多不知所云。我逐字讀她們瑣碎與片段的故事，感覺閱讀的障礙。底迪，我們跟這世界，是不是越來越難溝通了？

他在化療，頭髮理光，老病死會不會一起來？

姊接開始在網誌提起那個光頭時，光頭耶已經癌末。多麼像剛要開始的故事，女主角先送給了我結局，而我只好往回溯，或者，乾脆放棄了解。我有點擔心姊接，在文字中讀出她的改變，是她長大了？還是我老成起來了？我回應：

阿嬤晨昏必燒香，三百六十五天大概有一百天都在祭祀，拜各路鬼神。阿嬤最大的支出除了生活費，就是獻給神鬼的錢。她拿香，煙燻得眼淚流，阿嬤在跟誰溝通？媽祖婆？地藏王菩薩？好兄弟？還是歷代祖宗？阿嬤是在跟自己溝通，她在跟自己相處。她念念有詞說給自己聽，就像這幾年葬禮中的大小規矩，都是演給活人看的不是？都是我們演給自己看的不是？這就是規矩。

姊接，我們這世界還有規矩嗎？

楊陳懷珠

我點閱第二篇日誌〈病〉：

〈病〉

出入醫院，身上像穿著一襲藥水味。陪他繼續化療、頭髮理光光，阿嬤說不準的是光頭耶以前不是光頭，他髮量曾經很多，說準的是，他看起來健康很差、活不久了。我到醫院外的花園走路，看見各國外傭推著臺灣老人在花叢前會聚，外傭們聊開玩開了，放那些吊著點滴、鼻子插管的老人懸著頭晃啊晃，與棄置在資源回收桶前的大小包垃圾並無兩樣。底迪，我想起大內鄉下的那群老人，他們或者年老住進養老院或者一人獨居老厝宅，他們通常都有些成就非凡的兒媳在高雄在南科或者一生從未到過的北臺灣，他們的孫子大概只在暑假寒假才回來，半年長個十來公分不是問題，遂讓久久才見一次面阿公阿嬤也有種認不出、而誤以為是別人小孩的錯覺。底迪，我想起了阿嬤，也想起家鄉那群照三餐運動打太極跳土風舞手動腳動的老人，他們年輕時都很有活力的在荔枝林芒果樹中穿梭，體力向來過人，卻不明白何以老了還這樣用力運動？我很是大膽的揣測，他們是為了健康，但也許更怕哪天血管不通腳手麻痺不能動，怕勞煩了子女，更怕被一腳送進養護中心，他們可能不怕死，卻怕死後兒子在大陸、女兒在美國、孫子在補習、媳婦在開會，沒時間趕回來看最後一目。底迪，最後一眼，到底是誰在看誰？

復讀畢，我有種直覺，姊接就要回來了。她確實走火入魔，可走火入魔不就是一種執著，執著就有痛苦，我可以感覺姊接的痛苦。姊接的日誌大量回目故鄉往事，我幾乎可以看見，她已經等在家門口。

我以大伯公之名回覆姊接的病：

姊接，我感覺到妳的病。我感覺到妳對溝通不良產生的焦慮與不安，無話可說無言以對。妳的心中也有座大內，但妳的大內更封閉、更孤絕，且荒草蔓生恍如家鄉的亂葬崗。那裡沒有人在說話，人們生活大概只剩下肢體語言與臉部表情，就像我們重逢的神祕空間，有花樣百出的表情符號，和猥褻歪斜的動畫。姊接，有條隱形的河流在我們之間，也在家鄉外面。我揣想那是曾文溪，曾文溪水繞在大內鄉的邊境，乍似護城河，我卻以為那是深不可測的深溝。

姊接，對妳而言，鄭楊枝、楊陳懷珠、楊永德之輩，甚至整張訃聞上不及備載的人名都抄一遍，對妳而言，是不是只像一種符號？這張家族血系大網就算搬上了網路世界來到妳的神祕空間，這些曾經與妳一同列位某張訃聞上的妳兄我弟妳姊我妹，現在又生疏的跟網路上哪組ＩＤ哪個暱稱哪個鄉民有什麼差異？我們，會不會也只是妳的網友罷了？

許許多多的數字，不差這一組0920894985。

楊永德

我點進第三篇，標題〈死〉：

〈死〉

他走了。他的信徒們跪在公祭會場外好幾百人，說他是活佛來轉世、說他的任務已經完成要返去仙界。我只是掉淚，覺得擁擠。他的母親說栽培他出國念博士說他心肝就袂碎去。

我到便利商店找open將，伸出右手食指碰觸，沒有人回答。

網誌是在這三天陸續發表的，走火入魔的時間已經結束了，我似乎可以明白姊接的所有想法，遂以曾祖母的名字淡淡留言。

> 姊接，我們無處可去，我們只好回家，大內，那裡總是安全。
>
> 楊陳女

巨大的深夜，我彷彿一步走過好幾千年，暝，哪會這呢長？

五點，我下線。同個時間大內一姊推門進來飆人：「已經五點，我攏睏醒，你擱還沒睏！你也是玩電腦玩到走火入魔啦！」沉睡的鄉下開始傳來溫柔的雞鳴，多麼美麗的清晨時光，我聽見大內一姊中氣十足的喝斥聲。大內一姊拿著扶椅走往上了霧氣的院埕，像走進仙界，到達大廳。我跟著她的腳步走進大廳：「今天有人要回來了。」大內一姊說：「這樣喔。」我們三合院無人造訪已久，誰要來？大內一姊是聽懂了？我說：「天若光就會回來了，到時候我們再去接她。」大內一姊說：「好啊。晚上我們就來去臺南市吃飯。」我們的對話似乎省略了篇幅巨大的實情，且故意忽略心中忐忑的思緒。我感覺時間正在倒退卻又在向前，我時而面向大廳，時而背對著三合院。我像看見大內一姊騎著野狼１２５三貼，我們姊弟且經過兩旁皆是柳丁森林的小路，聆聽前座大內一姊隨風而來的歌聲，那首〈暝哪會這呢長〉，悠長哀怨的曲調，總讓我們以為車到了盡頭，暝會過，而天就會亮。

我就在大廳的太師椅睡了起來。像睡在列祖列宗的身旁，便也有死一次的感覺。我彷彿夢到大廳停放過的具具棺木，沉穩靜定的姿態，竟讓我感到心安，而睡得更好了。在夢中，我隱約聽見大內一姊對著列祖列宗說的話：「楊家祖先，今仔日阮孫女就要回來了，希望眾公媽保佑，保佑她一切攏好。還有，我這個男孫大學剛畢業，再不久就要當兵了，他從小就沒什麼朋友，在家很厚話，在外面像啞巴。我跟他阿姊就是他唯一的依靠，他身體真虛，不知道做兵去會不會受得了？我實在足煩惱喔……」

日頭好，日頭刺醒大廳刺醒我，我微微張眼看見大內一姊正在擰抹布，擦拭她的發財車，如此安靜的庄頭，日上八點，尚無一點聲音。忽然……

霍！霍！霍！霍！霍！霍！霍！

霍！霍！霍！霍！霍！霍！霍！

霍！霍！霍！霍！霍！霍！霍！

大廳紅閣桌上，無名方形物體發出綠色冷光傳來聲音，傳到三合院來，霍霍霍霍，撞擊左右護龍的牆壁，分貝加大。大伯公出殯後，我們就再也沒聽過如此高亢的聲音。半睡半醒的我嚇了好一大跳，對門外大喊：「阿嬤！妳的手機啦！妳的周杰倫在叫了啦！」不遠處大內一姊一拐一拐的來，我故意不接起。我們的三合院忽然霍霍霍霍了起來，像是丹田有力且臉色紅潤的老人在練功，霍霍霍霍。大內一姊拿過手機：「霍霍霍霍，好啦！好啦！不通擱霍啦！我剛剛拜拜完，就把周杰倫忘在紅閣桌上啦，老人記憶差啦。是誰打電話啦？」

「hello，this is 楊蔡屎。」

我在旁噗哧的笑，激動得全身在顫抖。三合院內，我們的大內。大內一姊多麼氣派的說著電話。她一手拄著扶椅，一手握著電話，像聊八卦般的說著，不時還夾帶幾句成語，感覺很以當國文老師的孫女為榮。大內一姊言談的側臉宛如大內鄉朝天宮內那尊媽祖婆，讓我深信她會永遠康健。

現在，我們祖孫三人正坐在發財車上。緊緊依攏相偎，把全世界擋在車窗外。

現在，我們正準備，離開大內。

大內無高手，惟一姊，惟阿嬤。

作者簡介

——楊富閔，一九八七年生，臺南人，目前為臺灣大學臺灣文學研究所博士候選人。研究興趣為戰後臺灣文學、文學寫作與教育。曾獲「二〇一〇博客來年度新秀作家」、「二〇一三臺灣文學年鑑焦點人物」；入圍二〇一一、二〇一四年臺北國際書展大獎。部分作品譯有英、日、法文版本。寫作《中國時報》「三少四壯」、《自由時報》「鬥鬧熱」、《聯合報》「節拍器」、《印刻文學生活誌》「好野人誌」、《幼獅少年》「播音中」等專欄。出版小說《花甲男孩》、散文《解嚴後臺灣囝仔心靈小史》（共二冊）、《休書——我的臺南戶外寫作生活》、《書店本事：在你心中的那些書店》。編有《那朵迷路的雲：李渝文集》（與梅家玲、鍾秩維合編）。喜歡臺語歌、舊報紙、鐵支路。持續努力寫成一個老作家！

出不來的遊戲

張經宏

1

遊戲軟體公司的業務專員打電話來，告訴他們在一款歷史戰爭的電玩裡，有人認出他們的兒子。「他躲在裡面一段時間了，這件事電話很難講清楚，歡迎親自光臨敝公司，這邊有專人為你們解釋。」

一開始兩夫妻以為是詐騙集團打來的電話，對方一定知道他們的兒子失蹤了，想來騙點錢。自從兒子離開家後，他們用盡各種方法找他，半年來沒有任何消息。許多人都知道他們的兒子不見了。這段時間有陌生人打電話來，說在屏東一家網咖遇見一個流浪漢，長得跟網路上的照片很像，如果能先寄十萬塊過來，他可以幫忙送孩子回家。他們當然沒答應。

「既然又是個來騙錢的，」晚上睡覺前，丈夫說：「就沒什麼好怕了。」

第二天，兩夫妻按照地址，找到那家遊戲軟體公司。「是這樣的，」負責接待他們的是一位業務經理，看來沒比自己兒子大多少。「過去這幾個月，全世界不論哪一家公司開發出來的產品，都碰到跟我們一樣的問題。」

穿西裝打領帶的年輕人說，差不多三四個月前，世界各地的玩家陸續發現從遊戲螢幕上的山洞、雲端、海面等處冒出跟真人一模一樣的影像，一出現馬上衝鋒陷陣、遇到妖怪就砍一刀，撞上石頭便碰碰敲碎，敵人擋路飛過去立刻廝鬥一番，兩三下把對方剁成碎片，順便奪取寶物。這些不知從哪裡生出來的傢伙實在太猛了，一開始玩家們呆呆看著遊戲被這些莫名其妙的人占領，還覺得有些新鮮，他們試著加入戰局，很快發現根本不是他們的對手，派出去的人手、武器三兩下被殲滅。

「他們說，遊戲變得不好玩了。」年輕人說：「到後來各路網友只好串聯起來，發動最猛烈的攻擊，把這些不速之客殺個片甲不留。對了，他們把這些闖進來的稱作『蟑螂』。不過這樣做的結果是，整個遊戲馬上結束。還想再玩的話，就必須從頭開始。但很快又遇到跟先前一樣的困境：那些先前被炸死的蟑螂依舊完好如初。如果沒有發動毀滅式的攻擊，他們根本打不贏這些蟑螂。」

「還好我們公司一接到顧客反映，很快研發出新版軟體，針對這些闖進來的蟑螂特性，把武器的設計跟攻擊面向都做了調整，只要下載後更新，玩家們立刻有新的法寶可用，到目前為止，各方反應還不錯。這方面我們的技術與創意可以說獨步全球，許多公司解決不了的問題，我們已經搶先人家好幾步……」

「不好意思。」丈夫打斷年輕人的談話：「你知道，我們這種年紀的人是不碰那種東西的，所以，到底你想跟我們說什麼。」

「喔，是這樣的。後來陸續有玩家向我們反映，出現在裡面的蟑螂，有些是他們認識的朋友。這些被指認出來的共同特點是，他們大都因為熱衷於遊戲而猝死。我們試著聯絡這些朋友的家屬，讓他們指認後，確定身分。到目前為止，公司起碼累計了幾百個確定案例。」年輕人扶一下眼鏡：「也就是說，出現在遊戲裡面的蟑螂，其實是這些家屬的親人。至於他們為什麼會出現，我們還在努力研究。」

「不可能。」妻子說：「我兒子只是失蹤而已，跟你說的那些人不一樣，不要亂講。」

「嗯，妳說的也有可能。」年輕人說：「這裡面有好幾個案例，跟那些已經死去的確實不太一樣。他們被敵人的武器鏢中時，會明顯露出痛苦的表情，身上還流血。其他的瞬間瓦解後就消失了，當然，如果重新開機的話，這兩種蟑……呃，又跟沒事一樣，繼續加入戰鬥遊戲。」

年輕人站起身，往隔壁間走去：「請兩位來的目的，就是想讓你們看看，到底出現在遊戲裡面的這一位是不是你們兒子。等確認後，我們再來談其他的。」

兩夫妻在他身後嘀咕：「會有這種事？」他們跟了過去。

隔壁工作室的門一打開，傳來跟電影院一樣的立體聲響，好像在播放戰爭片，碰碰碰的節奏聲很逼真、飽滿，震得兩鬢血管蹦蹦狂跳。牆上安置一面上百吋的大螢幕，畫面上一片黃沙泥地，許多道城牆後面躲著士兵，四周插上各種顏色軍旗，還有一些石塊堆壘出來的山丘上方，盤繞著身披鎧甲，背上生出銀色鐵翼的怪物。其中一隻怪物被一道飛來的火槍刺中，發出喔嗚的痛苦吼聲。

「是這個沒錯。」一聽見那叫聲，丈夫回頭跟妻子說：「以前他的房間裡都是這種聲音。」

年輕人露出微笑：「他還算好找的，因為他只固定出現在幾種遊戲裡，不至於到處亂跑。」坐在一張電腦桌旁邊移動滑鼠，把整片螢幕往下拉，畫面左右兩側下方各出現一個籠子，柵欄裡上百個人蹲坐地上，好像被人餵了藥，目光呆滯、神情恍惚。

「啊，小夫！」兩夫妻同時叫出聲。他們在左下方的籠子裡認出自己的兒子。妻子上前指住籠子裡一個身穿紅色T恤、藍色印花海灘褲，腳底一雙夾腳拖鞋的高瘦男生。「那天早上，我就是看他穿這樣跑出去的。」被指住的那人似乎不知道螢幕外的人正在看他，臉皮鬆垮，頭髮亂蒼蒼，像水族箱裡的魚緩慢無神地左右晃動。同一個籠子裡有兩個人緊緊抓住柵欄，不停朝籠外張望，只要聽見轟隆的爆炸聲兩腿就用力蹬一下，巴不得逃出去加入外面的戰鬥遊戲。

「不要小看他們。」年輕人說：「他們還是挺有腦筋的，有時候抓回來放在這邊，一不小心又被他們溜出去。這些都是我們公司的遊戲改版後，請玩家幫我們抓回來的。當然，每抓一個回來，玩家可以得到他們要的寶物或天幣，所以有些玩家專攻如何抓蟑螂，在網路上他們被稱為『蟑螂派』。」

「這個……」丈夫上前一步問：「他被抓來多久了？」

「稍等一下。」年輕人移動滑鼠到那男生的身上點了一下，出現一個資料框，上面有幾行數據。

「嗯，有三個多月了。他的戰鬥數值中等，攻擊力普通，行動慣性晝伏夜出，比較偏思考型，串聯力偏弱，不太跟其他戰友溝通，屬於獨來獨往型。還有，」年輕人翹起拇指放在唇邊：「根據我們觀察員的紀錄，他經常把拇指放進嘴巴裡吸。」

兩夫妻聽他這樣說，看了彼此一眼。「他一直到讀高中還有這習慣。」丈夫說。

「怎麼辦呢？」妻子說：「我兒子在你們這邊，有辦法放他出來嗎？」

聽她這樣說，年輕人瞪大眼睛，露出不可置信的表情：「這位太太，如果可以的話，我們當然會這樣做，不然我們不就犯了囚禁人身自由的罪了？再說，」指著右下角另一個籠子：「放在這邊的都是打網咖、玩遊戲猝死的，如果他們能出來，那麼閻羅王大概準備要失業了。」

「可是到目前為止，我的孩子不過是失蹤罷了，不是嗎？」妻子說。

「嗯，根據我們的觀察，是這樣沒錯。不過把你們的兒子找出來，這是警察的責任。當然我們也希望他能趕快被找到，不然住在遊戲裡的這些朋友，不知道還會耍出什麼厲害的手段，到時候整個遊戲又被癱瘓，我們工程師又要抓狂了。」

「那，」丈夫點了兩下頭，似乎比較明白年輕人在說什麼。「所以，我們只能在電腦遊戲裡面見到他？」

「是這樣沒錯。你兒子的狀況算好的，到目前為止，他只跑出去三次，而且他只喜歡出現在歷史戰爭的遊戲裡，織田信長、三國爭雄之類的。」

「都怪你，」聽見年輕人這麼說，妻子對丈夫抱怨：「從小就給他看什麼群雄爭霸的歷史，現在可好了。」

「看那個有什麼不好？我是想讓他早點認識人性，順便培養他的領導能力，長大後不要被人家踩在腳底下，我哪知道後來他只愛玩這個？」

「這位先生說的沒錯。」年輕人說：「我們公司的遊戲都有聘請各行業的專家當顧問，裡面的情節設計與角色安排都兼顧到教育內涵，也有家長跟我們反映，他們的孩子會知道誰是豐臣秀吉、曹操和劉備的故事，都是從遊戲開始的呢。而且，你們兒子跑進去的這款遊戲，去年有得到韓國遊戲設計的大獎，可見他的眼光不差——」

「都是你在講。」妻子打斷他的話：「那現在要怎麼辦？」

「喔，其實只是想通知兩位，你們小孩在這邊過得不錯，不用太擔心啦。」

聽見他這麼說，丈夫有些不悅。「怎麼聽起來像是綁匪在跟家屬講話？」

「呃，很抱歉，我並沒那個意思。事實上為了要照顧這一批朋友，公司投入的研究經費，遠超過開發一項新的產品呢。」

「我懂了。」丈夫仔細看了年輕人一眼：「我們小孩現在在你們手裡，需要多少錢？你講。」

年輕人「噗哧」一聲，趕緊站起來欠身笑道：「您誤會啦。你們小孩在這邊不用錢的。這只是我們公司提供的服務之一，不單是照顧到客戶的需要，也是為了社會上某些家庭。公司有規定，只要有人通報這些朋友家裡的聯絡方式，我們馬上會接洽訪談。也許從家人的隻言片語中，可以更快找出他們的共通特質，到時候會有更進一步的發現也說不定。」

「到底是誰通報給你們，我們的小孩在遊戲裡面？」丈夫問。

「這不能透露，請你們見諒。公司也有規定，為了避免證人受到不必要的干擾，除非有特殊狀況，我們不會說出對方的資料。不過，」年輕人從抽屜拿出兩本會員名冊：

「這邊已經有上百個家庭加入我們的關懷追蹤計畫。必須先跟你們報告的是，這部分就需要付費了。不知道你們想不想繼續聽？」

「那應該花費不少吧？」妻子瞄了一眼桌上的名冊，紅色那本的封頁上寫著「美麗人生」，藍色那本印上「幸福天堂」。

「這兩本差在哪裡？」

「那些已經確定往生後才跑進來的，都收在這本裡面。」年輕人指著藍色的本子：「這些朋友需要的照顧，跟失蹤的朋友不太一樣。基本上我們提供給家屬的軟體，他們回去後只需依照畫面顯示的宗教類別按下滑鼠鍵，接下來會出現一些細目，看他們想幫孩子祈福還是誦經，或者跟孩子對話也可以，螢幕上會出現各種音樂和心情紀錄，家屬也可以透過打字跟孩子溝通，我們這邊會有專人根據談話的內容，模擬小孩的心情和語氣回應過去。每個月只收一些管理費，就能為會員提供服務。如果有不錯的概念跟點子，反映給公司後，設計師這邊會盡速更新調整，幫大家提供更好的服務。」

年輕人從身後抽出一本資料夾，翻了幾頁：「讓我們很感動的是，過去這幾個月，已經收到這麼多封感謝函。他們很謝謝公司提供的服務，許多以前來不及跟小孩說的話，現在終於有機會說出來。」

「人都已經不在了，」丈夫沉下臉喃喃說道：「弄這些東西有什麼用。」

「看個人的感覺啦。」年輕人咧了一下嘴，兩頰肌肉有些僵硬：「所以我們完全尊重對方的意願，我們真的只是提供家屬需要的服務而已。像這裡面有個父親提議，可不可以每次把心經打字一遍後上傳，累積到一定次數，就能把兒子送往比較高層次的境界，例如琉璃淨土還是華嚴世界，不要每次看到的背景都是打打殺殺的畫面。」

「有這種事？」丈夫鼻孔哼了一聲：「如果那個父親作弊，給你用重複貼文的方式，他兒子不就一個晚上爬到天頂見玉皇大帝了？」

「你說的沒錯，」年輕人拍了一下手：「當初聽到這項建議時，馬上就有同事提出跟你一樣的想法，所以在程式設計上有把這點考量進去。」

「你們這要多少錢呢？」妻子指著紅色那一冊：「我兒子應該屬於這邊的吧？」

「沒錯。這邊稍微貴了一些，不過在玩法上比較有趣、生動。」年輕人看著女人：「這很容易的，只要妳有心，想跟自己孩子相處多久都可以，如果覺得枯燥，我們隨時會更新版本讓妳選擇，不想再繼續下去的話，也可以隨時中止服務，很自由的。」

看來這個太太已經動心，年輕人點了兩下滑鼠，螢幕瞬間變出許多分格影像：「妳看，只要妳願意，他有這麼多地方可以去。這裡有倫敦、巴黎、東京……，學校有劍橋、哈佛，要讀本土的臺大也可以，想讓妳孩子念哪裡，還是讓他住豪宅，隨妳自己的意思。重要的是這邊全天候都有人管理，有什麼狀況妳隨時可以傳訊或打電話過來，馬上有專人為客戶服務。」

「你覺得呢？」妻子碰了一下丈夫的手肘，兩人對看一眼，往門外走去。「你讓我們商量一下。」

「沒關係。」年輕人站起身鞠躬：「謝謝你們給我服務的機會。」

2

有很長一段時間，兩夫妻下班就守在電腦螢幕前，仔細討論兒子的住處環境，今天跟昨天差在哪裡。上班時一想到，也會在電腦桌前偷看他在做什麼。自從買了軟體之後，他們請遊戲公司把孩子從籠子裡移出來，放置到一間有院子的兩層樓小屋裡。公司的專員告訴他們：「如果你們兒子不滿意，我們還有其他的住處選擇。」

他們感覺得出來，兒子在那邊過得還算不錯，兩個月下來，臉頰豐潤了一圈，他喜歡在樓上樓下不停走動，或坐在門前臺階上發呆。只有幾次他想要衝出大門外，不過遊戲公司早已設計好一層無形的防護網，一跨出大門半步，馬上被防護網給擋了下來。他頂多可以繞著屋外的籬邊小路散步，像個文人安安靜靜地沉思走路，然後乖乖回到屋裡。他們怕他無聊，從網路商店點選一些書、房間裡掛上幾幅名畫，也挑了幾片ＣＤ精選讓他聽。直到他們也覺得這些曲子聽膩了，才又換其他音樂。最近他們想在兒子的住處四周植些花草，好讓屋子看起來有氣質一些，不過很快就被兒子踩扁。

「他一定覺得，現在的生活跟以前尋寶探險的日子比起來，一點都不刺激吧。」丈夫說。

「沒關係，有一天他會習慣的。」妻子挪了一下滑鼠，朝網路商店裡的花草區點了三四下，底下儲值的點數立刻減去一些數字，小屋窗邊長出三排嫩葉。

「下次再不乖，去找一排有刺的草來，看你還敢不敢亂踩。」丈夫對螢幕裡的兒子罵。兒子站在小屋樓上的窗邊，只露出半張臉，看不出他在裡面做什麼。

「你看你，把他嚇成這樣，好不容易才乖乖待在這裡，別又給你鬧失蹤了。」

丈夫看了一下舉手搔頭的兒子，還是無法看清楚他的表情。「他到底聽不聽得到我們說什麼啊？」

「那有什麼關係？」妻子說：「他乖乖待在那裡，不要亂跑就好。」

有時候兩夫妻看了半天，從螢幕底下拉出其他視窗，馬上出現以前兒子熟悉的遊戲場景，有的是日本古代戰爭場面，再敲一下滑鼠，又變成古堡城牆底下的騎士爭鬥，背景音樂跟著出現怪獸嘶吼的怒聲，間雜刺耳的電子音樂。通常兩夫妻看了一陣就切換回來，他們還是受不了那種昏天暗地不斷打鬥的世界，動不動就要把全世界毀滅，然後在囂囂的鬧聲裡狂按滑鼠發動攻擊，把自己當作是拯救世界的英雄。真是太好笑了。

雖然只是過去那邊看個幾分鐘，偶爾還是會冒出幾個真人影像的年輕人，跟大砲、機關、刀槍交互穿插，手腳靈活地不斷逃過一波又一波的槍林彈雨，遲鈍一些的很快遭背後追上來的武器鏢到，倒在地上鮮血直冒。

「真噁心。」妻子一看到這種畫面，趕緊摀住雙眼。

「這又不是真的死亡。」丈夫把畫面切換出去：「等下次再來看，這幾個還不是在這邊跑來跑去？是他們自己愛跑進來玩的。」

「如果沒把這些人抓回籠子裡，那他們不就要被打死好幾次？」

「不是跟妳說了，」丈夫有些不耐煩：「如果這是真的死亡，他們就不會在這裡了，這一切都是假的。」

「我只是覺得他們怪可憐的。」妻子一臉無辜：「就算抓回籠子裡，如果沒被家人領回去照顧，不就一輩子關在那邊？」

「不要再自尋煩惱了。每個人照顧自己的小孩就夠累了，哪裡有時間管那麼多。」

他們不時走來電腦前，探望一下兒子的動靜。有時候睡到一半，兩夫妻爬起來打開螢幕，發現兒子躺在屋前的長凳上打呼。「不曉得那邊有沒有賣棉被還是帳篷，」

妻子把滑鼠移到網路商店的位置，點了一下，仔細尋找裡面的商品，高興地拍手：「太好了！連這個都有在賣，而且現在還特價，點數不用扣太多。」

幫兒子搭完帳篷、鋪好棉被，兩夫妻這才滿意地回自己房間。躺了快一個小時，兩人翻來覆去都沒睡著。「妳是不是又想過去看他一眼？」丈夫問。

「那是你吧。」

「我們這樣算不算迷上電腦遊戲？」

快要睡去的丈夫喃喃自問的同時，他又看見恍恍惚惚的自己走向隔壁電腦前面，看了一下螢幕上兒子的身影，然後按下右鍵拉出不同的視窗，也看看其他空間發生什麼事，同時逛了幾個部落格，瀏覽幾篇文章，至於內容寫些什麼，在他睡去的那一刻都忘記了。

第二天早上，兩夫妻向老闆請了半天假，他們的兒子又不見了。這是他住進這邊以來第三次失蹤，前兩次在他突破門外的隱形防護罩時，兩夫妻有聽見電腦發出的警訊聲，他們馬上透過網路跟遊戲公司聯絡，不到十分鐘，電腦傳來一陣高亢清亮的軍樂聲，然後出現一個戰士威風騎馬的圖像，底下寫著「勝利」兩個字，接著跳回到他們熟悉的螢幕畫面，兒子已經站在小屋的前院裡，不停踐踏剛種好的花草，顯然很憤怒自己怎會又回來這邊，不停癟扭嘴形，聽不見他在說什麼。

「小夫，你就乖一點吧，下次看還要什麼，我們再想辦法給你。」

「他那屋子起碼是一般人的兩倍大，前後又有院子，有什麼不滿意的？」丈夫說。

不過這一次他大概是趁兩夫妻熟睡時跑了出去。一早起來，他們立刻用網路發出求救訊息給遊戲公司，久久等不到回應，這才覺得事情沒有前兩次簡單。兩個小時後，遊戲公司的專員打電話來，說他們的兒子這次是有計畫逃走。

「根據我們的資料，過去這兩個禮拜，他和一個最近才闖進來的女人來往密切，是那女人帶他逃出去的。而且，」專員說：「就得到的消息研判，那女人厲害的程度遠超出我們的想像。」

「什麼意思？」丈夫問。

「到目前為止，這女人是所有闖進來的不速之客中，唯一沒有被武器鏢中的，我們觀察她除了身手靈活外，許多男人還會自動衝上來幫她擋刀擋槍，像她這麼厲害的角色，還是第一次遇見。」

「她家人呢？」妻子問：「總有一天她也會被鏢中吧？他們不想領她回去，好好照顧？」

「剛剛才跟她家裡聯繫過，家裡只剩三個小孩。女人是這三個孩子的母親。」

「什麼？」丈夫提高聲音：「你是說我兒子被一個婦人拐走？」

「這方面我們會很快查清楚，請不要擔心。程式設計部門正加緊研發新的捕捉工具，只要逮到那女人，你們兒子很快就回到家了。」

三天後，兒子終於回到自己的住處。不過身形臉色顯得憔悴，看來在外面吃了不少苦頭。他經常呆呆望著窗外，從網路商店送過去的食物飲料擺在門口，動都沒動過，比之前關在籠子裡的模樣還要失魂落魄。

他們傳訊給遊戲公司，希望能提供過去這三天的追蹤紀錄，好讓他們明白兒子離家出走的這段時間，到底發生什麼事。公司專員先是支吾一陣，後來擋不住妻子的咄咄逼問，才告訴他們兒子跑出去的這三天，和那來路不明的女人一起遊歷了幾個時代的戰場與妖魔統治的領空，也到過仙界探險，兩人上天下地玩得很開心，當然也遭遇過三千多次各種暗器的攻擊，「為了保護那女人，你兒子表現得很勇敢，被打中五六次後，重新來過還是繼續守在她身邊。」

「什麼——」妻子的聲調一下子高了起來：「你是說，每個月我們付錢給你們當管理保護費，需要日常用品，還要另外到網路商店儲值，然後買許多產品照顧他，你們竟然讓他隨隨便便跑出去，還讓他被打死過五六次？」

「那又不是我們願意的。」專員小聲地說：「而且他不是又活過來了？」

「我不管。」妻子說：「我要你們給我一個交代。」

兩夫妻花了一個晚上閱讀當初簽下的契約書，找不出有哪一條可以要對方負責賠償。「真是太便宜他們了。」丈夫生氣地說：「當初買他們的帳，就是希望能幫我們顧好小孩，沒想到後來就這樣敷衍了事，太可惡了。」

「不會只有我們遇到這樣的問題吧？」妻子說：「要不要聯絡其他家屬？給他們壓力，他們才會當作一回事，不敢亂來。」

當天晚上，他們透過螢幕底下的對話框丟出訊息，很快就有家長回應，他們很早以前就想組一個自救會，把各戶人家遇到的問題綜整起來，大家共同商討對策，彙整經驗後寫成備忘錄，以後碰到相同狀況的家庭就知道怎樣處理。

為了怕遊戲公司從網路上探查到他們的意見後，會想出對策來敷衍應付，家屬們決定約出來碰面，就實際狀況來談比較有效果，順便認識彼此。聯誼會那天兩夫妻都出席了，一開始大家的笑容有些僵硬，打招呼時不太敢正視對方，有的像在講什麼不可告人的祕密，表情諱莫如深，椅子與椅子之間故意拉開一些，氣氛有些尷尬。

沒多久一個家長站出來跟大家分享心得，說他加入會員半年多，鄰居也知道他們的兒子住在電腦遊戲裡，幾乎每天都會過來和他聊孩子教養的事，有時回去還教訓他的小孩說，人家的兒子在那邊多乖啊。

「說來不怕各位笑，後來那個小朋友跟他爸媽吵架，居然跟他們抱怨，如果有一天我也跑進電腦裡面，你們會像李伯伯那樣細心照顧我嗎？」說到這裡，許多人呵呵笑出聲來。這一笑氣氛輕鬆許多，大家漸漸聊了開來。差不多每個家庭都有同樣的問題，只要有人把這陣子遭遇到的痛苦說出來，其他人就頻頻點頭，幾個婦人邊聽邊流淚。

聊到一半，會議廳的門打開，遊戲公司派了一個專員過來，站立在門邊咧出兩排牙齒，「對不起，打擾各位。」他懇請家屬給他一點時間。「我們真的有誠意幫大家解決問題，雖然做得還不夠好，」專員朝會議廳中間走去，向家屬深深一鞠躬，從公事包裡拿出預先準備好的紙板，把下午才剛拍板定案的優惠方案向大家宣布：每個家庭憑原來的儲值卡，只要輸入密碼，立刻增值一萬個點數，而且網路商店那邊又開發出上百種商品，「歡迎家長們繼續選用，相信孩子會過得更幸福，也歡迎各位寶貴的意見能提供給我們，公司會盡快為大家解決問題。」

前排一個婦人馬上站起來：「上次不是跟你們講過，有一個到處誘拐別人小孩的女人？抓到沒有？」

「呃，謝謝這位女士的提醒。目前已經針對她開發出更厲害的捕捉器，馬上會交由各方玩家來執行，只要誰抓到她，就可以得到神祕寶物。請大家給我們一點時間。」

「那你們最好給她訂做一間超級堅固的牢房，把她監禁終生吧。」另一個媽媽舉手說：「你知道過去這一兩個禮拜，我多擔心嗎？難道你們要賠償我的精神損失？」

話一說完，許多夫妻立刻交頭接耳，看來不少人有這方面的困擾。

「嗯，剛剛那個建議不錯。」專員抹去額上的汗，繼續解釋：「不過到目前為止，公司好像還沒討論怎麼處罰她的事，畢竟在電玩遊戲裡，把對方打死、勾引別人或夥同他人到處遊蕩應該不至於構成犯罪，就好像有人只是在腦子裡幻想自己幹了壞事，在法律上你也不能斷定這人有罪。」

「呵，你說那什麼話？如果你們公司連這事都搞不定，我們幹麼還要付那麼多錢給你們？」一個男人拍桌罵道。

「說的沒錯。」底下一片附和之聲。

專員很快朝大廳各個角落點幾下頭，腰彎得更低了：「各位寶貴的意見，回去我會轉達給主管，相信很快會給大家一個滿意的答覆。」

那次聚會到晚上十點多才結束，許多家屬都意猶未盡，散會的時候有人提議能不能再找個時間，可以的話，乾脆成立一個社團，定期整合大家的意見，再來向公司反映，必要時也可以發布新聞給媒體，給公司製造壓力，避免大家的權益被他們各個擊破，甚至要他們提供更多的服務。

「真是太好了。」回家的車上，妻子顯得很開心：「這種聚會老早就該辦了，怎麼之前都沒人想到？」

「剛剛忘了提出來，」丈夫說：「應該建議大家下次都帶筆記電腦過去，直接透過螢幕來比較每個小孩的生活條件差在哪裡，這樣要做改進比較快。」

「是啊。」妻子說：「還有那個誘拐人家兒子的女人，大家都恨得牙癢癢的，如果不盡早約束她，恐怕會出更大的亂子。」

「看來以後跑進去的女人只會愈來愈多，小夫也二十幾歲了，如果那邊也有不錯的女人，也許可以請遊戲公司幫他介紹一個。」

「這個想法不錯，省得他屋子裡待不住，又亂跑出去。不過請他們先做好身家背景調查，太難搞的就不要了。」

「那當然。」丈夫說。

兩夫妻一直聊到家門口，又想到許多不錯的點子，例如家屬之間可以商量、交換小孩居住的空間，這樣會更有變化。如果出國或工作忙時，不妨互相幫忙照顧。他們能幫兒子做的事還多著，雖然過了十二點，精神仍然不錯。

洗完澡上樓，電腦裡的兒子已經躺在沙發上睡去。他們怕吵醒他，輕輕關上房門，到樓下客廳看電視。新聞剛巧播出一則沉迷電玩的大學生，終日泡在網咖裡，後來性情大變，偷了家裡好幾次錢，被爸媽發現，竟然拿菜刀砍殺親人的事件。

「嘖，嘖。」丈夫搖搖頭，拾起遙控器轉到別臺的同時，抬頭望了樓梯口一眼。

「還好我們小夫沒跟他一樣。」妻子說：「等一下上樓先記得儲值，看看網路商店有什麼新的產品，再幫他買個幾樣吧。」

作者簡介

——張經宏，生於一九六九年，臺中人，臺大哲學系畢業，臺大中文所碩士，曾任中學教師。曾獲教育部文藝獎、聯合文學小說新人獎、時報文學獎，倪匡科幻小說首獎等。並以《摩鐵路之城》獲九歌二百萬小說獎首獎。著有散文集《晚自習》、《雲想衣裳》，少兒小說《從天而降的小屋》，小說《出不來的遊戲》、《好色男女》、《摩鐵路之城》。

在馬六甲海峽

黃錦樹

聞擊柝，夜呀——三——更，江楓——漁火，對住愁人，幾度——徘徊——思——往事呀，勸嬌——你何必——太癡心，風流——不少——憐香客，羅綺——還多——惜玉人！……襲錦——纏頭——我愧呀——未能……

——趙戎，《在馬六甲海峽》

偶然與故人卯重逢於馬六甲荷蘭街，十多年不見，第一眼竟誤以為他是外國人。他更像個「紅毛」了。高大的身軀，額上一撮紅髮，瞳仁泛出淡淡的綠色，兩鬢卻提前霜白了，有著一股超乎年齡的滄桑感。他看到我很高興，熱烈的給我一個擁抱，隨口問候我妻子和小孩好不好。他說他其實很少回到馬六甲。

問明互相都沒有急事待辦，即相邀於附近茶樓「Formosa」喝個下午茶。那是間我們前後屆的留臺人開的茶樓，原是昔年高級紅毛官員的別墅，建築異常氣派，巴洛克建築。占地廣大，有水池、花園、涼亭、步道，卻荒廢傾圮多年，近年方修復呢。從二樓陽臺上（那兒擺了長長一列單人及雙人的餐桌），可以清楚的眺望馬六甲海峽。

昔年據說紅毛官員還架設了簡易的私人碼頭，方便私家遊艇進出。

外部是歐式的空間，內裡的「臺灣館」卻布置得異常中國風：木屏風，仿明清家具，大紅燈籠。裡頭的侍應生男的中山裝，女的竟穿著旗袍，說的華語一口刻意的臺灣腔，軟親暱暱的。店裡的特色食品還是「臺灣牛肉麵、臺灣排骨飯、臺灣焢肉飯、臺灣關東煮」之類的呢。歌曲有時是鄧麗君、鳳飛飛、羅大佑、張學友；有時是閩南老歌，哭哭啼啼的，棄婦之音。但有時也放些〈十面埋伏〉、〈黃河協奏曲〉之類。

我們相視苦笑：「這些留臺人！」

當然店裡也賣道地的西餐：葡萄牙烤肉、娘惹叻沙、印度咖哩。

敘舊之故，我們選擇臺灣館，喝咖啡烏、吃咖哩餃。

以我們的年歲，交換了些老朋友、老同學的訊息後，不免還是從家庭、工作談起——譬如我，畢業後即結了婚，接連生了兩個孩子，大的都念高中了。因工作的緣故落腳馬六甲，原本做的是大學時的本行，賣農藥和種籽；也教過幾年書。後來因緣際會，改從事旅遊業，主要是跑中國、臺灣，如今開著一家小公司，店名就叫「神州」呢。過著平平淡淡的安穩日子。聽我輕描淡寫的說罷，卯重重的嘆了口氣。

「你安定下來了，我可還是漂泊著啊。」

當年我們同年留臺，同校不同系，也來自不同的州。不過念什麼系對卯而言大概並不重要。他是個俊俏的高個子，深眼眶高鼻梁，個性溫和，輕聲細語笑瞇瞇，是很多女同學的夢中情人。雖然成績很爛，卻是足球場上的風雲人物。據說是許多女孩床上的「啟蒙導師」呢，但不知為何卻始終沒定下來。他最令外人佩服的是，不曾有女人哭哭啼啼的鬧到宿舍來——更別說鬧到教官那裡去。但我曾經幫了他一個大忙，他想必是感念著的吧。

「真是一言難盡。」他掏出菸斗來，隨口問我：不介意吧？

他把外觀已然老舊不堪的公事包平擺在桌上，從邊袋裡掏出一張破敗的照片，推到我面前。是幀約有尺來長、但卻只有三吋許寬的奇怪的照片，間中有無數摺痕及透明膠布的補綴，好像曾經被狠狠的切斷過。裡頭的人像和衣著等都有點模糊了，但依稀可以看出是有一群人站在一個巨大的米白色事物前。從殘存的衣著上可以判斷，有阿拉伯人、武吉斯人、米南加保人（戴著皇室的帽子）、巽他人、印度人、華人（戴著草帽苦著臉、苦力服）、臉像紅毛猩猩的高大紅毛、小鬍子英國佬（白色殖民官服、眼鏡、便盆帽）、小黑人……「背後那隻是？」「你再仔細看看。」船？不像。蛇？不像。難道是——鯨魚？

他點點頭。說這是他曾祖母臨終前給他的。當然原來保存得非常好，只是有點自然舊而已。老人家給他時也沒說什麼，只是點點頭，微微一笑，就到那世界去了。家裡人也看不出裡頭有什麼含意。裡頭那個華人也不像他們家人。他家沒人那麼矮小。他是曾長孫，從小受寵，但伊平生收藏的金器銀器都分給了伊的女兒們。臨終前竟然只給了他這個，讓他母親因此多年憤憤不平。

「我曾祖母、祖母都是娘惹。」

卯問過他祖父，祖父說，傳說有一年有頭老鯨魚游過馬六甲海峽，大概潛得不夠深，又逢追捕，不慎被英國東印度公司的船艦「亞哈號」給撞了一下。後來就重傷擱淺死在馬六甲海邊，那血染紅了整個沙灘。漁民們非常高興，就把牠拖上岸，當成戰利品，請了當時荷蘭街唯一一家照相館的師父扛了攝影機來拍了這張照片。

「那有什麼問題？」

「這是一切故事的開端。」卯嘆了口氣。

大學混了七年混畢業後不久，因為工作的緣故，卯在臺南古都後火車站附近的葫蘆巷裡認識了一個女孩，每過一段時間他都會從香港的舊貨市場給她帶來一些新奇的物件。

女孩守著一家由她祖母手上承接下來的名為「華麗の世紀末」的店（招牌是個褪

色的舊物，那字像幾件橫掛的黑色破短褲，筆畫都寬寬大大醜醜的，署名西什麼川滿，應該是個老日本鬼子），在幽暗的巷弄裡，數坪大的小小的店面賣著各種真真假假的寶石、土耳其玉、乳香、沒藥、龍涎香、琥珀、檀香珠子、絲巾、紗麗、玉器、各國的古幣、據說是深海撈起來帶著藤壺的尺局的甕。店的深處還有幾尊古舊的神像、幾個老紅木櫃子，裡頭疏疏的藏著線裝古書，詩鈔文鈔。店裡無時無刻不播放著絲竹音樂。最常是洞簫與古琴，幽幽咽咽的，像自遠古深山的某處神祕洞穴傳來；或者山裡一道澗水，不疾不徐的自石壁上自在的流下。總是淡淡的瀰漫著某種線香，如幻似夢。曾經有詩人形容說，那店簡直像座小廟。但常常大半天沒人光顧。女孩自顧自的泡茶，翻著書，淡然的提著毛筆就著檯燈，在宣紙上白描著一張又一張的觀世音菩薩。

女孩皮膚白皙，身材高眺，乳房小小的，像個孩子，姑且就叫她小豚吧。她裸身趴在藍花布床上翹起腳，神情頑皮的看著他時，真的就像一尾自在的小白鯨。他到訪的那幾天，她幾乎都不開店，一早到晚幾乎就是不斷的瘋狂的做愛、昏睡。餓時草草煮個麵，或隨便套上件裙子，一道踅到巷口吃個滷肉飯，喝個咖啡，稍微逛逛，又回到小閣樓上，繼續擁抱。「年輕的緣故。」一卯說。她白而細嫩的美麗身體，烏溜的長髮，柳葉般的細眼，厚而多皺的唇，讓他常把她想像為波斯後宮裡的佳人。繾綣時他喜歡在她耳畔輕輕的稱她「妃」，她也不以為意。反正她名字裡就有這麼一個字吧，況且五妃廟就在不遠處。

有一年途經巴黎，偶然看到那款號稱是用罌粟花提煉的知名的香水 Lee Fleurs du mal（惡之華），一時興起，給她帶了一大一小兩瓶。那女人腰身形狀的瓶身浮雕著大朵紅色黑色的罌粟，她一看就愛上了。其後才愛上那味道。那味道令人迷醉，後來她習慣在他們交歡時在身體的特定部位灑上它，它就更加是性愛的味道了。更有做著春夢的感覺。

此後他在香港或其他港口時，也常會發現有 Lee Fleurs du mal，每每也會順道給她帶上一小瓶。

她興奮時，以小腹為中心，皮膚會像小小波浪那樣沿著四面八方輕輕的震動，向著她起伏的胸乳、猛烈跳動的心，細細的、膚浪的漣漪一直延伸到手和腳的遙遠的枝端，那抖動抽搐著的腳趾手指；張大了嘴，鯨豚似的無聲鳴叫，發自丹田深處。那時刻，她的神情有點驚恐。大概身體的反應並不受意識的控制。那種美好讓他感覺自己像個音樂家，在做著偉大的演奏。

殊不知巷口裡那些鼻子敏感的多嘴婦人，後來從她身上的味道和輕快的腳步，就準確的判斷她的情人又來造訪了。更別說她高潮時壓抑不住的、野貓似的狂野呻吟，是每每連貓族都要被驚動的。有時在那欲仙欲死的時刻，他不得不伸出手輕輕捂住她的嘴巴，害她常常幾乎要喘不過氣來，有時竟也擔心哪次會錯手弄死她。

他們之間沒有承諾，有時許多個月都不通音訊。思念時，他會在港口或機場給她寫張明信片，寥寥數語，描述那當下的心情或景致。他也曾給她留下幾個不同的地址，是他在不同國度的歇腳處。香港。牛車水。泗水。棉蘭。艋舺。東京。京都。檳城，倫敦。開普敦。鹿特丹。巴黎。果亞。有的是郵箱，有的是長期往來的生意夥伴的店，途經時必住的小旅舍，他在馬六甲的老家。但有一處是他一位年華老去的、可以無限包容他的姊姊般的寡婦情人叫和子的，在神戶。

每每造訪前半個月或一個月，他都會給小豚寄張明信片，告知他抵達的大致日期，如果她有什麼不便，可以寫明信片到他指定的地方——很奇怪，他們都像古人那樣不用電話。如果她有別的情人，或者那段時間不便，他可以延期造訪——當然，他的行程也曾被颱風或大雪所阻。但她未曾拒絕過他。

他的來訪，讓她雀躍如小鹿，會在小閣樓上一跳一跳的，也會整個人掛在他身上。但他甚至不知道她幾歲。

就在那時，卯給她看了那張照片。

她看了立時裸身跳起，光溜溜的到梳妝臺旁那口阿嬤留給她的五斗櫃，拉開其中一個抽屜，掏出一疊相片。其中赫然就有一張長長的，很相似的照片——一群人和一頭鯨。當然是不同的一群人，幾個華人還有幾位紋面赤膊、皮膚黝黑的原住民。那鯨也是不同的——是頭藍黑色的鯨。她阿嬤說那背景是熱蘭遮城，只是那城沒拍進相片裡，被鯨的巨大擋住了。人群裡有遺棄了她們母女隻身遠走南洋的曾祖父呢。

是個黝黑精實，目光凌厲的小個子男人，拄著標槍，有股什麼都阻攔不了他的意志。就是他帶領那群人殺死那頭迷航進入「鯨骨之海」的母鯨。

那時他們並不知道牠肚子裡已孕育了幾近足月的鯨雛。這事讓她西拉雅裔的曾祖母非常悲傷，有著巫師血統的她深信會有詛咒落在這家族頭上。

果然，此後多代無男嗣。

這故事讓他微微的不安，但心底深處反而有一絲放鬆。

他說，有時為了貪歡，他們甚至沒有採取任何避孕措施。因此就算離別的日子裡她給他生了個孩子，也不是什麼奇怪的事。

但那時實在太年輕，覺得自己還沒玩夠，還沒想要定下來。以為他們的關係可以一直這樣下去，以為她會一直在那裡等著他的歸來，哪裡會想到有一天會再也見不到她。那時一切都來不及了。

在異國的港灣，他其實常夢到她，夢到他們像一般人那樣，組了個小家庭，有幾個孩子；在黃昏的餐桌旁，在孩子的笑語裡吃著晚餐。

但他老早就和她說過他這一輩子是不婚的，他熱愛流浪，體內多半寄居著一個異國的流浪水手，一直流浪到消失不見為止。

因此學了殘破的多國語言，每種只會講上幾句。勉強夠用於勾搭女人而已。除了髒話，就是「我們是不是在哪裡見過」、「我愛妳」，「我好想妳」，「親一下」，「想抱著妳一起睡覺呢」。

他說，那時他其實在香港的「女人街」還有個情人。那個叫「小藍」的女人有著一雙藍色的手，是多年的藍染工作留下的烙印。不知怎的，他被那雙惡魔色的手吸引，更別說她那雙多情的濕潤的眼睛——還有鄉音一般親切的廣東話。她守著一小爿上一代傳下來的手染服飾店，店名只有一個字：「La Blue」，說是從哪個舊貨市場撿來的，原是某間倒閉酒館的招牌。那地方曾讓他流連不已。她身上自然散發著一股淡淡的獨特的味道，讓他聞了就想和她一起小小的死一死。

有一回多事給她帶件絲製的紗籠，他們間的故事就那樣開始了。

「我哪知道她竟然還是處女——我發現時馬上就後悔了，但哪裡來得及？此後她就一直提醒我要為她負責，要我留下來陪她照顧她憂鬱寡言的老父。但我實在受不了那鴿子籠似的窄仄公寓。天啊一輩子守著這麼一小爿店面？那是怎麼樣乏味的人生啊。

魚缸不適合我。我適合大海。我是隻虎鯨啊。我哪知她脖子上戴的金十字架不只是個飾品？」

那時他並不知道她的占有慾會那麼恐怖。只知道他們有過肉體關係後，每次去找她，她都喜歡像小狗那樣在他身上東聞聞西聞聞，好像在尋找他身上殘存的女人的味道似的。

那天他太不小心了，太急著上她的床（那個冬季太冷了），竟然給她聞出了Lee Fleurs du mal的餘味。她不動聲色。一樣的激情繾綣後，她竟趁他倦極熟睡時把他四肢綁了起來。他被下體的一陣涼意嚇醒，醒來時發現自己除了四肢受制之外，一把冷冰冰的黑色大剪刀就擱在他軟疲的生殖器上。她塗了天藍色的唇膏、畫了青色的眼影，神情異常妖豔動人。她僅著薄紗睡衣，那雙藍色的手不懷好意的來回撫摸他嚇得發抖半縮進體內的卵蛋。

「老實的同你老婆我講一講果個臭姣婆咧。」她沙啞著說。

他只好先感謝她沒趁他熟睡時閹掉他（她多半也捨不得吧，卯厚著臉皮說，她可是很享受呢），再哀求她有話慢慢說，不要那麼衝動。

「我說我是個四海漂泊的浪子，她一開始就知道的，我很抱歉讓她傷心。就在我嘴裡苦苦哀求的當下，我那話兒不知怎的突然變得腫脹堅挺，她神情古怪的看了我一眼。

那瞬間我好擔心——那是我這輩子最害怕的一瞬——她順手一剪，我這輩子就完了，不死也毀了。而且一定成了報紙頭版的新聞。還好她咬咬唇，放下剪刀，撩起裙子，對準了我的大傢伙，坐了上來。她粗暴的騎著我時，一邊放聲大哭。我當然不會覺得歡愉，畢竟剛盡興的玩過一輪。自作主張挺身而起自救的老二那時只有疼痛，忍受著愛的折磨。我還擔心被她亂換檔時故意把我搖斷呢。但一直痛哭的她真的很傷心，一直有淚水灑在我身上。幾輩子那麼長的時間吧，我精神早已不支，但那話兒兀自為自己的生存奮戰。迷迷糊糊中我好似聽到激烈的拍門聲，聽到悲傷沙啞的父親反覆的喊叫：『乖女，聽阿爸嘅話，唔好做傻事，殺人要坐監嘅。』『妳咁年輕，唔值得啦。』『男人嘛，到處都有嘅。』她一直哭一直哭，以致我醒來後，她以前最愛撫摸的我那長著棕色毛的胸前，像下過一場綿綿的藍色細雨。我醒來時他們父女都不在了，還好手腳都被鬆綁了，也還好胯下那副傢伙沒被剪掉，只是龜頭疼痛，帶著血。我以為是她大姨媽來了，仔細看不是，媽的是我被玩到脫皮在流血，殘餘的精液透明得像一滴淚。

我玩過這麼多女人，竟然不知道我這老二會對這女人產生了私人情感，還會以淚還淚、以血還血這一招。媽的我一定是被那女人下藥了。

穿衣服時才發現內褲都被剪破了，一邊屁股還有奇怪的灼痛感。照鏡子才發現有兩個很醜的、筆畫擠在一塊的藍色的字。努力轉頭，把屁股肉擠過來，竟然是貝戈戈擠在一塊，貝大戈小的『賤人』這兩個字。往好處想，她沒把字刺在我臉上算是手下留情了。

那字當然還在——你不會真的想看吧——畢竟是個愛的紀念呢。

房間裡像進過賊。

我的行李被徹底搜過了。她之前都信任我，我們有默契，她不會去亂翻我公事包裡的私人物品的。我也不太問她的私事。但她說過，她幾年前曾被一位年紀比她大得多的車衣廠的小開騙過感情，我還以為她早就失身了。

最糟的是，我公事包裡的重要文件全被剪破了。我的大馬身分證、護照，女人們留給我的小照、明信片、地址電話、出貨單提貨單、帳本，甚至，那張有著鯨魚的照片、我曾祖母祖母姊姊的照片，都被耐心的剪成了碎片。我頓時腦裡一片空白。」

他把所有碎片都撿進行李箱後，就倉皇逃離那可怕的公寓了。

他第一時間（大概沒穿內褲）就跑到「中國大廈」八樓的馬來西亞簽證處，去問那些官員該怎麼辦。他想說完蛋了，以馬來西亞政府的官僚作風，他這次死定了。所有的證件如果辦不出來，他說不定會變成無國籍難民永遠在香港流浪呢。

「還好我運氣好，也許因為我的馬來語非常流利。那位好心腸的馬來姑娘說，我的馬六甲口音讓她有他鄉遇故知的感覺呢。透過她家與皇親國戚的關係，我總算把自己的身分重新建立起來。

一切該辦的都辦回來了。

那陣子我借住她的公寓，那裡剛好剩個小客房。她說還好我的護照的『皮』及第一、二頁有著我名字和鋼印的還完整的保存著（是小藍心軟手下留情吧）。」

「她的手很巧，非常有耐心。我們倆在燈下把那些相片、貨單、帳單的碎片重新綴合，我的幾個情人的小照都糜爛得無法復原，連同幾張明信片都捨棄了。我們像孩子般天天玩著拼圖遊戲，一邊用馬來語聊得非常開心，不過一個多禮拜就完工了。那張有鯨魚的照片她仔細看了很久。『我好像聽奶奶說過這事。』她奶奶說，那時大英帝國對支那開戰了，也從半島調了些馬來兵員去幫忙。那時軍艦從新加坡出發，北上時必經馬六甲海峽。奶奶的家在山丘上，她小時候就常坐在波羅蜜樹上，遠遠的望著黑色的軍艦接二連三的穿過馬六甲海峽，往北去，企圖殺死那頭千年的巨龍。

有一天，一個獨眼獨腳的紅毛老船長阿哈（Ahab），瘋狂的駕著破爛的捕鯨船屁股的號（Pequod），追捕一頭鯨魚，衝進壅塞的馬六甲海峽，摔死在礁石上。奶奶說，王室裡有位著名的捕魚人滿速沙，見狀即帶領他的船隊去夾擊那頭受傷的老鯨魚莫比迪克（Moby Dick），奇怪鯨魚也有名字。屁股的號上倖存的紅毛水手向他們自我介紹時說了句：Call me Ismail（叫我伊斯邁）——他們還以為他是穆斯林，原來是浪大聽錯了，他說的其實是 Call me Ishmael.（叫我以實馬利）。是個性慾無與倫比強的男人，聽說很多漁人的老婆都情不自禁跟他發生過超友誼關係，以致後代常隔代遺傳了他的紅頭髮或大屁股。

反正簽證重辦也要一段時間，她就請了假陪我到處玩，雖然香港我也很熟了。她把自己裝扮成另一個女人，戴了假髮，像女明星那樣戴上大大的墨鏡，也把我打扮成好萊塢大明星，隨時露出胸毛那種。她完全捨棄穆斯林的規範，像是個偷情的歐洲貴婦，厚厚的狐裘裡什麼也沒穿，也灑上我送的味道怪怪、有點榴槤味的香水 La poison，到處找沒人看得到的地方火速的做愛。公園。大學。電影院。雙層巴。渡輪上。電話亭裡。

我們當然避開了小藍可能會出現的那些街道，我對那藍手女真的餘悸猶存。看到我和別的女人在一起，她會不會醋勁大發對我潑酸，以毀掉我這張受女人迷戀的臉呢？那是很有可能的。雖然心裡不免有幾分歉疚，傷她傷得那麼深。

途經香港時，有時我還是會忍不住繞過去躲在人群裡遠遠的眺望她，看她美麗自在如昔，穿著她心愛的藍花布裙子在燈光裡招呼客人，我就放心了。有一回看她目光凌厲的掃過來，害我嚇得躲在電線桿後——撞到了一兩個路人——然後快速彎著腰逃走。她一定是瞄到我這顆鶴立雞群的紅毛頭了。

有一天馬來女孩不禁笑問我是不是因為作賊，屁股上才被刺那樣的字。原來她還上過半年華小，學過一點中文呢。我只好告知她我那個善妒的前女友的故事，順便一筆一畫的仔細教她辨識那兩個中文字的差別，對她說教她認得這幾個字（貝戈賤賊戎），也不枉我們這場相遇了。

『我上輩子一定是個多情的水手。』

我告訴她。她用很諒解的目光看著我。問我有沒有考慮皈依穆斯林，她以一種姊姊似的神情笑說，有娶四個老婆的 kota 呢。那時我懷疑她是不是在委婉的暗示我應該和她結婚，而僅僅謹慎的報以不置可否的迷人微笑。

她確實有認真的勸我要安定下來。還用伊斯蘭教義訓誨我：男人該以家為重，遲早要定下來的啊。每一艘船都得停泊靠岸。

只有不成熟的孩子才會一直漂泊啊。

那時我也不知道她每天燉給我喝的雞湯是加了 tongkat Ali 的。苦苦甘甘的，還以為是什麼中藥呢。喝了渾身發熱，頭一直癢癢的。

那個冬天真的很冷，她的手腳單是靠暖爐是暖和不起來的。那時我一心只想要好好報答她，竭盡所能的取悅她，我真的很感激她。不知道她原來是有老公的。她藏起老公小孩的照片，但我從她床上的反應，應該清楚知道的。」

卯不知道想起了什麼。吐一口煙，目光飄到對岸的蘇門答臘去了。

我原以為他接下來會談到他被馬來妹的武吉斯人老公追殺或割掉卵蛋之類的奇情故事。但他沒有。他的旅程在繼續，但因簽證的緣故被耽擱了一個月，離開時馬來妹好像懷孕了，對他依依不捨。一直要他撫摸她小腹子宮的位置，好像裡面有顆溫熱的鴕鳥蛋，蛋中的胚胎長出了羽毛和尖嘴，還會叫爸爸。

來自馬六甲的電報為他解了圍。但馬來妹吩咐他如果回馬六甲，別忘了去看看她的家人。其實還和她約定了下次見面的時間：明年的開齋節，她很希望在家鄉見到他，想帶他去見見她奶奶，請他務必帶著那張相片。

她給了卯一個馬六甲的地址，好像在什麼甘榜伊斯邁。還暗示在簽證處工作的她，要掌握他的行蹤可是易如反掌；甚至可以掌握他所有家屬的住址、出國紀錄。

卯第一時間想到的是從小聽到大的馬來女人的降頭傳說，不禁一陣陣腳底發麻。「她不會愛上我了吧？」他悵悵的說。

其後途經馬六甲時又逢祖母病危，那病危拖了他兩個月，夠他在荷蘭街搞上個風騷的娘惹寡婦（其實是卯祖母那裡的親戚，他的遠房阿姨），以致把他祖母活活氣死。這是我從別處聽說的。

旅程繼續，依往例，一路做著買賣，逐個的愛過去。

星洲小印度賣香料的吉靈妹；泗水賣茶果的印尼妹；京都賣綢緞的千重子、神戶賣和菓子的和子（她長年寫著一部封皮上寫著《葫蘆花日志》的日記——卯也只認得這幾個字——裡頭的日文只認得那個「私」字）……「我也想定下來呀但是——」這句子他說了千百次。他說他總是捨不得讓女人傷心，這樣逐個愛過去個個都有希望，不會空等待。在哪裡稍微停留久了，他就會想起下一個等待的女人苦苦盼望他的眼神——「我就是不忍心讓她們失望啊。」吉靈妹被酗酒老爸打進醫院，他在那破爛的醫院陪了她一個禮拜。其後又是地震又是颱風的，又有船撞到百年老鯊沉沒。又適逢千重子貧血病倒，他像個貼心的丈夫悉心照料她兩個月，差一點脫不了身。那也是他第一次嘗到鯨魚肉，內心非常不安。

不知不覺大半年過去了。雖然旅途中有給小豚發過多次明信片，但他趕到葫蘆巷時，竟然人去樓空了。鐵捲門拉下，信箱裡塞滿廣告單。從信箱溢出掉到地上的廣告單裡，他還找到幾張自己從世界的不同角落寄出的明信片。被雨或露水打過，字跡都漫漶了。這比祖母的死還讓他難過。

趕緊向左鄰右舍打聽。還好他的閩南話說得還算流利。

賣排骨麵的歐巴桑說，聽說她愛上一個紅毛水手，可能被搞大肚了，躲到鄉下那裡去偷生。每次那紅毛來，整條街都聽到她那見笑到死的貓叫聲。

「啊你的頭髮——」忽然掩嘴尖叫。

賣棉被的歐巴桑說，好像一個鱸鰻看上她，有一陣子常來「膏膏纏」，她受不了，只好連夜搬走。

另一個說法，她爸從精神病院被放出來，把她帶走了。

但賣蚵仔煎的歐巴桑臉扁扁的女兒說，她好像一直在等待她的情人，她的情人爽約了。有一陣子她心情很不好——你不會就是那個——我們樓上還有個空房間你要不要先住下來，我再幫你慢慢找——

但沒人知曉她確實的去處。

「是善妒的小藍渡海而來，把她騙出去殺了肢解了埋了——連這樣荒謬的情節我都設想過呢。」

在那燠熱的夜晚，恰聽到，某戶人家鐵窗裡的電視新聞報導說，中東那裡正歡慶著開齋節呢。

而他在世界角落所有的信箱都再也不曾收到她的訊息。

就這樣，茫茫人海裡，他再也沒看到她。

葫蘆巷，春夢一場。

「那時，我發現我原來真的愛上她了。她一定知道我不是一個可以安定下來的男人，故而以離去來保有這段愛。那之後，我和每一個女人上床，腦中都是她的影子，也常在睡夢中呼喚她的名字——即使在別的女人的床上。更別說酒後。然後我要麼不舉，要麼早洩，要麼沒法射精——我感受到我老二最深沉最腫脹的悲傷。於是我的女人們一個一個的離去了，各自藏身在婚姻裡（只有和子自殺了——雖然聽說她多年前自殺的作家老公就已寫過她的自殺了）。雖然，這世界的女人還真多，舊的去，新的不斷不斷的來，而且我越滄桑她們越愛。但我已覺索然了。」

「但有時在某個異國的街角，我會看到宛如她的背影；或者某個身形肖似的，牽著小孩子的年輕母親。我會情不自禁的尾隨著走過一條又一條的街，有時女人會回頭報以疑懼的目光，甚至叫來警察。有人說在日本看到她，我即搭下一班機飛日本；有人說在布拉格、伊斯坦堡、聖彼得堡大街上看到她，我也飛過去。雖然總是落空，但我可以解釋因為我遲到了。彷彿那可以論證她還在世間旅行著。那時我才深深後悔，我對她瞭解得太少了。為了免於事後的牽絆，我一向避免多知曉對方的身世。是的，那是以拋棄為前提的交往。」

後來他在鹿特丹時做過一場極其逼真的夢。

夢到她和卯的曾祖母在一間大房子裡熱絡的談著話（原來她們認識——夢中的卯嘀咕——而且還很熟）——用的是他不懂的語言。往來的話又急又快，很多很多的字音擠得滿滿的，像滿天噴灑著西瓜種子。像一大瓶五彩玻璃珠不斷的滿出來，瀉了一地，害他踩到滑倒。夢中的曾祖母身著金色的娘惹裝，容貌端麗，而不是她後來老去的樣子。小豚的穿著與伊相似，金釵銀簪玉鐲繡鞋。他看著她們唇紅齒白的說著話，卯突然明白了什麼。

夢醒後匆匆返鄉，回到祖宅去翻曾祖母的遺物，她留下的照片衣物。年輕時美麗而多情的伊，是個傳奇人物，名字被寫進歷史裡了。個子嬌小的她留著一把烏溜的長髮，一雙眼睛說盡人間各國語言。據說她有過許許多多情人，拜倒裙下者不乏高官顯宦、王公貴族、總督蘇丹（甚至連萊佛士也一度——），為了她，據說幾個馬來土邦的繼承人因此 buang pulau（流放荒島）或跑路。「難怪我覺得似曾相識——原來——」

夢中的她們就像是親姊妹那樣相似。他還很幸運的從他曾祖母私人藏書（印尼文譯本《金瓶梅》第一卷）裡找到一張伊年輕時的裸照，側身支頤於金色綢緞的床上，雖然已略褪色剝落，卻依舊香豔迷人。

「我連一張小豚的照片都沒有，就把那張當成她來思念。」

他一副舊情綿綿的樣子。

（媽的，他不會也偷偷收藏著我老婆年輕時的裸照吧？）

「也許我只是想再見見她。一如我久久的會去遠遠的眺望永遠在燈光裡的藍手女孩。感念她當年對我手下留情。手下留情也是一種愛，不是嗎？

我總認為哪天我會在世間的哪個大街上和她不期而遇。

我甚至想，有一天小豚會不會來到馬六甲，追尋我的蹤跡？

這讓我回到馬六甲。我真的有返鄉定居的打算呢。

沒想到卻在這裡遇見你。」

「那個馬來妹的開齋節之約呢？」我強按著怒火，岔開話題。

「說真的我忘了。什麼事也沒發生。我其實沒那麼喜歡她——她不是我喜歡的類型，有點太胖，太肉，太油——那時純粹是感激她為我做的事——而且你知道搞穆斯林女人很危險的——」

我想到十多年前的那個晚上，我們正為最後一個學期的期末考忙得焦頭爛額，他卻突然硬拉著我，要我陪他在宿舍中庭邊打蚊子邊喝悶酒。

一整晚欲言又止，吞吞吐吐的。一直到我再也受不了（我還得去複習功課呢），要他有話直說否則我就要走了。

「你是不是還喜歡著阿瑩（我後來的妻）？」

「是啊，」我說，「可是她喜歡的是你啊。」

她清楚對我表白過的。

「我們只是好朋友。很感謝你一直對我那麼好。」

我模仿她那一貫慵懶而踐踐的腔調。

「她懷孕了你知不知道？」

「懷孕？不會是你幹的吧？媽的。」

他裝做一臉羞愧，抓著耳朵，好像不該那麼不小心。

「我沒想到——她那麼傻——以為可以用懷孕來拴住我——她說什麼也不肯拿掉——」

「你要我去勸她？」我開始用拳頭重擊他肩膀。

但他搖搖頭。竟然說：

「你娶了她吧。」表情還裝得十分誠懇。

「我是個浪人，我早告訴她了，我這輩子是不結婚的。你也不希望她去自殺吧——她說如果我拋棄她她就去跳海——反正大著肚子回去丟她父母的臉她全家都不會給她好臉色看，會一輩子恥笑她。我有那麼多女友，我對她們有愛的責任啊。我不可能為了一個女人改變生活習慣，那對我並不公平。即使被迫結婚，她也不會幸福的，她絕對會受不了我的風流——但那可是我的天性啊！——就如同你天性安分。」

「難道你不希望她幸福嗎？只有你能給她安定給她幸福啊！」

他緊緊抓著我肩膀猛烈的搖晃我的頭。

媽的，我咬牙切齒。一擺頭就猛力撞中他自豪的大鼻子。

我確實曾不只一次寫信向瑩表白，尤其當她每每為卯的花心而憂愁傷心時。

我陪她看許許多多的無聊電影，香港的，臺灣的，英國的，歐洲的。歌仔戲。布袋戲。北上南下的火車。離港返港的船。天上的雲、鳥。水族店玻璃池中的魚。水池邊的鴨子。路邊的樹。

我是多麼擔心她會想不開去跳安平港。

不知道多少次勸她離開那花心大蘿蔔。

但她總是默然，或堅決的、緩慢的說：

「我想他總有一天會瞭解，這世上還是我對他最好。」

「即使離開我，他總有一天還是會回到我身邊的。」

多少個日子，我們一前一後，在古城裡漫無目的的散步。

那些看過千百次的索然的古蹟。

孔廟。延平郡王祠。安平古堡。億載金城。天后宮。媽祖廟。南鯤鯓。

各求各的籤。各祈各的願。

對我的告白，她也曾留下書面紀錄——她的回信簡短而堅決：

「很感激你一直以來耐心的陪伴，你是我最難得的好朋友。
那事別再問了好嗎？
我愛的是他，這是永遠也沒法改變的事實。
你永遠是我最好的朋友。如此而已。」
或者：
「謝謝你，我上一封信已講得很清楚了。」
「不贅。請參閱上上上封信。」
這些信我迄今珍藏著。
「我知道你愛她。在這種情況下娶她，更能證明你對她的愛。證明你比我更愛她。
我在馬六甲還繼承了一棟房子可以送給你──」卯厚顏無恥的說。
「不用，媽的！」
他抱著頭（保護著珍貴的臉，和流著血的鼻子）忍受我憤怒的拳打腳踢。
但我知道他心裡其實在偷笑。
「我有能力養自己的老婆小孩！」
「我們是好朋友。你幫了我這個大忙我這輩子都會感激你的。我不會拒絕你任何
請求，只要你開口──」

「那你這輩子都不要在她面前出現！

對她來說，你已經死了！

埋掉了！爛掉了！燒成了灰！

媽的，祝你雞巴整根爛掉！」

在那個年代，去留學而未婚懷孕，家裡無論如何都不能接受的。知道卯態度的堅決後，肚裡的孩子又已大到不容她反悔了。我知道她其實沒有死的決心，她一向孝順。絕望之餘，權衡輕重，她只好勉強接受我的提議，一畢業就火速跟我結了婚（我猜想她心裡把它當成假結婚）。返鄉提親兼辦理註冊登記時，她那在會館教國術的老爸看寶貝女兒穿著寬鬆的裙子，小腹微凸。二話不說，大喝一聲「死仔包」，即朝我肩膀狠揍了一拳，我啊了一聲後退了好幾步。要不是準岳母大人喝止，我只怕難逃鼻青臉腫。伊還私下以諒解的語氣悄聲問我：

「瑩的男友不是一直都是那個高高的像外國人的某某某嗎？什麼時候分的？怎麼換成是你來娶她？難道——」

我感動的流下委屈的淚水。

「媽，」我說，「我真的愛她。無論如何，我願意一輩子照顧她。」

我一輩子都感激我這個岳母大人。

我放棄了繼續深造的機會，帶著她和肚裡的孩子回到家鄉。輾轉換了幾份工作，最後落腳馬六甲。瑩則一直在華校教生物課。

這些年只要吵嘴，都不會太激烈。到一個中途點上時，她總是很自覺的突然冷靜下來，好像自知理虧似的退卻。

「好吧，也許是我忽略了什麼。給我一點時間，我再想想。」

她總是低著頭小聲的說。

但兒子（名字裡有個鯤，紀念我們念書的那個古都）一生下來就不像我，可是一目了然的。雖然那是個美麗的、天使般的有著一撮紅髮的嬰兒啊。我知道親族裡背著我竊竊私語。但他們也不敢多說，畢竟這是我的選擇，我的道義承擔。因此我們搬得離原生家庭遠些，離大學時代的同學更遠，後者可多是知道一些內情的。鯤越是長大越不像我，也不像他媽，而且初中時即比我高大得多，五官也出現幾分外國人的模樣。瑩有時會趁我忙於手上的工作時，靜靜的看著她兒子半晌，重重的嘆口氣。她以為我沒注意到，其實我把一切都看在眼裡。但我並不介意。鯤初中後我就把他當弟弟一般對待了，一起打球一起看電影、談女人、愛情和男人的責任。

我也直白的告訴他，我們這些半島上的華人住民，某代沾了外國人或土著的血，是不足為怪的。

卯默默的抽著菸，瞇著眼眺望著午後的馬六甲海峽，若有所思。

他也變成老帥哥了。襯衫最上端的一顆鈕扣鬆開，露出狐色的胸毛。那適宜做特寫的姿態也多半是電影銀幕上學來的，自然而然的發著電，隨時挑逗那些沒大腦的女人。一直有醜女往我們這桌瞧。當然不是為了看我。

海風習習吹來，我突然注意到他的眉毛有的像雜草那樣往外飛濺。

他嘴角、眼角的皺紋，鬢角的白髮，倘是瑩見著了，是不是也會心生憐惜？

他用他的情色故事繞了半天，避開了瑩和鯤，當年被他拋棄的那對母子。

究竟是為了掩蓋什麼？他連他兒子的名字都不敢問。

他也會思念他們嗎？

原本在街上看到他那有點僵硬的步伐——四十不到竟有幾分老態龍鍾——好像被一雙操偶的手牽著的牽絲傀儡，我心底其實也有幾分憐憫。

才多少年啊，竟然磨損成這樣。

看來身體確實受過重傷，動過大手術，留下不可逆的傷害。

這些年我也沒閒著。

我總擔心有一天他會回頭來找他的舊愛，徹底的摧毀我多年來好不容易辛苦建立的家庭。

我知道卯在日本差一點被黑道砍死，躺了好幾個月，他不小心搞上了大哥的女人。

在檳城被一個女兒被搞大肚的瘋子追殺過。在牛車水被印度酒鬼打爆頭住院。在臺南，那場火災……。

我知道瑩對我只有感激而沒有激情，即使在床上。

而感激是對抗不了激情的。

有一次她在夢裡不知廉恥的呻吟了好久，一直嚷著「好舒服好舒服……」隨之哭泣：「卯，求求你不要拋棄我。你不知道我有多愛你。」

她哭著醒過來時我假裝打著鼾熟睡，還故意流著口水。

況且，當年堅持留下孩子，不就是為了留下他們愛的紀念嗎？

還有比孩子更好的愛的紀念品嗎？

卯大概不知道那馬來女人的降頭也許真的發揮了作用。但她多半還是手下留情，沒弄死他，只是要他受早衰和傷心的折磨，讓他此生都在凌遲體驗那些被他拋棄的女人所受的苦。

畢竟她的家族在馬六甲王朝時代就是御用的降頭師，威名赫赫。

那年又偶然得到了千年白鯨之骨和龍涎香，更是如虎添翼，可以不動聲色的操弄人的命運，一如高明的操偶師之於傀儡。

那叫沙瑪的女人一直待在簽證處，只是後來調回吉隆坡來了。離婚多年，幾年前終於再婚，也當上了部門裡的主管。而我從事的行業，最需要打交道的就是簽證處。

我們也算有多年的交情了（雖然同行的華人私下都嘴賤的暱稱她「大屁股」），她常幫我解決某些特別麻煩的簽證問題，我常會私下給她送一些絲巾、玉鐲子、香水之類的小禮物。

幾年前，大概就在她再婚前不久，她主動約了我喝咖啡。聊了一些有的沒有的之後，她突然脫口問出：「你認識 Moo（聽起來像廣東話冇——她畢竟待過香港）吧——我查過，你們好像剛好同時在臺灣南部那間大學念書——」接著她簡略說了他們的相遇（當然沒有任何情色的成分）、那年她真的透過皇室裡的表哥幫忙打電話才好不容易成功讓他回復公民身分。

「但他好像忘了我和他的約定。我等了他好幾年。每年的開齋節，在馬六甲海峽，我等他一整個月。我其實有個小禮物要送他。奶奶留給我的小塊白鯨魚骨頭，說不定可以幫他解除他身上永世漂泊的詛咒呢。但那也只能由我親手交給他。」

伊粗框眼鏡後濃妝的眼裡漾著水光，塗著厚厚胭紅的肥大臉頰泛起一陣異樣的緋紅，延伸向燙赤的雙耳。硬咽。

「他是不是用假名字假護照……，我後來就再也查不到他的下落了。……真是個好看的男人，體力也很好……我有時真的會很想念他。」

我不能冒風險。

聽到他說要返鄉，落腳馬六甲，我終於顧不得一身襯衫西裝褲黑皮鞋的體面形象。忍不住霍地站起來，還打翻了冷掉的小半杯咖啡烏，朝他開口咆哮道：

「別忘了你當年的承諾，你不能和我住同一個州，甚至同一座半島！能滾多遠就滾多遠！別忘了你已經是個爛掉的死了很久沉到海底的廢物！」

作者簡介

——黃錦樹，馬來西亞華裔，一九六七年生。一九八六年來臺求學，畢業於國立臺灣大學中文系，淡江大學中國文學碩士、清華大學中國文學博士。一九九六年迄今任教於埔里國立暨南國際大學中文系。曾獲多種文學獎。著有小說集《夢與豬與黎明》、《烏暗暝》、《刻背》、《土與火》、《南洋人民共和國備忘錄》、《猶見扶餘》、《魚》、《雨》；散文集《焚燒》、《火笑了》；論文集《馬華文學與中國性》、《謊言或真理的技藝》、《文與魂與體》、《華文小文學的馬來西亞個案》、《論嘗試文》等，並與友人合編《回到馬來亞：華馬小說七十年》、《故事總要開始：馬華當代小說選》、《散文類》等。

到底不是真心想去的地方，車子進入縣道後忽然顛簸起來。

他們的心思大概是超重了。從後照鏡看到的兩張臉，可以想像內心還在煎熬，處境各自不同，連坐姿也分開兩邊：一個用他細長的眼睛盯著後退的街景，彷彿此生再也不能回頭；一個則是雙手抱胸挺著肩膀，像個辛酸女人等待苦盡甘來，一臉熱切地張望著前方。

我載著這樣的父母親。途中雖然有些交談，負責答腔的卻是我，時不時回頭嗯喔幾聲，否則他們彼此間無聊的斷句難以連結。他們都還小。就生理特徵來說，要到垂老的腦袋覆蓋著一頭銀髮，那時的坐姿也許才會鬆緊一致，然後偎在午後的慵懶中看著地面發呆。

人的一生除非活得夠老，漸漸失去愛與恨，不然就像他們這樣了。

我們要去探望多年來母親口中的妖精。

那個女人的姊姊突然打電話來，母親不吭聲就把話筒擱下，繃著臉遞給我聽，自己守在旁邊戒備著。

「唉，真的是很不得已才這麼厚臉皮，以前讓你們困擾了，真對不起啊。但是能不能……，我人在美國，這邊下大雪啊，聽說你們那邊也是連續寒流，可是怎麼辦，我妹妹……」

我還在清理頭緒的時候，她卻又耐不住，很快搶走了話筒。

「阿妳要怎樣，什麼事，妳直說好了。」

對方也許又重複著一段客套話，她虎虎地聽著，隨時準備出擊的眼神中有我曾經見過的哀愁，那些數不清的夜晚她一直都是這樣把自己折磨著。

後來她減弱了，我說的是她的戒心。像一頭怒犬慢慢發覺來者良善，她開始溫婉地嗯著，嗯，嗯，嗯，是啊全世界都很冷，嗯。天氣讓她們徘徊了幾分鐘後，母親彷彿聽見人世間的某種奧祕，她的回應突然加速，有點結巴，卻又忍不住插嘴：「什麼，妳說什麼，安養院，她住進安養院……」

然後，那長期泡在一股悲怨中的臉孔終於鬆開了，長長地舒嘆了一口氣，整個屋子飄起了她愉悅的迴音：「是這樣啊……」

掛上電話後，她進去廁所待了很久，出來時塞滿了鼻音，一個人來回踱在客廳裡，那時接近中午，她說：「我還要想一下，你自己去外面吃吧，這件事暫時不要說出去。」

所謂說出去的對象，當然指的是她還在怨恨中的男人。

他是在跑業務的歲月搭上那女人而束手就擒的。他比一般幸運者提早接觸心靈的懲罰，或者說他自願從此遁入一個惡人的靈修，有空就擦地板，睡覺時分房，在家走動都用腳尖，隨時一副畏罪者的羞慚，吃東西從來沒有發出嚼動的聲音。

午飯後我從外面回來時，客廳的音樂已經流進廚房，水槽與料理臺間不斷哼唱著她跟不上的節拍。她突然發現自己才是真正的女人吧，那種勝利者的喜悅似乎一時難以拿捏，釋放得有些生澀，苦苦地笑著，大概是忍住了。

父親回來後還不知道家有喜事，他一樣把快退休的公事包拿進書房，出來準備吃飯時，才知道桌上多了三樣菜和一盤提早削好的水果。在他細長的鳥眼中，這些東西如夢如幻卻又無比真實，他以謹慎的指尖托住碗底，持筷的右手卻不敢遠行，只能就著面前的一截魚尾細細挑挾。如此反覆來去，愈吃愈覺得不對勁，眼看一碗白飯已經見底，他只好輕輕擱下碗筷，不敢喝湯，像個借宿的客人急著想要躲回他的書房。

「漢忠，多吃一點。」母親說。她滑動轉盤，獅子頭到了他面前。

我沒聽錯，多年來這是第一次，母親總算叫出他的名字，那麼親暱卻又陌生，像一桶滾水倒進冰壺裡，響起令人吃驚的碎裂之音。她過去多少煎熬，此刻似乎忘得乾乾淨淨，沙啞的喉嚨也痊癒了，一出聲就是柔軟的細語。

當然，他是嚇壞了。但他表現得很好，除了稀疏的睫毛微微閃跳，我看不出他作為一個懦弱的男人，在這樣的瞬間還有什麼可以挑剔的。他把魚尾吃淨後，聽了她詭異的暗示，果然暫且不敢提前離席，委婉地挾起盤邊的一截青蔥，等著從她嘴裡聽出什麼佳音。

我聽見他激動的門牙把那截青蔥切斷了。

漢忠，還有獅子頭呢。我心裡說。

她的笑意宛如臉上爬滿的細紋，一桌子菜被她多年不見的慈顏盤據著，為了這些料理她耗盡一整個下午，我懷疑要是沒有那通電話，這些菜料不知道躲在什麼鬼地方。他們之間的恩怨讓這個家長期泡在冰櫃裡，多年前我接到兵單時，妖精事件剛爆發，家裡的聲音全都是她的控訴，男人在那種時刻通常不敢吭聲，沒想到時日一久，他卻變成這樣的父親了。

青蔥吞了進去，她的下文卻還沒出來，他只好起身添上第二碗。平常他的飯量極小，別人的一餐可以餵他兩頓，此刻若不是心存僥倖，應該不至於想要硬撐。顯然他是有所期待的，畢竟眼前的巨變確實令人傻眼。

但是別傻了，漢忠。什麼苦都吃過了，還稀罕什麼驚喜嗎，回房去吧，不然她就要開口了，除非你真的想聽，你聽了不要難過就好……

菜盤轉過來一隻完整的土雞，還有煎炸的海鮮餅，還有一大碗湯。

果然，她鄭重宣布了：那通電話，那個妖精，那安養院的八人房……

「聽說她失智了。」她舉起了脖子，非常驕傲地揚聲說。

我看見那顆獅子頭忽然塞進他嘴裡，撐得兩眼鼓脹，嘴角滴出油來。

「聽說一件冬天的衣服都沒有，我們去看看她吧。」母親說。

棉襖、長襪、毛線帽和暖暖包，一袋袋採購來的禦寒用品堆在我的駕駛座旁。一切都由她作主，昨晚那頓飯吃完她就出門了，聽說買這些東西一點都不費力，憑她當年抓姦的匆匆照面，那兩條光溜溜的肉體如今還在眼前，想也知道那妖精的胖瘦原形，肩寬腰圍一概來自那段傷心記憶，不像她自己買一支眉筆要挑老半天。

一大早督促父親向學校請了假，接著說走就走，顯然是為了親眼目睹一個悲劇才能安心。她昨晚應該睡得不好，出門時還是一雙紅腫的眼睛，遲來的勝利使她亂了方寸，不像他吃了敗仗後投降繳械反而安定下來。

我覺得她並沒有贏。那女人是被自己的腦袋打敗的，何況那也只是記憶的混亂，說不定從此可以忘掉愛的紛擾。失智不過就是蒼天廢人武功，把一個人帶回童年的荒野，任她風吹雨淋，化成可愛精靈，再回來度過一段無知的餘生。反倒是她這個受害者還走在坎坷路上，若不是慷慨準備了一堆過冬衣物，簡直就像是押著一個男盜要來指認當年的女娼。

安養院入口有個櫃檯，父親先去辦理登記，接待員開始拿起對講機找人。我們來到一排房子的穿廊中等待，一個照護媽媽從樓層裡跑出來，邊說邊轉頭尋著建築物的角落，「奇怪啊，剛剛還在的呀。」

母親四下張望著，廊外的花園迴灌著風，枯黃的大草地空無一人。

「喔，在那裡啦，哎喲大姊，天氣那麼冷……」

隨著跑過去的身影，偏角有棵老樹颯颯地叫著，一個女人光著腳在那裡跳舞，遠遠看去的短髮一叢斑灰，單薄的罩衫隨風削出了纖細的肩脊。

父親跟上去了，他取出袋子裡的大襖，打開了拉鍊攤在空中，好似等著一隻鴨子走進來。那幾個乏味的舞步停曳下來時，她朝他看了很久，彷彿面對一件非常久遠的失物，慢慢搖起一張恍惚的臉。

靜靜看著這一幕的母親，轉頭瞧我一眼，幽幽笑著，「妖精也會老。」

那件棉襖是太大了，他從後面替她披上時，禁不住一個觸電般的轉身，左肩很快又鬆溜出來，整條袖子垂到地上。

她跟著他來到穿廊，眼睛看著外面，臉上確有掩不住的風霜。但我說不出來，她身上似乎有著什麼；還有著時間過後的殘留吧，那是一股還沒褪盡的韻味，隱約藏在眉眼之間，想像得出她年輕時應該很美，或許就因為這份美才擄獲了一個混蛋吧，怎麼知道後來會這樣一無所有。

父親難免感傷起來，鼻頭一緊，簡單的介紹詞省略掉了。幾個人無言地站在風中，母親只顧盯著對方，從頭看到腳，再回到臉上，白白的瘦瘦的臉上依然沒有任何表情浮現出來。

「有沒有想起來，我們見過面了。」母親試探著說。

面對一張毫無回應的臉，在母親看來不知是喜是悲，也許本來都想好了，譬如她要宣洩的怨恨，她無端承受的傷痕要趁這個機會排解，沒想到對手太弱了。她把手絹收進皮包，哼著鼻音走出了廊外。

我們要離開的時候，那女人不再跟隨，她總算把手穿進了袖口，牢牢地提上拉鍊，然後慢慢走進旁邊的屋舍中。然而當我把車調頭回來時，這一瞬間我卻看到了，她忽然停下了腳步，悄悄掩在一處無人的屋角，那兩隻眼睛因著想要凝望而變得異常瑩亮，偷偷朝著我們的車窗直視過來。

長期處在荒村般的孤寂世界裡，才有那樣一雙專注的眼神吧。

我想，父親是錯過了；倘若我們生命中都有一個值得深愛的人。

作者簡介

——王定國，一九五五年生，彰化鹿港人，定居臺中。十七歲開始寫作，曾獲全國大專小說創作獎、《中國時報》文學獎、《聯合報》小說獎。早期著有小說、散文十餘部，轉戰商場後封筆多年，短期任職法院書記官，長期投身建築，二〇一三年重返文壇。早期著有散文集《隔水問相思》、《企業家沒有家》、《憂國：臺灣巨變一百天》，小說集《離鄉遺事》、《我是你的憂鬱》、《宣讀之日》、《沙戲》。二〇一三年起陸續出版《那麼熱，那麼冷》、《誰在暗中眨眼睛》、《敵人的櫻花》，連獲台北國際書展大獎、《亞洲週刊》華文世界十大好書、連續三屆《中國時報》開卷十大好書。二〇一五年獲頒第二屆《聯合報》文學大獎。小說集《戴美樂小姐的婚禮》，獲博客來二〇一六年度選書。二〇一七年出版散文集《探路》、長篇小說《昨日雨水》。

別著花的流淚的大象

蔡素芬

木製柵欄前面擠靠著大人小孩，他們的身體壓在柵欄上，孩子跟大象揮手，希望大象走到柵欄邊，柵欄的內圈還有一層柵欄，這是為了讓大象站在內圈那一層，鼻子伸長出來時，不至於碰到人群。

大象站在飼育所邊，後面是岩壁，大小不等的石塊間，擠挨著細小的草葉，岩上種植的樹木，靠大象這邊的幾乎都禿了，那些樹葉細枝總是一冒出來就被大象的鼻子捲進嘴裡，連樹皮也遭殃。大象不能靠那幾棵樹，光靠那些樹，活不過一週。

他給牠送來食物，八年了，他成為動物園的動物飼育員八年了，他不只餵食牠，在規畫為大型動物區的園區內，大象的左鄰右舍他都要照顧，但被區隔為兩個欄位的大象，他總逗留最久。

他剛把三大捆的樹葉扔進柵欄裡，在近閉園的時刻，這個餵食動作是表演性質。早上還沒開園時，他是將草放在可以供大象遮風擋雨的飼育所裡，大象在所裡度過夜晚，他開著小板車將飼料送入柵欄裡的飼育所當大象晨起的禮物，然後就等到下午閉園前，將樹葉丟入柵欄裡，觀看的大人小孩都可以來捧起綠葉繁密的樹枝往裡頭丟。

他將樹葉往柵欄裡扔時，孩子和他們的家長也來到板車，撿拾板車上剩餘的樹枝往裡頭丟，他提醒他們，不要砸在大象身上。那些軟弱的枝葉有時掉在內外圈柵欄間，他會等到閉園後收撿到飼育所的地上，入夜後，大象走進所裡時，牠的鼻管會把枝葉收拾得好像不存在過。

大象從岩壁邊走過來，孩子們興奮得又叫又跳，踩上柵欄的底層，探身向大象揮手，大象搧動雙耳，走到樹葉前，鼻管舉向上又彎曲向下捲動樹枝，將一長枝上的葉子連枝帶葉捲進嘴裡。牠對孩子們的叫鬧無動於衷，很專心地捲著樹葉，有個臂力特大的男孩子扔來一截樹枝，樹枝從大象的眼前擦過，大象舉起鼻子向長空鳴叫。他急忙走到男孩身邊，將男孩拉開，告誡：「不可以向大象用力扔，那很危險！」男孩嘻笑，躲到父親身後，那父親說抱歉後，將這將近十歲大的孩子帶開了。

大部分的客人不會這麼粗暴對待大象。他仍站在那裡看著，到園區廣播起閉園時間已到，請遊客離開後，他才將板車開離。

一週有兩天提供給遊客餵食大象的樂趣。然後另兩天是長頸鹿。

他總等到最後才離去。並且確定動物的情緒都穩定。

那差點給樹枝砸到眼的大象，在遊客離去後，走到岩壁前的水坑呼嚕嚕飲水。他看牠飲過水後，站著不動，像牠慣常那樣。他才放心離去。

打卡離開園區，天都暗了。脫下工作服換回原來的衣服，擠在公車裡，仍覺得自己身上飄散著動物的飼料味和糞便的味道，帶著腥氣的草味。但他旁邊的乘客並沒有一個人避開他，他們拉著吊環，手臂與身體因公車的煞車，有時碰在一起。難道他們都沒聞到嗎？他心裡很納悶。突然又想，聞到又能怎麼，大家不就在公車裡，能跳出窗嗎？每天上車他總要這麼想一回。他不得不想，因為回家後的第一件事，他必須去沖澡換下衣服，自己把衣服拎到洗衣機沖洗，太太不能忍受他衣服上頭髮上飄散的動物糞便味和飼料味。別的同事沒這個問題，他們說，那味道微乎其微，連家人也聞不到呢！

嗅覺靈敏的太太總比他早下班回家準備晚餐，他洗淨身體吹乾頭髮時，飯菜也都上桌了。兩個讀小學低年級和中年級的兒子也規規矩矩坐在餐椅上，他們吃得很安靜，生怕弄出一點碗筷碰觸的聲響，媽媽吃得更安靜，她七十歲，三年前父親過世後，媽媽就過來和他住，沒有別的選擇，兩個姊姊都各有家庭，他是家裡唯一的兒子。媽媽將原來的房子出租，每個月的租金都交給他的太太，好像付房租似的，在這裡有地方睡有食物吃，太太對於拿到手邊的錢，沒有不歡迎的，她天天打理一家人的飲食，在固定的時間，把飯菜端上桌。

他也在固定的時間把樹皮樹葉送到大象的柵欄裡，固定的時間清理牠的糞便。大象老了，這頭母象是亞洲象，早已沒有生育能力，牠在動物園產下的小象如今已是精力旺盛的大象，圍在另一格柵欄，與其他再購入的大象在一起，至於大象父親，早就因太老而過世了，動物園還為牠辦了一個紀念會，製作許多相關產品，將牠的圖象印在徽章上、毛巾上、帽子上、杯子上，那些產品如今已從商品陳列架上消失，不再生產。動物園裡永遠有新的明星。而他照顧的這頭大象就如當初那頭老象的命運，被獨自隔離在一個柵欄圈裡，牠有心臟病和憂鬱症，雖說性情溫和，但為了防止憂鬱症發作時驚擾其他的象，動物園讓牠獨自住在一個欄圈裡。早上他去餵養時，大象有時還在飼育所裡，有時已經繞著柵欄不斷走路。他從牠走路的姿勢觀察牠的情緒，他寧可牠在走路，他難免擔心在飼育所裡，牠一腳踩死他，壓在一隻四噸重的大象腳下可是一件要命的事。

「你想什麼呢？」太太問他。

「我吃飯啊！」

「你的眼睛沒看著飯沒看著菜，也沒跟我們講一句話，你的心不在啊！」

現在他才看見了眼前有乾扁四季豆、煎肉魚，有炒高麗菜，以及燜豆腐，太太的家常菜天天鎖住了他們，太太不喜歡出門用餐，她說那些菜都沒洗乾淨，碗筷也不乾淨。

「哦！」

「就這樣？你今天帶回來的話就這樣？」

媽媽低頭慢悠悠地吃著。媽媽的身體還算健康，每天可以自己到社區附近散散步，替太太把曬乾的衣服摺好歸到各人的衣櫥裡，但她不能進廚房，太太說：「媽媽眼睛不清楚了，菜洗得不夠乾淨，油醋不分。」

媽媽頭都沒抬一下，兩個兒子只顧著聽電視的聲音，那是唯一允許在用餐時刻開著的電視，太太說：「用聽的比用看的好，看電視容易近視，聽聽就知道演的是什麼。」

「哦，」他說，「剛才回來的那班公車人很擠，還好，在我們的前一站，人差不多下了大半。」

「這你說過很多次了。這次車上有什麼特別的人嗎？」

「沒有。」

「沒有？」

「有。有一個男士很胖，像大象，一個就占了兩個身體的位置。」

「他沒位置坐？」

「沒有。跟我一樣站著，也是從動物園那站上車的。」

「所以，他妨礙了你？」

「沒有。」

「沒有？」

「有。我看他猛冒汗，讓我也覺得好熱，我也冒汗了。」

太太似乎不滿意他的答案，直斥他：「無聊。」

他縮著脖子，感覺胃被他縮了起來，胃口也變差。他想到大象退到岩壁喝水時，步履很緩慢，好像整個身子都縮起來，黃昏暮色照在牠皺摺很深的皮膚上，好像大象應該回到一座森林裡去休息，但沒有，只有岩上幾棵禿了一半的樹觀視牠喝水，他怎麼就非要看完牠喝水才肯開著板車離去呢？他是知道大象不會讓自己渴著的。

太太在收拾碗筷，洗碗的工作輪到他。太太倒掉殘渣就退出廚房，帶兩個孩子回他們的房間，檢查功課清單。媽媽坐在電視機前，連續劇即將開演，她瞇著眼睛等待廣告時間過去。他洗碗的聲音嘩啦嘩啦的，洗碗精抹在碗盤上滑不溜丟，他真想有個盤滑到槽裡破裂了，那起碼有點異樣的聲響，但他的手太穩了，從來沒有打破任何東西，連掉根針或小紙片都沒有，他的手撫著象皮時，可以沿著牠的紋路像游水般的滑順過去，他感到大象信任他，沒有一絲躁動，亞洲象可以用來馱物載人，就是因為溫馴吧，而他照顧的這頭象可以感知他的手掌可以穩穩地透過撫觸安定牠老年的情緒，連園方也知道他的耐心與手掌的安穩，將老象交付給他。但老象這幾天有情緒，昨天、前天他清晨跨入園裡餵食時，牠的食量變少，今日傍晚遊客來餵食，大象肯走到柵欄邊捲食，他特別感到開心，明天傍晚還有一次遊客餵食活動，他希望大象仍然興致勃勃走向遊客所在的柵欄。

他想到今早大象在他放了樹葉，清了糞便，要關上飼育所往園區工作廊的通道鐵門時，大象踱到鐵門邊。他關上門，上鎖，聽到大象以鼻管不斷撞擊鐵門。他繞到柵欄外觀看牠，牠仍重複撞擊的動作，鼻管磨著鐵門幾下就舉起來拍打，一副要開鎖的樣子。他知道鎖是撞不壞的，因此更心疼大象白費工夫。所幸十幾分鐘後，大象覺得索然無味，回到岩壁邊的樹下靜靜地站著，那旁邊的一灘水坑足可讓牠玩一天，但老象常站在那裡，慢慢踱幾步又回到樹下。

喀啷一聲，拿在手裡的沾滿洗碗精的一只飯碗滑向一只躺在槽底的碟子，他急著搶救，反倒把碗推遠，擊在不鏽鋼水槽的邊緣，瓷碗碎裂成三片，還有細小的瓷屑落到槽底，噴飛到其他待沖洗的碗筷上。太太聽到那喀啷聲衝了進來，看見碎片，叫喊著：「哎喲，你怎麼搞的，不想洗就說不想洗，怎麼這麼不小心把碗摔了，這成組的，少一個了，你真是粗心，你從來就不放在心上，你真是一點用都沒有，連洗碗都不會洗……」

他把碎碗撿進一只塑膠袋裡，將塑膠袋口打了一個結，扔進垃圾桶。回頭要將剩下的碗沖淨，但太太將他推開，她動手沖那些碗，她的嘴裡還念著什麼他已聽不清楚。坐在沙發上看電視的媽媽關了電視，往臥房去，兩人在走道碰面，都沒說什麼，他跟媽媽進了她的房，媽坐入床邊，說：「孩子，沒事，你去睡吧。」

他一頭倒在床上，感到沒有過的輕鬆，真的有只碗從他手上滑碎了，他的手不再是那麼萬無一失，他是故意讓那碗滑下去嗎？也許有一點吧，但想想，真的是碗滑下去了。他的手沒抓牢。他知道終有些東西抓不牢的，但也不是壞事，比如他就可以放下那些碗，躺到床上提早休息。他突然同情起太太來了。

牆上的時間才指著八點半，這時睡覺還太早，太太知道後怕不進來叨念，而且媽媽也沒看完連續劇，那連續劇應該九點結束的。他離開床又來到媽媽房間，媽媽仍坐在床邊，夜燈暗，昏暗的側影好像一尊雕像，一動不動。他說：「媽，電視還沒演完，妳回客廳看吧！」

媽媽沒說什麼，揮揮手示意他離開房間。

他說：「那麼我買部電視放妳房間，妳愛什麼時候看就什麼時候看。」

媽媽也沒回答，將桌上的夜燈也熄了。

他走出房間，來到客廳打開電視，畫面是方才連續劇的畫面，他把聲音開大，讓那聲音透過門板傳到媽媽房裡。完成廚房最後清潔工作的太太走過來將那聲音按靜了，說：「要看你看字幕，孩子在做功課，不要吵到他們。」

「低年級有什麼功課嘛？」他感到自己聲音很大，是今天講過最大的音量。

太太看他一眼，把電視畫面也關了。

他不發一言，拎起鑰匙往樓下去。電梯關上時，太太的聲音被電梯不鏽鋼門滅了威風，只剩下一個尾音：「——莫名其妙。」

樓下走幾步路就是十字路口，他走到路口，猶豫要往哪個方向，但他根本不需要決定，本來就沒有目的，只是要出來走走，哪邊是綠燈就往哪邊走，在剩下五秒的綠色行人燈閃爍時，他大步往綠燈的方向走，走下去是一片公園，黑漆漆的，兩盞微弱的路燈，公園後面有個上坡小徑，通向一個小山巒，那裡一片漆黑，過去有兩三座土墳，市府命令遷移，小山徑彎彎曲曲，山坡沒開發，夜裡一盞燈也沒，只是蟲鳴。他繞了一圈公園，三把冷椅，一座溜滑梯，兩個搖搖椅，十分簡陋的設施，聊表這社區確實有座公園。父母不會在夜晚帶孩子來這裡，像鬼域一樣陰森森的，誰會來呢，只有像他這樣不知要往哪裡去的人會坐在燈下的冷椅吧。

坐了一會兒，山巒上的蟲鳴沒有停過，幾隻蚊子在他身邊飛繞，嗡嗡聲很擾人，他也感到露水在瀰漫，只好站起來，繼續走。從公園與馬路間的磚道走到銜接店家，店家在打烊，留著店鋪深處淡淡的燈光，有的鐵門已半掩，城市邊緣區域，店家提早休息，這時不會有太多人在外頭，連路上的車流都變少。他又走了兩條街，折返時店家關得更多，又經過方才的公園，蚊蚋繞著微弱的燈柱瞎撞，地上有蚊屍和腐葉。沒有方向，不知要去哪裡，只好回到紅綠燈過去的那個家。

太太什麼話也沒講，已經換好睡衣準備就寢。這不是他唯一的一次晚間出門，太太似乎也習慣，不打算讓他破壞她的睡眠，她第二天一早要上班，她是守紀律的大賣場早班行政人員。他也是守紀律的動物園飼育員，每天一大早未開園時就要去飼養動物，即使和太太剛認識結婚時，太太對讀畜產業的他原是期盼能擁有一個養雞園，養幾萬隻雞，送往專供餐館用量的宰雞場，不但能當大販子，也利用了她父親留著的荒地。但他不是那個料，他不想當一個養雞場的頭子，成天看著上百隻雞送入宰雞場。

第二天一早，他比太太早出門，來到動物園，先到大象區。多日來，看顧這隻母象像看顧身上一個腫起的包，總擔心著，注意著每天的變化。

大象站在飼育所外閉著眼睛，他趁這時候趕快把樹皮樹葉青草上百公斤重全堆到所裡，便遠遠地站開，清理牠拉在所外泥地上的糞便，要命多的糞便，大象把吃進去的六成都排出來了，他聞慣了，味道腥中帶香，但最好快手快腳清乾淨，免得大象踩踏得到處都是。

大象沒什麼動靜那是最好的，大象即便睡個兩三個小時，也足以支撐牠一兩天的精神，他最喜歡替睡過後的大象擦擦肚子，那裡最柔軟，這頭老象和牠的同伴隔離了，牠缺乏體溫的接觸，他擦牠肚子時，把自己想像成一頭幼象，磨蹭著牠，大象一動也不動，眼裡很溫柔。

他開著載著一袋袋糞便的板車回到處理中心，又換了飼料餵養其他動物後又回到大象這裡來。大象正在飼育所裡享受食物。他感到安心。陽光轉烈，動物園已到處是人，雖非假日，孩子們來校外教學，沒事的大人也來看動物，老老少少，在各動物區間移動。

中午他和其他飼育員有短暫的休息，用過餐後，他們在休息室擺開躺椅小憩一番，有的飼育員會躺到樹下休息，或看一回電視。他們像那些動物，在動物園圈圍的環境裡擺著各人放鬆的姿勢，在那姿勢裡，他們自嘲如動物般失去覓食的能力，靠動物園的薪水過著生活。但事實上，他們以為自己身負重任，動物園不能失去他們，否則怎麼打開門讓遊客進來呢？他們努力維持動物的生命，努力地讓動物有尊嚴，像他照顧的這頭大象，在暮年的憂鬱情緒中，他花更多的注意力在牠身上，他不願意大象的憂鬱困擾牠，或在心臟病中倒下。

下午陽光轉弱時，他們又準備去巡視動物的狀況。今天大象還有遊客餵食活動，他又開著板車去裝飼料，成堆的樹葉樹皮鮮嫩地採收來了，養大象成本很高啊，若不是有園區後面的一大座森林，三頭象每天吃掉半噸多的植物去哪裡拿？

大象的柵欄前如昨天一般站滿了大人小孩，他的板車抵達時，就圍上了遊客，他先扔進一小捆，指示遊客扔擲的方向，大象還站在岩壁那邊，牠往柵欄前的食物靠近時，他就要遊客停止扔擲的動作，他不希望昨天小朋友拿樹枝擲往大象的事件再發生。他看守著，也注意大象走路的姿勢，牠緩慢的，比昨天更緩慢地走向人群所在的柵欄，牠舉起鼻管，在空中轉了一圈又放下來，牠在柵欄前看了看，孩子們作勢想跨過柵欄握住牠的鼻管，一旁的大人拉著他們的衣領將他們攔下來，孩子們便作樣往空中抓了抓。大象往柵欄裡繞圈圈，孩子們呼喚牠來柵欄邊吃食物。

大象又踱回來，很慢的，他看到牠比昨天更老的步伐，天氣並不熱，大象微微搧動耳朵，牠一定感到熱才搧動。還有孩子到板車拿了殘剩的樹枝，他擔心孩子不知輕重地將樹枝往大象扔，彎下身來將板車上的樹枝收拾起來，紮成一捆束起來。一回身望向柵欄，大象已站在那裡了，耳朵上插著一枝紅玫瑰，牠離柵欄近到沒有距離，眼裡有眼淚流下來，是擲向牠的玫瑰花枝飛過眼前刺激了淚液嗎？他望向遊客，不知誰那麼大的力氣，將玫瑰花枝擲得那麼高給大象，且不偏不倚插在大象的耳朵上緣和頸項間，這太危險，萬一刺入眼睛呢？有那麼好的投擲水準，可以去當棒球投手了。耳上別著花的大象看來是頭美麗幸福的象，遊客有歡呼，但不知道玫瑰從何而來。

不管那些歡呼聲，大象帶著牠的淚水走向岩壁。他啟動板車，往飼育所的通道開去。心想著，這頭老象不適合當遊客餵食的玩具，他要建議園方，得停止這個驚嚇動物的舉動。

打開飼育所的鐵門，從飼育所走向岩壁，他站在大象腳下望著牠耳上的花朵，花朵下的淚水，眼眶濕潤，不遠處的水坑也比不上這眼裡濕潤的水氣。他伸手撫摸大象的身體，順著牠皮膚的紋路從前腿的部分撫到後腿部分，大象站著不動，遊客因閉園時間到，紛紛散去，大象低垂著眼睛，他對著牠的耳朵說：「等一下那些人全走了，你去把樹葉吃了吧，那會讓你夜裡舒服一點。」

大象慢慢移動，他也一邊後退，在大象踱步時，他知道得保持距離，雖然從沒看到大象在柵欄裡奔馳，但大象狂奔起來，速度可以達到每小時二十幾公里，是衝得很快的腳踏車，他想躲也來不及反應，所以最好在牠邁步時就快步拉開距離。

他退到飼育所，大象繞著柵欄踱步，在柵欄的另一邊有牠的孩子和孩子的伴侶，牠看都沒有看一眼，低垂著眼繼續走。他站在飼育所門邊看著牠的步伐平穩，雖是比昨天蒼老的步伐和眼神，但只要步伐節奏平穩，他就不必太擔心。

他鎖上門，開著板車離去。又繞到前方柵欄，大象慢慢走向食物處，耳上的玫瑰還沒掉下來，牠來到柵欄邊向他舉起鼻管鳴叫了一聲，然後低頭捲起樹葉。

今天丟的樹葉少，大象將樹葉收拾得很乾淨。和牠前兩天的胃口比起來，顯然進步了，但他也知道，胃口時好時壞，表示大象的心情起伏不定。但不管怎樣，今天的樹葉是吃完了。

暮色從森林那邊降臨似的，一下來到柵欄邊，柵欄上反射的一點餘暉溫潤美麗。他放心地開著板車準備下班去了。

同樣換過裝，同樣擠上公車，懸吊著手在吊環上，搖搖晃晃回家。

回到家，家裡有異樣的氣氛，廚房沒有鍋鏟聲，菜是洗淨在流理臺上了，但沒有太太的身影，孩子都在房裡，異樣的安靜，可以聽到風從窗縫竄入的聲息。他來到孩子的房門口，問：「怎麼回事？媽媽呢？」

「媽媽說奶奶出去散步沒有回來，她得出去找。」

他聞言感到錯愕，到媽媽房間觀看，棉被摺得方方正正，桌上的用品一如平時擺在應有的位置，皮包也擱在櫃子的底層，沒有任何異象。是媽媽迷路了嗎？她在這社區散步不就是如常的路線，還能去到哪裡？

他正打算出門一起尋找，太太回來了，只有太太，沒有媽媽。太太衝口就說：「媽媽一個小時前該回來的，現在外頭天色暗了，我找不到，找不到，她沒說她要去哪裡啊！」

「我去找，可能迷路。」

「她沒有失智，怎麼會迷路？」

「妳看著她出門嗎？手上有沒有帶東西？」

「我又不是沒事幹一直在家顧她，我下班回來她已經不在家了。」

他不理會太太說了什麼，逕自下樓。假日的時候，他常陪媽媽在附近走走，通常繞著社區走幾圈，有時過馬路到公園坐坐。太太既找不到她，必然不在社區，他過紅綠燈往公園去。

公園的坐椅空蕩蕩，孩子們都回家了，夜色逐漸將山巒上的樹影化為朦朧，路燈剛亮，淡淡的光暈照亮飄落地上的枯枝乾葉，沒有一個腳步的痕跡。他心裡有點慌，街道橫縱交錯，媽媽會走向哪裡？他望向彎向山巒的小山徑，往那小徑去，靠著淡淡的燈光，可以隱約看見路的去向，他的鑰匙圈上有一支小小的手電筒，這小小的光線必要的時候可以派上用場，所以他不怕山上的黑暗。

沿著山徑往上，樹木橫生，小徑鋪著柏油，過去也是條開發過的路，如今如蠻荒。走了十來分鐘，昏暗的暮色下，媽媽坐在一顆大石頭上。從那位置看下去，城市人家的燈火一一與夜色相迎。

「媽，妳怎麼在這裡？我們都在找妳。」

媽媽看到他，眼裡突然冒出眼淚，她用手背拭去，緩慢費力地想從石塊站起來，他去扶她，她必然坐在那裡很久了，身體都坐僵了，他手臂施了很大力氣才將她整個身子提起來，他沒想到，媽媽的身體竟這麼重。

「媽，怎麼了？妳哪裡不舒服？」印象中他沒有看過母親掉眼淚，一次都沒有。

媽媽以最緩慢的步伐移動腳步，走了一小段下山的路，腳步才靈活起來。他等她走路平穩了，又說：「以後不要再來這裡了，這條路不好走，晚上也沒燈，很危險。」

下到公園，媽媽說：「孩子，我可以回到我原來的房子住嗎？」

「自己住那裡，沒人照顧，我們也請不起人照顧妳。妳住這裡我每天可以看到，不是很好嗎？」

「你有你的生活，我習慣我的地方，讓我回去啊！」

他知道沒有答案，如果媽媽回到原來的住處，太太不但少了房租收入，還要貼錢給媽媽當生活費，他知道做不到。如果有一個土坑可以躲起來，他希望可以躲進去，漠視土地上的一切。

帶媽媽回家後，飯桌上，太太對媽媽說：「媽，妳這樣不行吔，如果妳走丟了，我們怎麼跟兩位姊姊交代，你兒子也不要做人了。媽媽，就在社區走，不能再遠了。」

媽媽沒回答，她默默地用餐。餐後也沒看電視。廚房的清洗工作都停歇下來後，家裡安靜到像沒人住。

他一直夢到大象，大象安靜站在岩壁邊，大象的鼻管垂下來，沒有一點食慾捲起樹上剛冒出的樹葉，也不吸取水坑裡的水。清晨醒來，好擔心，探看了媽媽好端端還躺在床上後，他比平時早到動物園。

大象耳朵上的花朵還在，花瓣軟塌，眼裡流著淚水，讓他驚訝的不是從昨天就流不止的淚水，而是大象蹲坐在飼育所，大象坐下來了，象腿沒力氣，誰能幫忙啊？他趕緊鎖上鐵門，急駛板車往辦公室去，他得通知主管，大象幾乎趴在地上了，誰來救救大象啊！誰來把牠的淚液止住，讓牠眼下的皮膚不致潰爛！誰又來替他開動板車！

他的腳明明踩在板車的引擎油門踏板，為何感到腳是踩在一片輕盈的空氣上，踏板在哪裡？他又猛力往下踩，卻發現腳力像一只破了洞的氣球，衝上天空的那點力氣一下就洩掉了。誰啊，誰來幫忙開板車？他聽到自己心裡不斷迴盪這聲音，而又強烈懷疑，這麼早，辦公室還沒有一個人影上班。

作者簡介

——蔡素芬，一九六三年生，淡江中文系畢業，德州大學聖安東尼奧雙語言文化研究所進修。大學起即屢獲國內重要文學獎項，一九九三年以《鹽田兒女》獲聯合報長篇小說獎，表現一個時代的縮影，此後創作，題材多元，格局廣闊；《燭光盛宴》獲二〇〇九年亞洲週刊十大華文小說、金鼎獎及多種選書推薦，其淋漓敘述之間，寄寓身分國族，體現家國小說的新風貌。二〇一四年出版鹽田兒女系列第三部《星星都在說話》，掌握社會脈動，境界更為開闊；同年授與的吳三連文藝獎，稱其能書寫鄉土，也能書寫眷村，又能書寫海外生活，具用心與視野。作品被譽為「兼跨純文學與大眾文學，極具美感」。主要作品：長篇小說《鹽田兒女》、《橄欖樹》、《星星都在說話》、《姐妹書》、《燭光盛宴》，短篇小說集《台北車站》、《海邊》、《別著花的流淚的大象》，編有《九十四年小說選》、《台灣文學三十年菁英選：小說三十家》及譯作數本。

2014

晚年

沈默

他是我這輩子夢寐著的大英雄，大豪傑。他也是我的丈夫。我的倚靠。

一直以來，都是如此。

而我從來沒想過有一天像他這樣的大人物也會衰老，也會中風。從來沒有。他可是大俠王艾挽花。他的降生十二式劍法被譽為天下第一，他的正大劍也是神兵榜的第一品神劍。有誰聽說過這樣的英雄豪傑會中風？

他怎會零弱至此？怎麼會衰敗得這麼快呢？

瞅著躺在床上、滿臉皺紋、嘴臉不自然歪斜的挽花，我不敢相信這就是名滿天下，大俠裡的大俠。人人都尊稱他大俠王。這位被譽為天才劍手的俠客，如今卻以殘缺的身子躺在面前。他的江湖快意都到哪裡去了？

驀然想起挽花和晁悔初的一戰，那也是我和挽花初相遇，命運從此牽絆——

晁悔初的萬夫劍與挽花的正大劍皆名列神兵榜的第一品級，係江湖的十大神劍。

他們一個以末路六十四手劍聞名，另一則憑著一套降生十二式劍法馳騁武林無敵手。他們的對決堪稱一等大事，引起江湖莫大的騷動。

彼時我十二歲，家學淵源，對武藝略有涉獵，基礎也不俗，江湖裡也小有名號，說起飛鳳女俠也是一塊響亮招牌。但若與如日中天、年二十九的挽花相比，當然天差地遠。他當時還非大俠王，但已是武林赫赫有名、擲地巨聲的劍俠。第一次聽到他的名姓，我為之莞爾。怎麼有大男人叫挽花？只是啊他那把造形寬闊但素樸、長木板一樣的正大劍，還有降生十二式劍法，誰人不知、哪個不曉？

挽花和晁悔初的一戰選在看朱林決鬥。看朱林恰在左近。我們一家人扶老攜幼地全數出動。當時正大劍還只是神兵榜的第十位，晁悔初的萬夫劍名列第二，榜首則是楚無物的天下劍。挽花向晁悔初公開挑戰算越級，有違神兵榜的運作方法，晁悔初卻一口應允。像他們那等級的高手，平生最愁遇不上值得一戰的對手。降生十二式劍法，很能勾引起晁悔初興趣。後者決計不放過這次機會。

挽花後來對我說道，一場夠好的對決，當如最教人動心的美麗愛情——初聽時，我忍不住嫉妒。我年輕時可倔，一鬧起脾氣，三天三夜不能輕易結束，也只有挽花能忍耐，還有辦法化解。

以前我老想著，挽花這人，有我還不夠，竟還以劍和那些劍手在決戰中勾勾搭搭，成什麼樣子。難道我還不夠嗎？但隨著時日過去，我漸漸懂了。這是必要的。武道之路的前進與上升，最需要的就是對手。武學即便著重心靈修為，但仍少不了對好敵手的渴求。唯有生死爭鋒、性命相對的時刻，才能讓平素動用不到的潛能悉數發揮。說來武道與男女情愛確也有那麼點相像的意思，要有個夠好、能與你在各方面都刺激與理解的對象，才能完成最美好的性靈提升的愛情。

而自從挽花六十歲當上大俠王以後，就再也沒有那樣的對手，這使得他日漸消沉。他的武道進展也始終停留在與楚無物的一戰上，此後只有退步等著他。顛峰以後，就是無盡的下坡。說什麼武林人七老八十，還是勇健如昔，動起手來還能輕鬆地擊敗對手，都是可恥的謊言。那不過是自我美化的神話。確實像挽花這樣的高手，老了還是有獨到而精準的眼光，但他的軀體已經跟不上意念，動作施行往往要落後好大一截。挽花在五十歲以後，與人過招，便有行動愈發簡約的傾向。他必須化繁為簡，必須將劍招從細緻精巧轉向質樸無華。只有我知道，他的劍法也不得不老，不得不離開壯大、強悍的風格，漸漸回歸到最直接、基本的狀態——挽花實在是不得不從神奇變化為腐朽。

其實何止是挽花，我也老了。回憶起從前，總是夾七纏八，沒有個秩序。我已五十多。時間移動的速度，有時快得讓人錯愕。唉。我本來正想到挽花和神兵第二晁悔初的看朱林之戰——

我記得很清楚，挽花穿著一襲青衫，不能說俊秀，但十分顯眼。他身上環繞一種絕對孤寂的氣氛，讓人著迷。他站在那裡，手持正大劍。那把劍又厚又寬，像一塊細長木板，沒有劍尖。唯一特別的就是灰黑的劍身隱隱露出紅光，據說是一塊赤銅一體塑形而鑄。且只有一邊有劍刃，另一邊沒有開鋒。有刃部的那邊也不見多鋒利。這樣又醜又怪的劍憑什麼能擠得進神兵排行前十呢？唯挽花表現出來的氣度確實不俗。那個時候我應該已下意識地注意他了。

挽花的對面，是一向被稱為魔王公子、形貌雄壯而完美的晁悔初。這魔王二字源自他的情場經歷。他擁有不少數量的武林女子的瘋狂癡纏。據說每晚自願摸上晁悔初床上的女子多不勝數。這種自恃容貌與本事的武林男人，看了就是生厭。比較起來，挽花平庸面貌裡蘊藏一絕不妥協的意志力更教我喜愛。只能說，愛情自然而然會開啟一道光束，使得對象自有特出之處。

晁魔王的身材多出挽花兩顆頭顱的高度，他手中的萬夫劍雪白而長，是一般長劍再加上一節手腕的長度，雙邊劍刃閃閃發亮，瞅得出來平常保養得多麼專注、細心。相反的，正大劍是一把在形體上看來無甚出色的劍器。我暗自為挽花擔心。但他在晁悔初睥睨的目光下，悠然閒適，一點不慌亂。他似乎是以最輕鬆的姿勢站著。正大劍與其說握著手中，還不如說他是拈花一般的拈著正大劍。晁悔初如臨大敵。挽花愈是不在意，晁悔初就愈是緊張。往後我聽挽花提及那一戰，總說他存必敗之心，只為見識晁悔初的末路六十四手劍而來。是以，勝負對挽花來說，一點緊要也沒有，自然可以一派無謂。

晁悔初萬夫劍舉在半空，平胸指出，遙遙地罩定挽花。挽花的正大劍朝地斜放腳旁。兩個人倒像是挽花是前輩，成名二十餘載的晁魔王是晚輩。一開始，晁悔初就輸了氣勢。

而晁悔初千不該萬不該的是急著壓倒挽花，硬是在陣腳不穩之際，強攻——

晁悔初猛蹬地，躍至半空，萬夫劍龍蛇一般的搖擺、晃蕩，在虛空裡曲折出千萬劍影，彎繞繁複地往挽花頭顱壓去。挽花守勢渾然天成，以逸待勞。白雪劍光點點翩翩擊落時，挽花覷準晁悔初滿天兜落劍光裡的一個空隙，好像有點隨便、有氣無力實則巧妙地刺了一劍。那樣軟綿綿的一劍立刻命中要害。末路六十四手劍的每一手劍，都能在瞬間揮動六十四道劍光，組織錯綜繁亂的視覺幻象。理論上，劍光要如網，每一個網眼都大小如一。但晁悔初的心急使得那一招有破綻，某網眼特別大，亦即他施力失去平均感。挽花的正大劍就往那處招呼，登時破解魔王公子的強勁一擊。

其後，挽花輕描淡寫舞開正大劍。明明笨重的赤銅劍身在挽花手裡千變萬化，收放自如，像沒有重量。挽花一劍接著一劍，海濤般朝晁悔初湧過去。降生十二式劍法的發劍很特別，需舉劍高於肩膀，斜斜朝下，畫出詭異線條，再俯瞰式刺下。那些線條隱隱與天上星宿相合。在一擊不中、信心大失且又被挽花搶走主動的晁悔初看來，劍的軌跡猶如神鬼亂舞，每一劍都能產生深刻的囚禁感。彷彿被劍的降生鎖死原地，晁悔初心神俱喪。挽花十招不到，即擊敗魔王公子。

——晁悔初太在乎勝敗，所以一開始就已落於下風，不敗都不成。

這判斷是挽花說的。畢竟只有他才有解釋當日一戰究竟為何會大出眾人意料的資格。他最清楚兩人間的心神狀態。從那以後，降生十二式劍法亦更講究攻守一體的戰術。該役以後，神兵榜的第二位，便換成挽花的正大劍躍上。

如今他垂垂朽矣。他年過六十五，身體明顯變壞。五年前，七十壽誕還不及辦，挽花便中風。我不眠不休照料，總算使他控制住病情，只痲痺左腳，左手和右半身都完好無缺。但對白髮已蒼蒼的挽花來說，是前所未有的挫折。他和我一樣都沒有想過有一日精實而生猛的軀體也要落得這般田地。這就是無法避免的衰老。

對於死亡，挽花看得開。江湖人哪個不是一半屬生，另一半活在死地裡？

然而，對於老去，以挽花的心靈修為，依舊大大的受創。第一次中風，他尚能積極養生與練氣，想要復原石化般的左腿。挽花說：我一定要搶回我失去的部位！他滿臉皺紋，但眼神依舊如我初見他般的堅忍、清亮。我相信挽花的意志。他一定辦得到。唯我所熟悉四十餘年不屈不撓的目光，來到第二次中風，終於變得渾濁。挽花也愈發難伺候。大俠王的招牌還在，沒人膽敢上除邪劍派挑釁，不止挽花餘威還在，此外我們的孩子也著實爭氣，盡得挽花的武藝真傳，無人敢捋虎鬚——

只是啊，我們都心照不宣，接下來日子只會愈壞，不會變好。輝煌的歲月已經過去了。

而我總是不由自主地回憶起和挽花初次見面的情景。那時我只知他是著名劍俠，武藝極高，但卻不明白他拯危救難的種種決心。他不是逞強鬥狠之輩。他對劍技抱持著必須精進的意識。但他並沒有遺忘劍俠有當為事。他四處對抗各地惡徒匪幫，以及權位者對尋常百姓的欺壓。挽花為他人的水深火熱出生入死。看朱林之戰後，相隔三個月，挽花居然來到我家族——

堂堂劍俠光臨，長輩、爹娘和親友深感光榮，殷勤款待，大辦宴席，也不及問挽花為何而來。挽花亦沒有機會細說。不過，我發現他的眼睛老溜溜地往我這兒瞟來。裡面藏著什麼話似的。挺古怪。

不清不楚的情況過兩、三日後，阿爹問了挽花，艾大俠，這一次何以赴我樂家莊？

我也在場，目睹挽花青紅交接的臉色，日後還經常拿來取笑他。宴中人人看得劍俠臉色奇異，均知事態嚴重，遂都靜待他說話。

挽花一陣尷尬的沉默後，表情漸漸平靜。他起身，向四方彎腰拱身，告罪一聲後，且瞥我一眼——非常奇怪，那一眼，我完全懂了，我懂他是為了我——他朝著我爹娘，直言：我是為令嬡而來。阿爹傻乎乎的開心不止。阿爹喜樂極了，他要我上前，要我向挽花下跪、施大禮，且向挽花說道：我這女兒不是自誇，資質確不凡，今蒙艾大俠愛才，還請您細細調教，打罵不拘，務必使她成材。

挽花一臉的驚愕，完全不知該如何回應阿爹的誤解，只能獃在當場，雙手直搖，說著，不可跪，萬萬不可跪。誰想跪他啊！怎麼可能跪他！情狀詭異，阿爹喜孜孜，挽花卻是大大地發窘。還是阿娘細心，覷出怪意思。她忙拉拉阿爹袖子。阿爹還怪了娘兩大白眼。阿娘問道：卻不知艾大俠為我家慕慕而來，是為了？挽花總算吁了一口氣，他正色表達對我的傾倒：艾某在看朱林對令嬡一眼成癡，不能相忘，原要更早來拜會樂先生一家，坦露對小姐的一片真心。然地靈幫為亂，不得不前去阻止他們禍害江湖——

我也聽過地靈幫，那是江湖數一數二的大幫。當時挽花講得輕描淡寫，實則凶險萬分。地靈幫有所謂七王八寇十五高手。挽花憑一人一劍之力，拒抗精銳盡出的地靈高手。地靈十五劫殺，也是挽花最著名的幾場戰役之一。降生十二式發揮到最極致，毫無保留，他與七王八寇硬是血戰一整日——據其他人轉述，只有單邊鈍刃的正大劍灰黑劍身裡的紅光愈來愈亮，直逼太陽一般的熾爛。地靈十五雄被正大劍的炫目與神異震懾住，節節敗退，潰不成軍。

挽花沒有細述該戰，他只是在長輩面前直言：劇戰之際，就要死在地靈幫十五高手手底下，思及為見令嬡一面，必須活著，才能在那樣的苦戰裡撐過來。挽花且在心中宣誓：此生定要迎小慕姑娘為妻，非她不娶。

當時挽花一眼就相中我。我是他心底深處夢寐以求的女子。這情話從自己的英雄口中說出來，是何等終極的大威力，就不消我贅言了。但二十九和十二歲的差距，還是讓我和挽花的情愛之路，備受阻礙。

我望著床上的老人。我的英雄挽花。他張大歪斜、合不攏的嘴，話都講不清。但在我的眼中，他還是當年意氣風發、顧盼豪雄但又謙遜低調的樣子。我總捨不得他陷入這樣的肉身困境。他的軀體形成無法擺脫的囚禁。他的自由全都毀滅。我知道他痛苦。他甚至恨著。七十二歲挽花第二次中風，至今又已三年。他的兩條腿、左手和軀幹都不能動彈，面目扭曲，只剩右手能發揮部分功能。他癱在那兒，屎尿都由我親手服侍。

我明白他無法忍受被人看到他的無能樣。就算是我，挽花也還是滿懷憤恨。

挽花曾對我這麼說過：小慕，妳辛苦了。在他意識清明之際，他那樣說。一開始，他還願意多少跟我說些話，並且按照大夫的意思，多做一些把僵硬化的肢體鬆解開來的修復性動作。挽花能忍受身體的痛苦，但卻無法壓制恐慌。那些拗折、按摩與被攙扶行走等等的，都讓他覺得自己又可恥又麻煩，是個無可救藥的怪物。尤其一直沒有起色的軀體，讓挽花更是畏懼。他害怕身體不是他的那種全然脫離、卻仍然會痛會癢的陌生感受。除了右手和頭顱，他感覺不到身體對他下達的指令有反應。他屢次刻意從床上摔下，要召喚自主的滋味。但這只有增添我的麻煩。他對他的身體失去操控力，我這邊則需要好生照料，若一個不慎，每隔幾時辰沒有為他翻身，挽花被壓在下方那邊就會長出爛瘡，更不用說因為碰撞而受傷——

挽花愈來愈像是沉默的石頭。一個醜陋的、可怕的石頭。一團石頭般的血肉。

現在他好不容易睡著。我才幫他細細擦過身體。它正在腐朽。即使我不願意承認，但他曾經呼風喚雨、承接無上劍技的肉身正在毀壞。好倦累啊。看著他日復一日頹敗，日復一日累加對自己失去控制的忿怒。也許還有他對我的怨恨。也許在他靜默的、偶爾發出意義不明詞語的心底，他是恨我的，恨我讓他經驗這一切，恨我沒有跟他一起衰亡。

我只能仰賴和挽花過往的甜美回憶，支撐自己，度過眼下絕望且陰翳的時光。

十二歲那年，挽花在我家門前一站就是三個月。他沒有跪。就只是站著。站在那兒，像靜止的雕像。他只有需要便溺的時刻會離開。他站著吃食水，晚上原地坐著就能睡。三個月後，他瘦了好大一圈呢。我總是隔著窗縫看他。我本對他只有好奇。日夜移逝，我的心不由自主地充滿他。挽花站的位置，角度恰恰對著我房間。他知道我在偷看。他知道。挽花抬頭，眼神直直地射過來，坦率而且光明得絕無任何陰影。他回應我的窺探，一臉極深極深的愛慕。

挽花向我爹娘坦白的當日，他被客氣請出去，不再是樂家莊的貴客。他們不願我嫁給挽花。挽花絕不退縮的意志在此展現。他也不理會阿爹或我家族人的辱罵，還有阿娘的柔性哀求。他就只是等待。我知道，他在等待我的動心。挽花不曉得其實第十天我就已對他著迷。他堂堂正正的執著教我如何自已。只是我完全不知道該怎麼去對暴跳如雷的阿爹說。而娘一向聽爹的，對她說了也沒用，徒增困擾。阿爹和一些家族長輩起初都說挽花為人可恥，竟把算盤打到都可以當他女兒的我身上。他們這樣說：慕慕還是小女孩。

我們那時候都還不知道挽花的俠名何等卓著，受他恩惠的人，沒有千也有百。只是他鮮少對外強調自己的功績。多少人銜著他，已經對樂家莊懷恨上，我們還懵然無知。若非挽花阻止他們，絕不許他們干預、擾亂樂家莊的寧靜與安全，那些或因感激或因敬佩或因想報恩一心向著挽花的江湖人早把樂家拆得只剩瓦礫。但挽花對那些人說重話，只要他知曉有誰膽敢私下向樂家莊施壓，此生他將絕不寬宥。因此，樂家莊才能無風無浪、壓根不曉得災厄臨身地挺過來。

但第三個月的第二十九天，那晚，行蹤公開數十日、固定位置的挽花在莊外遭到惡徒圍殺。這就再也使人不能袖手。地靈幫七王八寇傾最後一批人馬要與挽花決一生死。而那些由於挽花聚結起來的武林人士早料到地靈十五雄必不能如此輕易銷聲匿跡——那些人也是後來挽花成立除邪劍派的主要班底。那一戰之凶險，我只隔著一莊院，自然可以見得。我還有樂家的人立刻明白挽花武藝有多高，有多麼忍讓我們樂家，甚至是異常愛護——

素來不願痛下殺手的挽花為阻絕地靈幫禍害樂家莊，下手不再保留。單邊刃的正大劍起落間，招招都是狠辣的致命招式。地靈十五也不無懊悔地瞭解到此前挽花到底是想給他們改過的機會，雖被逼上死境，終究沒有下重手。但樂家莊之戰，挽花深恐殃及池魚，故劍劍不留情，降生十二式劍法，絕技盡使，空中擠滿暗紅色的劍芒，一道又一道，像是不會窮止似的，由天上俯下，彷彿一大群凶惡的鷹禽張舞著爪子飛落，攻襲連綿地把地靈幫十五雄困住，七王八寇死一大半，最後殘餘者亦不得不棄械降服。挽花的青衫也染滿血，神情疲憊而哀傷。阿爹請示長輩，決議開門迎入挽花，以及那群追隨挽花的豪傑，讓他們好生歇息。

至於我呢，不待爹娘問我，忍不住胸臆間的激動，闖出大門，在眾目睽睽下，牽起年齡足夠當我父親的挽花之手，請他再入樂家莊。我的意思表達得相當清楚。一個月後，我便與挽花結為夫妻，直到現在，轉眼已跨過四十幾個年頭。

第一次，挽花第一次失禁時，他頑固抗拒無法控制屎尿的事實。挽花半聲不吭。還是我聞到房裡的臭味，硬著心腸不理他哀求的眼神，檢查後才確定。當下，我沒說什麼。我無聲地更換挽花沾滿屎尿的衣褲還有床被。過程裡，我看都不看挽花一眼。我以為這是最好的作法。我猜想挽花那時候必不願意與我眼神交接，他必羞愧得欲死。也許我做錯了。也許我應該那個時候就告訴他，無論他怎麼樣，對我來說，他都是我的丈夫，我的一切。我怎麼能讓他獨自一個人陷溺在自己的悔恨與懊喪！我怎麼會如此粗暴地忽略挽花！

從那次開始，挽花變了。沒有來由的暴怒與悲苦交替出現。除此外，他就是石塊。挽花在我身邊，我卻最覺得我們是隔著天涯兩端相望。他的眼底只有灰燼。宛若他隨時都可以撒手歸去。

他的身體封閉，心也就跟著封閉——

而我該如何安頓失去他的重量，我該如何面對沒有他相伴接下來的寒暑，我該如何接受只有回憶而沒有未來的事實？我只能拚命顧看他。我不能讓他就那樣離去。我需要他。他不能深深而全面占據我的人生以後，那樣輕鬆寫意地轉身就走。我不允許。他的灑脫赴死，就是對我的蔑視。我不准挽花這樣子。他得為我活著，就像往日想見我一面而死裡求生一樣。他必須活著。

挽花第二次中風的初期，他口齒不清跟我保證過，他會康復，他會為了我，好好地活著。同時，他還在想最後一招。將降生十二式劍法奧妙全數囊括的終極一劍。他認為自己的劍藝還有最後一著沒完成。

挽花說：這一劍，將會是他畢生最大的劍藝成就。

三年前呢，挽花還有個劍俠的樣子。雖然只有右手可以使，但他整日想著如何精練降生十二的所有精萃。他竭盡心力於此，我還開心著有轉機。直到三個月後，他再也無法忍受屎尿不受控制的事，對我大發脾氣以後，就再也沒有任何具有生機的表現。尤其大半年以來，挽花的情況更壞。因為再也沒有食慾，他急速萎縮，整個人瘦幾大圈，肋骨根根可見，慘況遠超過四十多年前他在樂家莊門口連站三個月。我看了真是大不忍心，卻無法可施。面對挽花快速枯瘦、彷彿所有生命精力被無名怪物吞食的情況，我只能一再遁入回憶底尋求慰藉與微少渺小的希望。

在與魔王公子決鬥以後，挽花最著名的一戰，當然是和楚無物楚老怪的絕聖頂一役。楚無物的天下劍，是神兵榜的榜首。楚無物高踞首位已三十年，其空虛神劍八十一訣屹立不搖，人稱空虛大君，表明對他君臨江湖的崇高地位。但他就是個老怪物。我不喜歡楚無物。這人又驕傲又可怕。他瞅人的眼神不像在看人，比較像每個人都是白骨。他的目光掃過我，我就有一種赤條條、連血肉都剝落的恐怖感覺。而楚老怪凝視挽花的目光，卻炯炯然，而且極度熱烈，簡直像遇到他的絕世美女。

我想，楚大君看到的部分不是挽花的人，而是挽花的劍吧。或許應該說，老怪看到的就只是劍。楚無物為劍癡狂。他就只看到一把好劍和運用劍的一套好劍法。三十年以來，有多少後起之秀與神兵榜的超卓人物向楚老怪挑戰，除晁悔初，無一人能在楚無物手下全身完好而退，誰都要落得殘廢。其實，挽花和楚老怪之戰是意外。他們分居神兵榜第一、第二，相安無事十年之久。挽花一刻不得閒到處奔波。江湖中有太多不公不義之事，等他處理，除邪劍派也著實需要他更多精力的投入。然空虛大君受到門下某帶藝弟子的挑撥，說武林中人都看好艾挽花，第一神劍應當是挽花無疑，認為楚無物已過氣云云……到決戰結束後，才赫然發現該弟子其實是當年地靈幫逃脫的餘孽。

楚大君成名多載，性情本來古怪，哪裡忍得下這口氣，二話不說，怒氣沖沖來到除邪劍派，一臉火焰張狂。然當挽花站在楚無物面前時，老怪激動的神情即平靜，一如表面光滑可以映出景象的原石。他完全冷靜。

彼時，我與挽花結褵十年。期間，我看過太多高手。雖然自己武藝一直沒有什麼太大進展，但眼力增進不少。我知曉一頭亂髮、看來糟老頭一樣的楚無物實是當世大敵。我不希望挽花和他對決。不過，楚無物的天下劍已在手。我的門面話還沒有說出口，楚老怪渾身的劍氣源源地逼過來。挽花為維護我，不得不拔出正大劍。我根本看不清楚無物的天下劍是何樣子，只覺察到一團冷風捲來，眼前一切都有了一種高速感。而正大劍劍光就像一團火星，暗紅暗紅的噴湧，溫暖著我。唯我的眼目依然不覺地閉起，肌膚爬滿顫慄——

他們只對了一劍，楚無物就收劍、後退。他嘿嘿怪笑：明天，楚某在絕聖頂等你。我打開眼睛時老怪走得無影無蹤。這老頭太可恨，也太可怕。挽花臉色凝重，確認我沒有受驚後，便準備隻身到絕聖頂。我知悉阻止也沒有用。楚無物成功激起挽花的怒氣與戰意。老怪將我捲入他和挽花的對決間，對挽花來說，這是最不可原諒的事。挽花素來平穩、溫和，但只要牽涉到我，他就嚴肅而絕不讓步。何況，楚無物的不世劍藝亦勾起挽花的猛烈鬥志。

絕聖頂之戰，是繼看朱林後，頗受矚目的一役。絕聖頂並不是山峰，而是指天機樓可一覽無遺方圓百里風景的最高處。天機樓即一有十八層的著名旅棧。絕聖頂為第十九層，但無房無室，只有一凌虛式的、視野開闊的平臺。

挽花與楚無物——當今天下未逢敵手的兩把劍終於對上！

我聽從挽花的意思，不上絕聖頂。我知曉他必須全心全意一戰。我改到天機樓旁、另一處高及十二層的屋宇最頂樓觀戰。不用說，風聞決戰的人早將附近一帶較高樓層占住。我緊捏雙拳，指甲陷入掌肉卻不自知。對我來說，挽花的性命與安全比什麼武藝爭霸還重要太多。挽花已不是十年前與魔王公子對決時的心無罣礙、沒有任何背負。他這會兒有我，有我們的孩子，還有除邪劍派。

我遠遠望去，挽花的表情無悲無喜，一派平靜。反倒是楚無物像是個遇到好玩具的大孩子一樣，蹦蹦跳跳，至少有十幾二十年的時間沒人敢與楚大君一戰。老怪的雀躍可見一斑。他們靜默地對峙好一會兒，跟著幾乎是同一時間拔劍！

楚無物的手中爆出一大片細芒如針般的綿密劍光，朝挽花撩去。挽花的正大劍則是正中一閃，劈出一道毫無瑕疵的弧度，將老怪的劍勢剖開，從夾縫中搶進。暗紅色劍光由上而下突刺。楚無物的空虛神劍八十一訣這時顯出能耐，天下劍現出本體，那是一把綠得很鮮豔的劍。隨後，碧玉色劍光席捲絕聖頂，密度之高教我全然看不清挽花和老怪的身影，彷彿綠色深淵一般。現場只剩滿滿的碧芒。而後，一陣劍的沉重激嘯響起，暗紅閃電從碧綠深淵裡爆開。沒有人知道勝負如何。只曉得楚無物怪叫一聲，居然直接躍下絕聖頂，落地極速離去。

挽花則渾身浴血，獨立於絕聖頂，以劍柱地，搖搖欲墜。其後，兩大高手絕口不提此戰結果。絕聖頂之戰的五年後，楚無物仙逝，挽花自然無異議地成為神兵榜第一人。

我似乎打了個盹。照顧現在的挽花是一件異常辛苦的事。尤其是他根本不許我以外的人碰他。夢或醒都是沉重而凝滯的，我常常分不清兩者。或許是下意識寧可如此。挽花還睡著。他從來都不是俊帥的。但他是我最敬愛的丈夫。我的英雄。然而看到他眼下如此歪斜醜陋的模樣，我還是會偶爾想到，是不是應該親手，親手送他離開世間？是不是應該幫助他解除這樣的折磨？是不是呢？

我在顫抖。而等到我察覺時，我的手已經下意識伸向挽花。相當近。我的雙手靠近他的脖子。我渾身抖。不不不。我不可以這樣。怎麼可以！我鬆開手，閉上雙眼。等我再張開眼睛時，發現挽花正扭著頭顱，斜斜視線罩在我臉上——

挽花的眼神回到從前。他還沒有中風前，十年前，甚至是四十年前，在我十二歲時，他對我的凝視，有著最專注、深沉的愛憐。那是我熟悉的英雄目光。我總沉醉於那樣的視線。挽花眼睛清澈無比。彷彿一切苦痛皆遠離。我欣喜地靠過去。挽花勉強吐出模糊不輕的語言，表示他要寫字。我替他準備筆墨。挽花的眼睛一直在那裡亮著。亮著。我們所有昨日的記憶都栩栩如真。

挽花以歪歪斜斜的筆跡錄下一式劍訣。只有一劍。也不見得如何精妙。他要我拿正大劍來。我不懂。但他的眼睛都是我。雖然他嘴臉上扭曲的笑意，看得我怵目驚心。但挽花眼底充滿清晰意志。我問挽花，這劍招的名字？

挽花說了，從無法協調的口齒間跳出四個字：晚──年──劍──訣──。

我讓挽花倚著床側坐起。我捧來正大劍，交到挽花手上。他的右手。他細瘦但多少還能移動的右手。這──是──最──後──的──劍──了。他亮亮的眼睛凝望我。我感到不祥。我似乎該阻止一些什麼。但我又不能具體捕捉。是什麼呢？

挽花的右手小幅度移動。正大劍的暗紅色光輝，慢慢燃燒起來。溫煦的顏色。美麗的輝煌。一如夕陽。我看過它猶如太陽般璀璨。但還是第一次目睹正大劍發出這樣瑰麗絕美得教人心碎的光芒。有些事，有些事要發生。挽花手部的動作還是一派閒靜。但我猜得到，他正把一生精練的真氣都注入到正大劍。為什麼？我僵住似的只能在那兒看著挽花做著詭異莫名的事。

正大劍發出驚豔的顏色——跟著挽花右手手腕一圈，劍竟朝我的左胸刺來！

我驚愕得什麼反應都做不出來。他居然已經恨我恨到這種地步？

而後，正大劍的鈍鋒點在我的乳上——

一股溫和但龐大的力道直直地撞進來——

我的眼淚掉落——

以正大劍為連接中樞，我和挽花共享記憶與人生，以及他對我的愛慕——

挽花神采煥發。所有皺紋都在解散。他恢復成更年輕的模樣。我甚至看到他站起來。挽花這會兒就像二十九歲面對魔王公子時一樣。他一臉鮮活、明亮的笑意。他就那樣健康而青春地佇立，深情凝望我。我完全困惑。但我想擁抱他——

挽花最後一句話在我心底迴盪：小慕，這是我為妳創的劍招。只為妳而使！

緊接著，在皺紋與病害都解散以後，他的軀體也解散——

肉身化作霧。

挽花的血肉一點一滴變成紅霧。

我才懂得：晚年劍訣並無殘殺與傷害，裡面是挽花耗盡生命精力傳遞的思慕。

我的淚流不止。我僵立著。不能動彈。

直到挽花含笑的臉在正大劍紅光裡擴散為血霧，而正大劍鏗鏘落地——

我能做的，唯有試著去擁抱漸漸散去的霧。
並痛哭不止。

作者簡介

——沈默，武俠寫字人，一九七六年，降生十月，武俠人，與夢婍生活，育有貓帝、魔兒、神踀三頭貓兒子以及一人類女兒禪，現專注以寫字為生，將武俠視作畢生志業，意圖為武俠領域製造更多的突破與可能。已出版「孤獨人三部曲」、「天涯三部曲」、「魔幻江湖絕異誌」。二〇〇九年寫《誰是虛空（王）》、〈尋蛇〉雙料獲第五屆溫世仁武俠小說百萬大賞評審獎及短篇小說獎參獎，二〇一二年再憑《七大寇紀事》獲第八屆溫世仁武俠小說大獎貳獎，二〇一三年復以《在地獄》、〈晚年〉登峰第九屆溫世仁武俠小說大獎長、短篇武俠雙首獎，第十屆則以《武俠主義》取得長篇參獎獎座，同年尚有《劍如時光》通過國家文化藝術基金會第十二屆「長篇小說創作發表專案」五十萬元補助。近期出版著作有《天敵》、《傳奇天下與無神年代》、《七大寇紀事》、《幻影王》、《詩集》、《在地獄》、《2069樂園無雙》、《英雄熱》以及《我的短刃抽出，便是長長的一生》（溫武短篇合集）。

我外婆是生來就被詛咒的那種人，所以會這樣的真正原因，我一直沒有能夠弄清楚，但其實我也沒有真的很在乎。她一世未婚未孕，卻不知從哪裡收養來了我的母親，她們兩人的關係有些緊張，甚至可以說其實是根本相互敵對仇視。

外婆不知為何與我特別相親，這也是她願意在我幼年母親陷入貧困時，毅然決心收容照顧我的緣故。某個程度，我覺得她其實想把我當成她的接班人，栽培我可以承續她所具有的某種靈異感知能力，並且得以施展在生活日常的一些機運角落。雖然，她從來沒有真的對我承認這個事實，但我從日日起居生活的細節裡，譬如僅僅是她看望我的神情，就可以感知到這種期待的長時存有。

關於她所具有的這樣天賦能力，一直是保全著她在被全部人集體鄙視時，還得以獲取些許尊嚴的最後一線生機，甚至還能藉此賺得一些收入外快。雖然，那些大廟和正神出入的地方，是從來不准許她的現身作法，但是畢竟就算是真正有著權柄的正宗神明，也無力回應處理人間的一切困難祈求，總還是有一群失望或懷著隱憂的人，繼續在夜暗隱身無人時，自己輕敲木門前來求助。

外婆平日會說出來最接近抱怨的一句話，就是：「唉！要是一切的大小事情，都可以簡簡單單、自自然然地發生來去，不要那麼複雜囉唆，那該有多好啊！」還有，她也會說：「我真的是一個可有可無的人啊，因為我甚至連一點點特別的地方都沒有呢！」

外婆的牙齒幾乎落盡，只有幾只孤零零掛在她的嘴裡，因此她的吃食都是用垂落的兩頰頻繁鼓動，來幫助她完成這些咬食吞嚥的程序，這與她從來一直愛用有著茉莉花香味的髮油，一起成為我對她形貌與味道的記憶總體。有時我會問起外婆關於家族與過往的事情，她幾乎都無法清楚說出來，偶爾會努力強行捕捉一些完全不可信的故事，用來短暫安慰我對她過往身世的好奇，像是編織一個搪塞的童話那樣，讓人一聽即可戳穿其中的騙局所在。

我也很快知道，外婆對於自己到底是從哪裡來、以及最終會往哪裡去，其實一點都不在乎。她只關心是否日日做完一切的被交代事情，並以承接什麼神聖使命的態度，認真去面對與完成這些日常的大小事情。譬如她去幫傭洗衣的工作，以及她承擔起來養育我的責任，還有她私下為人驅鬼抓藥的法事，對她都是一樣重要沒有分別的。至於其中有哪些是善事、又有哪些是惡事？外婆完全不能做出區分，她也從來不覺得區分事情的善惡，究竟有什麼必要的道理。

外婆提到過的善人，只有她應該已經死去的小弟，這也是她唯一敘述得比較完整與可信的家族故事。她說：「阿名就是我所見過最最善良的人了。」我就問：「為什麼呢？你為什麼會覺得他就是一個善良的人呢？」她說：「你知道我弟弟阿名，他從小就和別人都很不一樣，是完完全全的不一樣。他從還在吸奶的時候，就已經和所有人都不一樣，阿名他從還不能說話，就聽得到荒野的聲音，還能夠看得見所有模糊難分的飄動影子呢！」

外婆說：

阿名是一個會一直往自己裡面走進去的那種人，他一點都不喜歡過著像我們這樣的生活，他覺得我們只是選擇了讓自己一直受苦，並沒有真正地在過生活。他並不愛去學校也沒讀過多少書，但是他卻懂得很多事情，也看得明白清楚我們的心思究竟在哪裡。並沒有人教過他什麼東西技術，他只是從自己長期的孤獨和觀察裡，自然而然地就獲得了這樣的許多知識。

他們都說他是一個病人，我覺得他當然也算是個病人，的確也就因為他從來不愛與他人溝通說話，又肢體瘦弱顯得怪異，模樣行事和所有人都不一樣，所以他才會被大家這樣說成一個有病的人。但是，阿名當然不是像大家想的那樣簡單膚淺。他也許是一個病人，卻不是大家想像中那樣的病人。

阿名曾經親口跟我說過：「阿姊，沒錯，我確確實實是一個生來就有病的人啊。」我就立刻急了說：「阿名，你當然不是什麼有病的人。而且，你千萬不要去管別人愛怎麼故意說這些難聽的話來嫌棄我們，你只要有我有阿姊我還在這裡，我絕對就不會讓他們隨便欺負到你的頭上，你也絕對不必去擔心什麼事情會發生來。」阿名在我說這些話的那時刻，並沒有回答辯解什麼，就像所有每次我們的爭論時，他總會慣常地羞紅臉低下頭去，讓話語自然終結消失去。

但是，我後來漸漸懂得阿名說他是病人的意思。他所說的病人，是那種無論在身體或靈魂上，都有些岔離開我們每天所依賴的這個世界的人。這樣的人其實是能夠飄盪在兩個世界，也就是可以在生與死的兩界之間，或者說現實與非現實的世界間，自在隨意的來回移動漂流。因此，阿名反而可以看得見比我們更多的東西，像是自另外一個世界漂流來的碎片和物件，以及它們意圖傳遞的許多零星難解的訊息。這種事情其實並不難懂，就像是普通的一個人，只要得了重病或者有過瀕死的經驗，就自然會慢慢趨靠到另一個世界去，因此就可以看到一些遠方他處的奇異事物。

因為，生與死並不是大家認知那樣的有條界線，以為一腳就可以跨過去的，反而更像是旅行一樣，有著時間的歷程與經驗，就像是坐著一條船，想從這岸到那岸的過程，是一尺一尺地划水過去的，也絕對是可以拿時鐘來分秒計算，完全核算清楚到底這樣所花費的時間與路程，究竟是有多少的。

但是，只有阿名是那種不需要自己確實去生病，就可以具有像真正的病危者，那樣可以自由移動在兩個世界之間的能力。所以，如果真要說他是病人也是可以，只是並不是那些人想像的那種病人而已，他是另外一種應該會令人羨慕的病人。就也正因為他所具有這款疾病的特色，使他成為和我們通通不一樣的人，我也是慢慢後來才能懂得這些事情的。我年紀大他有十二歲，所以我一直像一個阿母與阿姊那樣的照護著他，我起初認為他是個身體天生脆弱、精神也有些問題的人，所以我立意特別要去保護他，不能讓任何人可以隨便去欺負他。但是，到後來我才漸漸知道，他其實才是真正健康強壯的人，他比我認識的所有人，都還要強壯有力。也許我們其他的人通通都才是病人。可是我們自以為沒有病，並不斷指責他人是病者，而這恰恰就是我們所罹患的那個疾病啊。

只有阿名是健康的，我們都是病人。

阿名從生出來就知道這件事情，只是他一次也沒有對人說出來，甚至我一直以為是我在保護他的人生，並擔待起這樣的嚴肅責任。一直到了現在，終於我才知道根本是他一直在幫助我，讓我變成我後來今天的樣子。他不用言說什麼，就為我的人生做了許多安排，包括幫助我做了一些人生岔路時的決定取捨，以及護佑排除掉一些將臨的危險。甚且，讓我能夠具有一些特別能力，可以來為別人施加或者解除他們無法理解的煩惱。

我一直想成為護衛阿名的母親與阿姊，卻發覺他根本才是我生命的守護菩薩，是從遠方以及他鄉某處那裡，特地專程來護持照顧我的人。我也知道他就是唯一真正關心我，並且永遠會對我好的那個人啊。只有在他的面前，我的心靈才能夠真正的平靜，感覺到悄然無聲的回返家園狀態。

我的外婆是一個被這個世界遺棄與排除的人，阿名舅公讓她有了與世界連結的因果。因為，外婆的生命從沒有得到任何祝福，但她也因此可以不去受到任何家庭社會、宗教傳統，以及責任義務的限制，反而能夠自由自在地為善或為惡。外婆甚至不需要任何名字，因為她認為被人命名即是詛咒，是一種蓄意的框綁與教化，她也寧可停留在屬於所謂敗壞的一切裡面，以及還在等待救贖的他者間，因此可以沒有負擔自在的移動來去，根本無人可以管理約束她，她也從來不想要被這人世間去做什麼記憶或讚賞。

外婆她說：「一個人千萬不要從自己本來該走的道路上偏差出去，因為只要這樣一次走歪下去，就注定人生會被滅亡壞掉去的。」她又說：「在這個世界上就是所有的好事和壞事，本來就要接連不斷出現來，永遠一直會是這樣的。但是也不用特別去擔心，好事最後總是會比壞事要更多一些也強一些的，這樣人世間才能叫做公平的啊。而且，有時候好事和壞事，也會自己改變和調整，好事可以變壞事，壞事也可以變好事，就是因為這樣，天理才可以彰顯出來啊。」

外婆說：

我並不知道阿名後來究竟去到了哪裡，他只是在一個晚食後，忽然就走向我說：「阿姊，我今晚就要離開了。我沒辦法告訴你我要去哪裡，但我知道我再來要走去的地方，就是一個真正的終點，一個非常美好的終點。我今晚就要離開了，就是這樣而已。」我問他：「你要去哪裡？你要去到的終點，是不是叫做死亡？以及，會不會就是埋葬一切所有的那個墳墓啊？」阿名說那個終點，並不是死亡或者墳墓，反而他卻擔心著被他遺留在身後的這一切，會不會最終反而都變成是所有人共有的死亡與墳墓。

阿名說：「我比較害怕我留給你們的一切，最後只剩下一堆墳墓與死亡。」

對於他的離開，我雖然覺得哀傷，但是從來並不擔心。因為我知道阿名總是會往著好的去處前行，他的本性嗅聞得出來善的源頭在哪裡，也懂得如何去迴避一切包飾著智慧與榮耀的惡。我沒有對他說出什麼挽留的話，就只是說：「阿名，我完全都沒有朋友，我有一直想要能夠和你相接近並做朋友，讓兩人成為最好的朋友，可惜我卻從來沒有真正去做到。」他沒有回答我的話，他好像並沒有真的很在乎我們是不是朋友這件事情。

可是，阿名他這樣突然的離開，讓我感覺到真正的孤獨，那是一種永遠無法去填補的孤獨，像是忽然得到一種陌生的疾病，自己卻並不想要痊癒，反而有些眷戀在這樣患病的感覺裡面，不想也不知道怎樣出來。

對我而言，阿名永遠是一個孩子。因為他的無辜和天真，才讓他這樣不停地受苦。也就是對於這一切現實的清楚認知，讓我只能放手讓他選擇離開去，因為再沒有比看著一個小孩，卻要去承受著所有大人臨加的痛苦，更要讓人心碎難安的了。

我相信阿名是要去到一個可以讓他再次返回純真小孩模樣的處所。在那裡，善事一定遠遠多過惡事，也一定鳥語花香風光明媚，完全不需要讓我再有任何的憂心。我知道阿名一定會很好的，他只是想要再一次能成為一個小孩，就是這樣而已，就是這樣而已。

我的母親後來告訴我關於阿名舅公的事情，說他從來不是外婆的小弟，因為外婆是沒有家人的孤兒，她根本是被拋在尼姑庵門口的棄嬰，從小就要念經剃度養大的，是一個完完全全沒有家人的那種人。而阿名這個壞心的男人，則是一個不知從哪裡出現來，將她勾引離開了寺院，還最後私奔去的少年仔，卻始亂終棄不見去的無情郎。

「阿名不是你的舅公，你根本沒有任何什麼舅公的。阿名就是一個始亂終棄的無情郎罷了。」母親冷淡地繼續說著：「他是一個騙子，他把你外婆的一生都毀去了，自己完全不負責任地跑掉去。你外婆現在已經老了、頭腦也都昏去了，連好人壞人都分不出來了。我現在跟你說的，都是千真萬確的實話，你要相信我，我現在對你說的所有的話，都是千真萬確的啊。」

我不知道我究竟該相信誰。

我可以感覺到阿母所說的一切，絕對都是有根據的實在話，我也完全不用去查證，就知道應該都不會是假話。但是，我想到了最後最後的那個時刻，我應該還是會選擇去相信外婆的話，因為我喜歡她描述給我聽的阿名舅公這個人，阿名這個人讓我覺得溫暖而且善良。並且，我從那時起就一直私下相信著，相信我與外婆和阿名舅公這樣的三個人，未來一定可以組成一個既善良又美好的家庭的。

因為，我知道外婆是真的很愛很愛阿名舅公和我的。

作者簡介

——阮慶岳，淡江大學建築系學士，美國賓夕法尼亞大學建築碩士。曾任職美國芝加哥、鳳凰城建築公司多年，並於臺北成立建築師事務所，現為元智大學藝術創意系專任教授。曾獲台灣文學獎散文首獎及短篇小說推薦獎、巫永福二〇〇三年度文學獎、《中央日報》短篇小說獎、台北文學獎文學年金、二〇〇四年《亞洲週刊》中文十大好書等。文學著作含括小說《林秀子一家》、《重見白橋》、《哭泣哭泣城》、《秀雲》、《黃昏的故鄉》，以及散文集《一人漂流》、《聲音》等；建築論述《弱建築》、《屋頂上的石斛蘭》（與謝英俊合著）；跨領域創作《恍惚》、《阮慶岳四色書》、《開門見山色》等。

華文文學百年選 02

華文小說百年選・臺灣卷（貳）

主編	陳大為、鍾怡雯
責任編輯	張晶惠
創辦人	蔡文甫
發行人	蔡澤玉
出版發行	九歌出版社有限公司
	臺北市105八德路3段12巷57弄40號
	電話／02-25776564・傳真／02-25789205
	郵政劃撥／0112295-1
九歌文學網	www.chiuko.com.tw
印刷	晨捷印製股份有限公司
法律顧問	龍躍天律師・蕭雄淋律師・董安丹律師
初版	2018年2月
定價	380元

書號	0109402
ISBN	978-986-450-169-4

（缺頁、破損或裝訂錯誤，請寄回本公司更換）

國家圖書館出版品預行編目資料

華文小說百年選. 臺灣卷 / 陳大為, 鍾怡雯主編.
-- 初版. -- 臺北市 : 九歌, 2018.02

冊 ;　公分. -- (華文文學百年選 ; 01-02)

ISBN 978-986-450-168-7(壹 : 平裝). --
ISBN 978-986-450-169-4(貳 : 平裝)

857.61　　106025239